TALVEZ AGORA

Obras da autora publicadas pela Editora Record:

Série Slammed
Métrica
Pausa
Essa garota

Série Hopeless
Um caso perdido
Sem esperança
Em busca de Cinderela
Em busca da perfeição

Série Nunca jamais
Nunca, jamais
Nunca, jamais: parte 2
Nunca, jamais: parte 3

Série Talvez
Talvez um dia
Talvez não
Talvez agora

Série É Assim que Acaba
É assim que acaba
É assim que começa

O lado feio do amor
Novembro, 9
Confesse
Tarde demais
As mil partes do meu coração
Todas as suas (im)perfeições
Verity
Se não fosse você
Layla
Até o verão terminar
Uma segunda chance

TALVEZ AGORA

COLLEEN HOOVER

Tradução:
Priscila Catão

1ª edição

— **Galera** —

RIO DE JANEIRO

2025

DESIGN DE CAPA
Laywan Kwan

IMAGENS DE CAPA
Getty Images

TÍTULO ORIGINAL
Maybe now

CIP-BRASIL. CATALOGAÇÃO NA PUBLICAÇÃO
SINDICATO NACIONAL DOS EDITORES DE LIVROS, RJ

H759t

    Hoover, Colleen
       Talvez agora / Colleen Hoover; tradução Priscila Catão. - 1. ed. -
Rio de Janeiro: Galera Record, 2025.

       Tradução de: Maybe now
       ISBN 978-65-5981-614-9

       1. Romance americano. I. Catão, Priscila. II. Título.

25-97135.0
                              CDD: 813
                              CDU: 82-31(73)

Gabriela Faray Ferreira Lopes - Bibliotecária - CRB-7/6643

Direitos exclusivos de publicação em língua portuguesa somente
para o Brasil adquiridos pela
EDITORA GALERA RECORD LTDA.
Rua Argentina, 120 – Rio de Janeiro, RJ – 20921-380 – Tel.: (21) 2585-2000,
que se reserva a propriedade literária desta tradução.

Impresso no Brasil

ISBN 978-65-5981-614-9

Seja um leitor preferencial Record.
Cadastre-se e receba informações sobre nossos
lançamentos e nossas promoções.

Atendimento e venda direta ao leitor:
sac@record.com.br

Este livro é dedicado a cada um dos CoHorts da Colleen Hoover. Menos os assassinos. Este livro não é para aqueles dois.

Prólogo

Maggie

Pouso a caneta em cima do papel. Minha mão está tremendo demais para que eu consiga terminar de preencher, então inspiro rapidamente algumas vezes para tentar me acalmar.

Você consegue, Maggie.

Pego a caneta de novo, mas acho que minha mão está tremendo ainda mais do que antes.

— Pode deixar que te ajudo.

Ergo o olhar e vejo o instrutor sorrindo para mim. Ele agarra a caneta, pega a prancheta e então se senta na cadeira ao meu lado.

— Tem muito novato que chega nervoso aqui. É mais fácil se eu preencher a papelada por você, porque provavelmente sua letra vai ficar ilegível — explica ele. — Parece até que você vai pular de um avião ou algo assim.

Relaxo na mesma hora com o sorriso preguiçoso que ele abre, mas o nervosismo volta com tudo quando lembro que sou uma péssima mentirosa. Seria muito mais fácil mentir sobre a parte médica se eu mesma preenchesse. Não sei se consigo mentir para esse cara.

— Valeu, mas eu me viro. — Tento pegar a prancheta de volta, mas ele a tira do meu alcance.

— Calma aí... — Ele olha rapidamente o meu formulá-rio. — Maggie Carson. — Estende a mão, ainda mantendo a prancheta fora do meu alcance com a outra. — Eu sou o Jake, e se pretende saltar de um avião a três mil metros de altura sob minha supervisão, o mínimo que posso fazer é terminar de preencher a papelada para você.

Aperto sua mão, impressionada com a força do gesto. Saber que entregarei minha vida a essas mãos me deixa um pouquinho mais tranquila.

— Quantos saltos já completou como instrutor? — pergunto.

Ele sorri e volta sua atenção ao formulário. Começa a folheá-lo.

— Você será o meu número quinhentos.

— Sério? Quinhentos parece um marco importante. Você não devia estar comemorando?

Seu olhar volta a encontrar o meu, e seu sorriso desaparece.

— Você perguntou quantos saltos completei. Não quero comemorar antes da hora.

Engulo em seco.

Ele ri e cutuca meu ombro.

— É brincadeira, Maggie. Relaxe. Você está em boas mãos.

Sorrio enquanto respiro fundo outra vez. Ele começa a analisar o formulário.

— Alguma condição especial? — pergunta ele, já pressionando a caneta no espaço marcado com o "não". Não respondo. Meu silêncio faz com que ele erga os olhos e repita a pergunta.

— Alguma condição especial? Doenças recentes? Algum ex maluco com quem eu deva me preocupar?

Sorrio com a última pergunta e balanço a cabeça.

— Nenhum ex maluco. Só um muito maravilhoso.

Ele assente devagar.

— E as outras perguntas? Alguma condição especial? — Ele espera minha resposta, mas só consigo hesitar, apreensiva. Semicerra os olhos e se inclina mais um pouco na minha direção, me observando com atenção, como se estivesse tentando descobrir mais do que é preciso para responder o questionário.

— É terminal?

Tento manter minha compostura.

— Na verdade, não. Ainda não.

Ele se inclina ainda mais e me encara com uma expressão de total sinceridade.

— O que é então, Maggie Carson?

Nem o conheço, mas há algo tranquilizador nele que me faz querer contar a verdade. Mas não conto. Encaro minhas mãos, unidas no meu colo.

— Se eu contar, talvez você não me deixe saltar.

Ele se inclina até seu ouvido ficar perto da minha boca.

— Se você falar bem baixinho, talvez eu nem consiga ouvir — sussurra ele.

Seu hálito acaricia minha pele na altura da clavícula, e fico toda arrepiada. Ele se afasta ligeiramente e me observa enquanto espera a resposta.

— Fibrose — respondo.

Nem sei se ele sabe o que é fibrose, mas talvez, respondendo de uma maneira simples, ele não me peça para explicar.

— Como estão seus níveis de oxigênio?

Acho que ele sabe o que significa.

— Por enquanto, tudo bem.

— Tem autorização médica?

Balanço a cabeça.

— Decisão de última hora. Às vezes, sou meio impulsiva.

Ele sorri, olha para o formulário de novo e marca "não" nas condições especiais. Então olha para mim.

— Bem, você deu sorte porque, por acaso, eu sou médico. Mas, se você morrer hoje, vou dizer para todo mundo que mentiu no questionário.

Rio e concordo com a cabeça, grata por ele estar se dispondo a ignorar isso. Sei que é algo importante.

— Obrigada.

Ele olha para o questionário e pergunta:

— Por que está me agradecendo? Não fiz nada.

A negação dele me faz sorrir. Ele continua percorrendo a lista de perguntas, e respondo com sinceridade até finalmente chegarmos à última página.

— Tá bom, última pergunta — diz ele. — Por que quer saltar de paraquedas?

Eu me inclino, tentando ler o formulário.

— Tem mesmo essa pergunta?

Ele aponta para ela.

— Tem, sim. Bem aqui.

Leio a pergunta, depois respondo com franqueza.

— Acho que é porque estou morrendo. Tenho uma lista bem grande de coisas que sempre quis fazer.

Seu olhar endurece um pouco, quase como se tivesse ficado chateado com a minha resposta. Ele volta a se concentrar no formulário, então inclino a cabeça e observo por cima do seu ombro enquanto ele escreve uma resposta totalmente diferente da que dei.

Quero saltar de paraquedas para sentir ao máximo que estou viva.

Ele me entrega o formulário e a caneta.

— Assine aqui — indica ele, apontando para o final da página. Depois que assino e devolvo os papéis, ele se levanta e estende a mão para mim. — Vamos preparar os paraquedas, srta. Quinhentos.

* * *

— Você é mesmo médico? — grito mais alto que o rugido dos motores.

Estamos sentados um de frente para o outro no pequeno avião. Ele está com um sorriso imenso, com dentes tão retos e brancos que poderia apostar que, na verdade, ele é dentista.

— Cardiologista! — grita ele. Indica o interior do avião com um gesto de mão. — Faço isso aqui por diversão!

Um cardiologista que salta de paraquedas no seu tempo livre? Impressionante.

— Sua mulher não fica chateada por você passar tanto tempo ocupado? — grito.

Meu Deus. Que pergunta mais óbvia e brega. Estremeço só de pensar que perguntei isso em voz alta. Nunca fui muito boa em paquera.

Ele se inclina para a frente e grita:

— O quê?

Ele vai mesmo me obrigar a repetir?

— Perguntei se sua mulher não fica chateada por você passar tanto tempo ocupado!

Ele balança a cabeça, desafivela o equipamento de segurança e vem se sentar do meu lado.

— Está muito barulho aqui dentro! — grita ele, indicando o interior do avião com a mão. — Fale de novo!

Reviro os olhos e começo a perguntar outra vez.

— Sua... mulher... não...

Ele ri e pressiona o dedo nos meus lábios, mas muito rapidamente. Afasta a mão e se aproxima de mim. Meu coração reage mais ao seu movimento rápido do que ao fato de que estou prestes a saltar deste avião.

— Estou brincando — diz ele. — Você parecia tão constrangida por ter feito a pergunta da primeira vez que eu quis obrigar você a perguntar de novo.

Dou um tapa no braço dele.

— Babaca!

Ele ri, depois levanta, estende o braço na direção do meu equipamento de segurança e aperta o botão para soltar. Então me faz levantar.

— Está pronta?

Assinto, mas é mentira. Estou completamente apavorada, **e se** esse cara não fosse um médico que faz esse tipo de coisa para se divertir — e também por ele ser o maior gato — eu provavelmente estaria amarelando nesse exato momento.

Ele me vira para eu ficar com as costas contra seu peito e conecta nossos equipamentos de segurança até eu estar bem presa a ele. Estou de olhos fechados quando o sinto colocar meus óculos de proteção. Depois de vários minutos esperando-o terminar de preparar tudo, ele me faz andar até a abertura do avião e pressiona as mãos em cada lado dela. Estou literalmente encarando as nuvens abaixo de mim.

Volto a fechar os olhos com força, bem na hora que ele aproxima a boca do meu ouvido.

— Não tenho mulher, Maggie. A única coisa que amo é a minha vida.

Por incrível que pareça, me pego sorrindo em um dos momentos mais assustadores da minha vida. Seu comentário faz valer a pena as três vezes que me obrigou a repetir a pergunta. Agarro meu equipamento com mais firmeza. Ele me envolve com os braços, segura minhas mãos e as acomoda nas laterais do meu corpo.

— Mais sessenta segundos — diz ele. — Posso pedir um favor?

Faço que sim, assustada demais para discordar dele agora, quando meu destino está praticamente em suas mãos.

— Se chegarmos vivos no chão, posso convidar você para jantar? Para comemorar que é a minha quingentésima?

Rio da insinuação sexual na pergunta e olho por cima do ombro.

— E instrutores de paraquedismo podem sair com as alunas?

— Não sei — responde ele, rindo. — A maioria dos meus alunos são homens, e eu nunca tive vontade de chamar nenhum deles para sair.

Volto a olhar para a frente.

— Dou minha resposta quando a gente aterrissar em segurança.

— Justo. — Ele me faz dar um passo para a frente, entrelaça nossos dedos, e abrimos os braços. — Chegou a hora, Quinhentos. Está pronta?

Assinto, e minha pulsação acelera ainda mais. O medo que me consome provoca um aperto no peito, tenho plena consciência do que estou prestes a fazer voluntariamente. Sinto sua respiração e o vento no meu pescoço enquanto ele nos leva até a beira do avião.

— Sei que você disse que queria pular de paraquedas porque está morrendo — comenta ele, apertando minhas mãos. — Mas isso não é morrer, Maggie! Isso é viver!

E, então, ele nos impulsiona para a frente... e saltamos.

1.

Sydney

Assim que abro os olhos, rolo para o lado e encontro a outra metade da cama vazia. Pego o travesseiro em que Ridge dormiu e o puxo para perto de mim. Ainda está com o cheiro dele.

Não foi um sonho. Graças a Deus.

Ainda não consegui assimilar a noite passada. O show que ele organizou com Brennan e Warren. As músicas que escreveu para mim. A maneira como finalmente conseguimos dizer um para o outro o que a gente sentia, sem nenhuma culpa.

Talvez seja por isso que estou com essa sensação de paz — por causa da ausência de toda aquela culpa que sempre senti na presença dele. Foi difícil me apaixonar por alguém que estava comprometido com outra pessoa. Foi ainda mais difícil tentar impedir que isso acontecesse.

Levanto da cama e dou uma olhada no quarto. A camiseta de Ridge está do lado da minha no chão, então ele ainda não foi embora. Estou um pouco nervosa com a ideia de sair do meu quarto e encontrá-lo, não sei por quê. Talvez seja porque agora ele é meu namorado e tive apenas doze horas para me adaptar a tudo isso. É tão... oficial. Não faço ideia de como vai ser. De como vai ser nossa vida juntos. Mas é um nervosismo bom.

Estendo o braço, pego sua camiseta e a visto. Vou até o banheiro para escovar os dentes e lavar o rosto. Penso em ajeitar o cabelo antes de ir para a sala, mas Ridge já me viu em condições piores. A gente dividia um apartamento. Ele já me viu em condições *muito* piores.

Quando abro a porta da sala, ele está sentado à mesa com um caderno e meu notebook. Eu me encosto no batente e o observo. Não sei o que ele acha disso, mas adoro poder encará-lo descaradamente sem que ele perceba que estou na sala.

Depois de um tempo, ele passa a mão no cabelo, frustrado, e percebo pela tensão em seus ombros que ele está estressado. Deve ser coisa do trabalho.

Ridge finalmente me nota, e o fato de ele parecer relaxar depois de me ver na porta faz com que todo o meu nervosismo desapareça de uma só vez. Ele me encara por um instante, depois solta a caneta sobre o caderno. Sorrindo, afasta a cadeira para poder se levantar e, em seguida, atravessa a sala de estar. Ele me agarra e me puxa para perto, pressionando os lábios na lateral da minha cabeça.

— Bom dia — ele me cumprimenta, recuando.

Nunca vou me cansar de escutá-lo falar. Sorrio para ele e respondo na língua dos sinais.

— Bom dia.

Ele olha para as minhas mãos e, depois, para mim.

— Isso é muito sexy.

Sorrio.

— Você falando é muito sexy.

Ele me beija, se afasta e vai até a mesa. Pega o celular e me manda uma mensagem.

Ridge: Tenho muito trabalho pra fazer hoje e preciso do meu próprio notebook. Vou pra casa e deixo você livre pra se arrumar pro trabalho. Quer que eu passe aqui à noite?

Sydney: Eu passo pela sua casa no caminho de volta do trabalho.

Ridge assente e pega o caderno em que estava escrevendo. Ele fecha o meu notebook e volta para perto de mim. Abraça minha cintura e me puxa para perto, pressionando a boca na minha. Retribuo o beijo e nós dois não paramos, nem mesmo quando o escuto jogar o caderno no balcão. Ele me ergue com os braços e alguns segundos depois estamos atravessando a sala. Ele me coloca no sofá e vem para cima de mim. Tenho certeza de que vou ser demitida esta semana. É impossível dizer para ele que já estou atrasada para o trabalho quando prefiro ser demitida a parar de beijá-lo.

Estou exagerando. Não quero ser demitida. Mas esperei muito tempo por isso e não quero que ele vá embora. Começo a contar até dez, prometendo a mim mesma que vou parar de beijá-lo e me arrumar para o trabalho quando terminar a contagem. Mas é só no vinte e cinco que finalmente pressiono seu peito.

Ele se afasta, sorrindo para mim.

— Eu sei — diz ele. — Trabalho.

Assinto e tento traduzir o que estou dizendo em sinais. Sei que não está totalmente certo, mas soletro as palavras que ainda não sei.

— Devia ter deixado para me conquistar no fim de semana, e não em dia útil.

Ridge sorri.

— Não consegui esperar tanto.

Ele beija meu pescoço e começa a se afastar para eu poder levantar, mas então para e fica me olhando com carinho por um instante.

— Syd — chama ele. — Você... está sentindo...

Ele para e pega o celular. Ainda temos uma grande barreira na nossa comunicação; ele ainda não se sente totalmente à vontade para falar certas coisas em voz alta, e eu não aprendi o suficiente da língua de sinais para que a gente possa ter uma conversa inteira em um ritmo decente. Até melhorarmos nisso, nosso meio de comunicação principal serão as mensagens. Fico observando enquanto ele escreve uma; meu celular apita.

Ridge: Como está se sentindo agora que finalmente estamos juntos?

Sydney: Incrível. E você?

Ridge: Incrível. E... livre? É essa palavra que estou procurando?

Ainda estou lendo e relendo sua mensagem quando ele volta a digitar. Ridge balança a cabeça, como se não quisesse que eu interpretasse errado a última mensagem.

Ridge: Não quis dizer livre no sentido de que a gente não era livre antes de ficarmos juntos ontem à noite. Ou que eu me sentia preso quando estava com Maggie. É só que...

Ele para por um instante, mas respondo antes que termine porque tenho quase certeza de que sei o que ele está tentando dizer.

Sydney: Você tem vivido pelos outros desde que era criança. E escolher ficar comigo foi um tipo de decisão egoísta. Você nunca faz as coisas pensando em si mesmo. Às vezes, se colocar em primeiro lugar pode ser libertador.

Ele lê minha mensagem, e quando seus olhos se viram rapidamente para os meus, percebo que acertei.

Ridge: Exatamente. Ficar com você foi a primeira decisão que tomei simplesmente porque eu queria. Não sei, acho que eu pensava que não era certo me sentir tão bem assim com tudo isso. Mas me sinto bem. É uma sensação boa.

Embora ele esteja dizendo tudo isso como se estivesse aliviado por finalmente ter tomado uma decisão egoísta, ainda vejo seu cenho franzido, como se seus sentimentos também estivessem acompanhados de culpa. Levo a mão à sua testa e massageio para desfazer a tensão, depois afago sua bochecha.

— Não se sinta culpado. Todos querem que você seja feliz, Ridge. Especialmente Maggie.

Ele assente sutilmente e beija a palma da minha mão.

— Eu te amo.

Ele disse essas palavras várias vezes à noite, mas escutar isso agora de manhã é como se ele estivesse dizendo pela primeira vez. Sorrio e afasto a mão para poder responder na língua de sinais:

— Também te amo.

É tudo muito surreal — ele realmente estar aqui comigo depois de tantos meses desejando que as coisas fossem assim. E ele tem razão. Era muito sufocante ficar longe dele, e é libertador agora que está aqui. E sei que ele não está dizendo isso por achar que não queria estar com Maggie. Ele a amava. Ele a *ama*. O que está sentindo é por ter passado a vida inteira decidindo em função dos outros, e não de si mesmo. E não acho que ele se arrependa. Ele é assim, só isso. E embora eu tenha sido uma decisão egoísta que ele finalmente tomou pensando em si mesmo, sei que continua sendo a mesma pessoa altruísta de sempre, então é claro que ainda vai sentir algum resquício de culpa. No entanto, precisamos nos colocar em primeiro lugar de vez em quando. Se uma pessoa não consegue viver sua vida do melhor jeito possível para si mesma, é impossível ela dar o seu melhor para os outros.

— No que está pensando? — pergunta ele, afastando meu cabelo.

Balanço a cabeça.

— Nada. É que...

Não sei traduzir em sinais o que quero dizer, então pego meu celular de novo.

Sydney: Isso tudo me parece tão surreal. Ainda estou tentando assimilar. O que aconteceu na noite passada foi totalmente inesperado. Eu estava começando a acreditar que você tinha decidido que a gente não poderia ficar junto.

Ridge olha para mim na mesma hora e dá uma risadinha, como se minha mensagem tivesse sido completamente absurda. Depois, ele se inclina para a frente e me dá um beijo bem suave e carinhoso antes de responder.

Ridge: Faz três meses que não durmo. Warren precisava me obrigar a comer porque eu estava ansioso o tempo inteiro. Pensei em você em todos os minutos de todos os dias, mas fiquei longe porque você disse que a gente precisava de um tempo separado. E isso acabou comigo, mas eu sabia que você tinha razão. Como a gente não podia ficar junto, me obriguei a escrever músicas sobre você.

Sydney: Tem alguma música que eu ainda não escutei?

Ridge: Toquei todas as minhas músicas novas ontem. Mas estou trabalhando em outra. Eu estava meio travado porque a letra não me parecia muito boa. Mas na noite passada, depois que você dormiu, as palavras começaram a jorrar como água. Escrevi tudo e enviei para Brennan assim que passei para o papel.

Ele escreveu uma música inteira depois que eu dormi? Semicerro os olhos e respondo.

Sydney: Você descansou um pouco, pelo menos?

Ele dá de ombros.

— Mais tarde eu cochilo — diz ele, roçando o dedo no meu lábio inferior. — Fique de olho no seu e-mail — avisa enquanto se aproxima para me beijar de novo.

Adoro quando Brennan faz uma primeira versão das músicas que Ridge escreve. Acho que nunca vou me cansar de namorar um músico.

Ridge levanta do sofá e me levanta.

— Vou embora para você poder se arrumar.

Concordo e dou um beijo de despedida nele; tento voltar para o meu quarto, mas ele não solta minha mão. Quando me viro, ele me encara com expectativa.

— O que foi?

Ele aponta para a camiseta que estou usando. A camiseta *dele*.

— Vou precisar disso.

Olho para a camiseta e rio. Tiro-a — lentamente — e a entrego para ele. Ridge fica me analisando dos pés à cabeça enquanto pega a camiseta e a veste.

— Que horas você vai chegar lá em casa mesmo?

Ele ainda está encarando meus seios enquanto pergunta, completamente incapaz de me olhar nos olhos.

Rio e o empurro na direção da porta. Ele a abre e sai do meu apartamento, mas só depois de roubar outro beijo. Fecho a porta e percebo que, pela primeira vez desde que saí do meu antigo apartamento, sinto como se eu não tivesse mais nenhum ressentimento em relação à confusão que Hunter e Tori causaram.

Tenho certeza absoluta, sem sombra de dúvida, de que sou grata a eles. Eu passaria por todo o sofrimento um milhão de vezes se o resultado final fosse sempre Ridge.

* * *

Algumas horas depois, recebo um e-mail de Brennan. Entro numa das cabines do banheiro do trabalho com meu fone de

ouvido e clico no e-mail com o assunto "Você Me Libertou".
Eu me encosto na parede, dou play no celular e fecho os olhos.

"Você Me Libertou"
Tenho andado por aí sem perceber
Tentado me esconder
Estava no subsolo com o demônio
E você me salvou como um barco no mar
Dizendo pra seguir você

Então lá vamos nós
Estamos avançando
Era o que eu estava esperando
Lá vamos nós
Estamos avançando

Você me libertou
A poeira do meu corpo expulsou
Tudo trancado, e a chave você achou
E agora fui eu quem notou
Que em nenhum outro lugar quero estar
E juntos nós vamos ficar
Você me libertou

É difícil saber o custo
Mas ao perder uma coisa
Você sabe que tem um preço
Acho que você nasceu
Para vir me salvar
Quando não consigo melhorar

Então lá vamos nós
Estamos avançando
Era o que eu estava esperando

Lá vamos nós
Estamos avançando

Você me libertou
A poeira do meu corpo expulsou
Tudo trancado, e a chave você achou
E agora fui eu quem notou
Que não quero estar em nenhum outro lugar
E juntos nós vamos ficar
Você me libertou

Eu estava me guardando
E por aí andando
Achava que o teto era o chão
Sem remédio para me curar
Uma Ave-Maria para quem pecar
Um novo começo para uma conclusão

Você me libertou
A poeira do meu corpo expulsou
Tudo trancado, e a chave você achou
E agora fui eu quem notou
Que não quero estar em nenhum outro lugar
E juntos nós vamos ficar
Você me libertou

Fico em silêncio absoluto quando a música termina. Lágrimas escorrem pelas minhas bochechas, e olha que a música nem é triste. Mas o significado por trás da letra que Ridge escreveu depois de dormir comigo é mais importante para mim do que qualquer outra que ele já tenha escrito. E embora eu tenha entendido o que ele quis dizer pela manhã, quando falou que estava se sentindo livre pela primeira vez, só agora percebi o quanto me identifico com o que ele está sentindo.

Você também me libertou, Ridge.

Tiro o fone do ouvido, apesar de querer colocar a música para repetir e continuar escutando pelo resto do dia. Ao deixar o banheiro, percebo que estou cantarolando em voz alta no corredor vazio com um sorriso ridículo no rosto.

— Não quero estar em nenhum outro lugar. E, juntos, nós vamos ficar...

2.

Maggie

Penso na morte a cada minuto de cada hora de cada dia da minha vida. Tenho quase certeza de que penso mais na morte do que uma pessoa normal. É difícil não fazer isso quando você sabe que recebeu apenas uma fração do tempo que quase todo mundo no planeta recebe.

Eu tinha 12 anos quando comecei a pesquisar meu diagnóstico. Ninguém nunca tinha me explicado que a fibrose cística era acompanhada de uma data de validade. Não uma data de validade para a doença, mas para a minha vida.

Desde aquele dia, com apenas 12 anos, passei a enxergar a vida de uma maneira totalmente diferente. Por exemplo, quando estou na seção de cosméticos de uma loja, vejo o creme anti-idade e sei que nunca vou precisar dele. Vou ter é sorte se minha pele começar a enrugar antes de eu morrer.

Às vezes, quando estou no mercado, vejo a data de validade dos alimentos e me pergunto o que vai durar mais: eu ou a mostarda?

De vez em quando, recebo pelo correio convites de casamento cuja cerimônia só vai acontecer um ano depois. Circulo a data no calendário e me pergunto se minha vida vai durar mais do que o noivado do casal.

Penso na morte até quando vejo recém-nascidos. Saber que nunca vou viver o suficiente para ver meu filho virar adulto acabou com todo desejo que eu tinha de ser mãe.

Não sou uma pessoa deprimida. Nem sequer estou triste com o meu destino. Eu o aceitei muito tempo atrás.

A maioria das pessoas vive como se fosse completar os 100 anos de idade. Elas planejam carreira, família, férias e futuro como se fossem estar presentes em tudo isso. Mas meus pensamentos não funcionam como os da maioria das pessoas, pois sei que não tenho a opção de fingir que vou viver até os 100 anos. Porque não vou. Com base no estado atual da minha saúde, vou ter sorte se conseguir viver mais dez anos. E é justamente por isso que penso na morte a cada minuto de cada hora de cada dia da minha vida.

Era assim até hoje.

Até o momento que saltei do avião e vi, abaixo de mim, uma Terra que parecia tão insignificante que foi impossível não gargalhar. E não consegui parar de gargalhar. Enquanto a gente caía, passei o tempo inteiro gargalhando histericamente até começar a chorar porque a experiência era linda e empolgante e excedia em muito as minhas expectativas. Enquanto a gente despencava na direção da Terra, a mais de 160 km/h, não pensei na morte em nenhum momento. Só consegui pensar na sorte que eu tinha de poder me sentir tão viva.

Enquanto o vento batia com força contra mim, só conseguia pensar nas palavras de Jake: "Isso é viver!"

Ele tem razão. Nunca vivi tanto, e quero fazer de novo. Estamos no chão faz apenas um minuto. A aterrissagem de Jake foi impecável, mas continuo presa a ele e estamos sentados no chão. Meus pés estão estendidos na minha frente enquanto tento recobrar o fôlego. Gosto do fato de ele ter me dado um momento de silêncio para assimilar tudo.

Jake começa a nos soltar e se levanta. Fico sentada enquanto ele dá a volta e para na minha frente, bloqueando o sol com sua silhueta. Olho para ele e fico um pouco envergonhada por ainda estar chorando, mas não o suficiente para tentar disfarçar.

— E aí? — pergunta ele, estendendo a mão. — Como foi?

Aceito a ajuda, e ele me puxa enquanto uso a outra mão para enxugar as lágrimas das minhas bochechas. Eu fungo, depois rio.

— Quero ir de novo.

Ele ri.

— Agora?

Balanço a cabeça com determinação.

— Sim. Foi incrível. A gente pode ir de novo?

Ele nega com a cabeça.

— O avião está reservado pelo resto da tarde. Mas posso agendar você para o meu próximo dia de folga.

Sorrio.

— Seria ótimo.

Jake me ajuda a tirar o equipamento de segurança, e eu lhe entrego meu capacete e meus óculos. Ao entrarmos, tiro meu traje. Quando chego ao balcão da frente, Jake já imprimiu as fotos e baixou um vídeo do salto para mim.

— Mandei para o e-mail do seu cadastro — diz ele, me entregando uma pasta com as fotos — O endereço em seu formulário é o endereço atualizado da sua casa?

Assinto.

— É sim. Vai chegar alguma coisa pelo correio?

Ele desvia o olhar do computador e sorri para mim.

— Não, mas *eu* vou chegar lá hoje às sete.

Ah. Ele estava falando sério quando disse que queria comemorar à noite. Está bem, então. De repente, me bate o maior nervosismo. Mas não deixo transparecer. Sorrio para ele.

— Vai ser uma comemoração mais casual ou formal?

Ele ri.

— Posso até fazer uma reserva em algum lugar, mas sinceramente sou mais de pizza e cerveja. Ou hambúrguer ou tacos ou qualquer coisa que não precise de gravata.

Sorrio, aliviada.

— Perfeito — respondo, me afastando do balcão. — Nos vemos às sete. Tente não se atrasar.

Eu me viro e caminho até a porta, mas antes que eu saia ele diz:

— Não vou me atrasar. Na verdade, quero até chegar mais cedo.

* * *

Ridge e eu namoramos por tanto tempo a ponto de eu não lembrar a última vez que me estressei pensando no que vestir para um encontro. Tirando o fetiche que ele tinha por sutiãs que abrem pela frente, acho que Ridge não prestava atenção nem mesmo na lingerie que eu usava. Mas cá estou eu revirando minha gaveta, tentando encontrar alguma coisa que combine, ou que não tenha buracos, ou que não seja roupa de avó.

Não acredito que não tenho uma calcinha bonita.

Abro a última gaveta. Ela está cheia de coisas que, por algum motivo, me convenci de que nunca usaria. Enquanto afasto as meias sem par e a calcinha com abertura frontal que ganhei de zoação, eu me deparo com algo que me faz esquecer completamente do que estou procurando.

É uma folha de papel dobrada. Não preciso abrir para saber o que é, mas vou até minha cama e abro mesmo assim. Sento e fico encarando a lista que comecei a escrever há mais de dez anos, quando eu tinha apenas 14.

É uma espécie de *bucket list*, ou seja, uma lista de coisas que quero fazer antes de morrer, embora na época eu não soubesse o que significava *bucket list*. Foi por isso que chamei de "Coisas que quero fazer antes dos 18". As palavras *antes dos 18* estão rabiscadas porque passei esse aniversário no hospital. Quando voltei para casa, estava ressentida com o mundo inteiro e com o fato de eu não ter feito nada da minha lista. Então rabisquei o fim do título e mudei para "Coisas que quero fazer. Talvez algum dia desses..."

Só tem nove coisas nela.

- ☐ *Dirigir um carro de corrida*
- ☑ *Saltar de paraquedas*
- ☐ *Ver a aurora boreal*
- ☐ *Comer espaguete na Itália*
- ☐ *Perder 5.000 dólares em Las Vegas*
- ☐ *Visitar as Cavernas de Carlsbad*
- ☐ *Pular de bungee jump*
- ☐ *Transar com alguém só por uma noite*
- ☐ *Visitar a Torre Eiffel em Paris*

Analiso a lista e percebo que fiz apenas uma das nove coisas que eu queria fazer quando adolescente. Saltei de paraquedas. E só fiz isso hoje, mas terminou sendo o melhor momento da minha vida.

Estendo o braço para a mesinha de cabeceira e pego uma caneta. Risco o segundo item da lista.

Ainda faltam oito coisas. E, sinceramente, dá para fazer todas. Talvez. Se eu conseguir evitar pegar alguma doença durante a viagem, dá para fazer todas elas. Talvez dê para fazer a oitava hoje mesmo.

Não sei o que Jake acharia de ser ticado como um item da minha lista de coisas que quero fazer antes de morrer, mas acho que ele não se incomodaria muito de ficar comigo só por uma noite. E até parece que vou deixar esse encontro de hoje virar algo mais. A última coisa que eu quero é uma situação em que eu me sinta novamente um fardo para alguém. A ideia de ser a ficante irresistível com direito a sexo casual me deixa muito mais empolgada do que a possibilidade de ser a namorada com uma doença terminal.

Dobro o papel e guardo na gaveta da mesinha de cabeceira. Vou até a gaveta e pego uma calcinha qualquer. Nem me importo com a aparência dela. Se tudo correr como o planejado, vou tirá-la antes que Jake tenha tempo de perceber. Estou vestindo a calça jeans quando recebo uma mensagem.

Sorrio ao ler a mensagem. Faz meses que terminamos, mas Ridge e eu ainda trocamos mensagens de vez em quando. Por mais que tenha sido difícil ver nosso namoro chegar a um fim tão inesperado, teria sido ainda mais difícil perder essa amizade. Ele e Warren são os únicos amigos que tive nos últimos seis anos. O fracasso do nosso relacionamento não significa que nossa amizade não possa dar certo, e fico grata por isso. E, sim, é estranho conversar sobre Sydney com ele, mas Warren tem me atualizado sobre tudo relacionado a Ridge, mesmo que sejam partes da vida dele que não faço questão de saber. Sinceramente, quero que Ridge seja feliz. E, por mais que eu tenha ficado com raiva quando descobri que ele beijou Sydney, continuo gostando dela. Não é como se ela tivesse surgido do nada com más intenções e tentado roubá-lo de mim. Na verdade, a gente se dava bem, e sei que os dois tentaram fazer a coisa certa. Não sei se um dia chegaremos ao ponto de convivermos todos como amigos. Acho que seria estranho demais. Mas posso ficar feliz com a felicidade de Ridge. E depois que Warren me contou o plano deles de enganar Sydney para que ela fosse a um bar ontem e Ridge a convencesse a ficar com ele, fiquei curiosa para saber o que aconteceu. Pedi que Ridge me avisasse se o plano tinha dado certo, mas não sei se quero saber os detalhes. Sou capaz de aceitar que ela faz parte da vida dele agora e estou realmente feliz por ele. Mas acho que nunca vou querer saber os detalhes.

Eu: Que ótimo, Ridge!

Ridge: Pois é, e não vamos falar mais nada sobre isso porque ainda acho estranho demais conversar sobre esse assunto com você. Alguma notícia da tese?

Que bom que pensamos da mesma maneira. E não acredito que me esqueci de contar a boa notícia para ele.

Eu: Sim! Soube ontem. Tirei 5!

Antes que ele responda, escuto alguém batendo à porta. Vejo a hora no celular e são apenas 18:30. Jogo o aparelho na cama, vou até a sala de estar e dou uma espiada no olho mágico. Jake não estava brincando quando falou que ia chegar antes. Ainda nem terminei de me arrumar.

Recuo até o espelho no corredor e, enquanto confiro meu reflexo, grito:

— Só um segundo!

Depois, volto correndo e espio no olho mágico de novo. Jake está parado com as mãos nos bolsos da calça jeans, observando meu jardim enquanto me espera abrir a porta. Sinceramente, é um pouco surreal saber que estou prestes a sair com esse cara. Caramba, ele é um cirurgião cardiovascular! E como é que ele está solteiro, hein? Ele é uma graça. E muito alto. E bem-sucedido. E... aquilo ali é um...?

Escancaro a porta e saio.

— Puta merda, Jake. Aquilo é um Tesla?

Não quero ser mal-educada, mas passo rapidamente por ele e vou até seu carro. Escuto sua risada atrás de mim e ele me acompanha até a entrada da garagem.

Estou longe de ser fanática por carros, mas uma das minhas vizinhas namora um cara que tem um Tesla, e eu estaria mentindo se dissesse que não sou um pouco obcecada por esse carro. Mas não conheço minha vizinha o suficiente para perguntar se posso dar uma volta no carro do namorado dela.

Passo a mão no capô liso e preto.

— É verdade que ele não tem motor?

Eu me viro, e Jake me observa curioso enquanto encaro o carro, e não ele.

Ele faz que sim.

— Quer que eu abra o capô?

— Quero.

Ele abre o capô com o botão da chave e se põe ao meu lado para levantá-lo. Não tem nada dentro, é só um compartimento vazio e revestido. Sem motor. Sem transmissão. Não tem... nada.

— Então esse carro não tem motor nenhum? Nunca precisa colocar gasolina?

Ele balança a cabeça.

— Não. Nem preciso trocar o óleo. Só preciso fazer manutenção nos freios e nos pneus, na verdade.

— E como ele se mantém funcionando?

— Tenho um carregador na garagem.

— Você liga o carro na tomada de noite como se estivesse carregando um celular?

— Basicamente isso.

Eu me viro de novo para o carro, admirando-o. Não acredito que vou andar num Tesla hoje. Faz dois anos que quero andar em um. Se em algum momento nos últimos anos eu tivesse atualizado minha *bucket list*, eu certamente riscaria esse item hoje.

— Eles são ótimos para o meio ambiente — diz ele, encostando no capô. — Zero emissão de gases.

Reviro os olhos.

— É, legal. Mas qual a velocidade máxima que ele atinge?

Ele ri e cruza os pés na altura dos tornozelos. Então responde com uma voz propositalmente baixa e sensual enquanto ergue a sobrancelha:

— Vai de zero a cem... em dois segundos e meio.

— Meu Deus.

Ele aponta a cabeça para o carro.

— Quer dirigir?

Olho para o carro e depois para ele.

— Sério?

Ele sorri carinhosamente.

— Na verdade, deixa só eu fazer uma ligação. — Ele pega o celular. — Talvez eu consiga permissão para a gente entrar na Harris Hill.

— O que é Harris Hill?

Ele leva o celular até a orelha.

— Uma pista de corrida pública em San Marcos.

Cubro a boca com a mão, tentando disfarçar meu entusiasmo. Qual é a probabilidade de eu riscar um terço dos itens da minha lista em um único dia? Saltar de paraquedas, dirigir um carro de corrida *e* possivelmente transar com alguém só por uma noite?

3.

Ridge

Abro os olhos e fico encarando o teto. A primeira coisa que penso é em Sydney. A segunda coisa é que não acredito que peguei no sono no sofá no meio da tarde.

Mas eu mal dormi na noite anterior. Na verdade, mal dormi na última semana inteira. Estava ansioso demais com o show que planejei para Sydney, porque não sabia como ela ia reagir. E então, quando ela reagiu melhor do que eu poderia imaginar e terminamos indo para a casa dela, foi impossível dormir porque não consegui parar de mandar letras de música para Brennan. Só na noite passada ele deve ter recebido material suficiente para umas três músicas.

Quando saí do apartamento de Sydney pela manhã, meu plano era vir para casa e tirar o atraso do trabalho, mas não consegui me concentrar em nada por estar exausto. Por fim, acabei deitando no sofá e colocando *Game of Thrones*. Devo ser a última pessoa a começar a ver a série, mas tem meses que Warren tenta fazer com que eu assista e o alcance nos episódios. Ele está na terceira temporada, mas só consegui ver os primeiros três episódios da primeira temporada antes de apagar.

Será que Sydney vê? Se não, prefiro recomeçar e assistir com ela.

Pego o telefone e encontro duas mensagens não lidas de Warren, uma de Maggie, uma de Brennan e uma de Sydney. Abro a de Sydney primeiro.

Sydney: Escutei a música. Ela me fez chorar. É muito boa, Ridge.

Ridge: Acho que você é suspeita pra falar porque está apaixonada por mim.

Ela responde na mesma hora.

Sydney: Nada disso. Eu teria amado a música mesmo se não te conhecesse.

Ridge: Você não está fazendo bem para o meu ego. Que horas você chega?

Sydney: Estou a caminho. Warren e Bridgette estão aí?

Ridge: Quase certeza que os dois vão trabalhar hoje à noite.

Sydney: Perfeito. Até daqui a pouco.

Fecho as mensagens de Sydney e abro a de Warren.

Warren: Brennan me mandou a música nova. Gostei.

Ridge: Valeu. Comecei *Game of Thrones* hoje. Gostei.

Warren: FINALMENTE, NÉ! Já chegou ao episódio em que o Stark é decapitado na frente das filhas?

Pressiono o celular contra o peito e fecho os olhos. Às vezes, eu odeio Warren. Tipo, odeio *mesmo*.

Ridge: Porra, como você é babaca.

Warren: Cara, é o melhor episódio de todos!

Jogo o celular na mesa de centro e me levanto. Vou até a cozinha e abro a geladeira para procurar uma maneira de me vingar dele. Espero que Warren esteja brincando. Ned Stark? Sério, George?

Tem uma fatia dos queijos chiques de Bridgette na gaveta. Pego e abro a embalagem. É um tipo de queijo branco com um pouco de espinafre no meio ou algo assim. Fede pra cacete, mas parece um sabonete quando está sem a embalagem. Levo até o banheiro de Warren, tiro o sabonete dele e coloco o queijo no lugar.

Ned é decapitado? Juro por Deus que se isso acontecer vou jogar fora minha televisão.

Quando volto para a sala, meu celular está aceso na mesa de centro. É uma mensagem de Sydney avisando que acabou de estacionar. Vou até a entrada, abro a porta e desço a escada. Ela está subindo, e assim que vejo seu sorriso me esqueço da decapitação que estou torcendo para ser apenas uma terrível pegadinha de Warren.

Nos encontramos no meio da escada. Ela ri do meu entusiasmo quando a encosto no corrimão e a beijo.

Meu Deus, eu amo essa garota. Não sei o que teria acontecido se ela não tivesse feito o sinal de "quando" na noite passada, juro. Certamente ainda estaria naquele palco, tocando todas as músicas tristes que conheço e tomando todas as bebidas alcoólicas do bar até a última gota.

Mas não apenas o pior cenário não aconteceu, como o melhor cenário aconteceu. Ela adorou e ela me ama e agora estamos aqui, juntos, prestes a ter uma noite perfeita e entediante no meu apartamento sem fazer nada além de pedir comida e ver televisão.

Eu me afasto dela, e ela estende a mão para limpar o gloss da minha boca.

— Você já viu *Game of Thrones*? — pergunto.

Ela balança a cabeça.

— Quer ver?

Ela faz que sim. Seguro sua mão e subimos a escada. Quando entramos no apartamento, ela segue para o banheiro e pego meu celular. Abro a mensagem não lida de Maggie.

Maggie: Sim! Soube ontem. Tirei 5.

Ridge: Por que será que não estou surpreso? Parabéns! Espero que tenha feito alguma coisa para comemorar.

Maggie: Fiz, sim. Pulei de paraquedas hoje.

Pulou de paraquedas? Espero que seja brincadeira. Pular de paraquedas é a última coisa que ela deveria fazer. Não deve fazer nada bem para os pulmões dela. Começo a responder, mas paro no meio da mensagem. Era isso que mais irritava a Maggie em mim. Minha preocupação constante. Preciso parar de me estressar com a ideia de ela fazer coisas que piorem sua situação. A vida é dela, e ela merece vivê-la como quiser.

Apago a mensagem. Quando ergo o olhar, vejo Sydney parada perto da geladeira, me observando.

— Está tudo bem? — pergunta.

Endireito a postura e guardo o celular no bolso. Não quero falar de Maggie agora, então sorrio e deixo o assunto para outro dia.

— Vem aqui — peço.

Ela sorri e se aproxima, colocando os braços ao redor da minha cintura. Eu a puxo para perto de mim.

— Como foi seu dia?

Ela sorri.

— Excelente. Meu namorado escreveu uma música para mim.

Pressiono os lábios na testa dela, toco seu queixo com o dedão e inclino seu rosto na direção do meu. Assim que começo a beijá-la, ela agarra minha camisa e começa a ir em direção ao meu quarto. Só paramos de nos beijar quando ela cai na minha cama e eu vou para cima dela.

Passamos vários minutos nos beijando assim, vestidos, algo que eu até corrigiria, mas é gostoso. Nós não nos apaixonamos de uma maneira normal — passamos de um beijo que nos deixou cheios de culpa por semanas a um período de três meses sem nos falarmos a uma noite fazendo as pazes e amor. Não tínhamos relação nenhuma e, de repente, foi tudo de uma vez. É legal fazer as coisas com calma. Quero passar o resto da noite beijando Sydney porque passei três meses inteiros pensando em beijá-la assim.

Ela me faz deitar de costas e vem para cima de mim, interrompendo nosso beijo. Seu cabelo cai ao redor do seu rosto, então ela o joga por cima do ombro e me beija delicadamente na boca, depois se senta, ficando montada em mim para poder falar em sinais.

— A noite passada parece... — Ela para, tendo dificuldade para fazer o resto dos sinais, então termina falando. — Parece ter sido há uma eternidade.

Assinto e ergo as mãos para ensiná-la a dizer "eternidade" com sinais. Digo a palavra em voz alta enquanto ela repete meus movimentos. Quando acerta, concordo com a cabeça e respondo "muito bem" em sinais.

Ela deita ao meu lado e se apoia no cotovelo.

— Como se diz "surdo" na língua dos sinais?

Faço o sinal da palavra, deslizando a mão pela mandíbula na direção da boca.

Ela leva o dedão do ouvido até o queixo.

— Assim?

Balanço a cabeça para indicar que ela errou. Eu me apoio no cotovelo, seguro sua mão para esconder seu dedão e estender seu indicador. Pressiono-o na orelha dela e o deslizo por cima da mandíbula, na direção da boca.

— Assim — digo. Ela repete com perfeição, o que me faz sorrir. — Perfeito.

Ela volta a deitar no travesseiro e sorri para mim. Adoro que ela tenha estudado a língua dos sinais durante os três meses que passamos separados. Por mais irritado que eu esteja com Warren por ter me contado um spoiler de *Game of Thrones*, jamais serei capaz de compensá-lo por tudo que fez para ajudar Sydney e eu a nos comunicarmos sem tantas barreiras. Ele é um ótimo amigo... quando não está sendo o maior babaca.

Ela aprendeu ASL muito rápido. Toda vez que faz algum sinal, fico impressionado. Me faz querer que ela faça sinais para tudo a partir de agora e que eu pronuncie todas as palavras que quero dizer para ela.

— Minha vez — verbalizo. — Como se reproduz o som que um gato faz?

Tem tantas palavras que ainda não entendo, e os sons dos animais são uma grande parte delas. Talvez eu tenha dificuldade em entender por ser impossível ler lábios quando o som vem de um gato ou cachorro.

— Tipo miau? — pergunta ela.

Faço que sim e pressiono os dedos na sua garganta para sentir sua vibração enquanto ela fala. Ela repete a palavra e depois tento reproduzir da melhor maneira possível.

— Mi... ó?

Ela balança a cabeça.

— A primeira parte tem som de...

Ela faz os sinais de *mi*.

— Mi?

Ela assente.

— A segunda parte...

Ela ergue a mão e faz os sinais das letras A e U enquanto as diz em voz alta de novo. Mantenho a palma pressionada na sua garganta.

— De novo — peço.

Ela pronuncia lentamente.

— Mi... au.

Amo a maneira como os lábios dela formam um círculo no fim do som. Eu me inclino e a beijo antes de tentar de novo.

— Mi... au.

Ela sorri.

— Melhorou.

Digo mais rapidamente.

— Miau.

— Perfeito.

Esquecendo que ela ainda está aprendendo a língua de sinais, começo a perguntar por que *miau* é usado em algumas situações; seus olhos se arregalam confusos enquanto ela tenta acompanhar minhas mãos. Eu me inclino por cima dela, pego meu celular e digito uma pergunta.

Ridge: Por que às vezes usam MIAU pra indicar algo sexy? A palavra faz um som sensual quando é pronunciada?

Sydney ri e suas bochechas coram um pouco quando ela responde.

— Muito.

Que interessante.

Ridge: Também é sexy quando uma pessoa late imitando um cachorro?

Ela balança a cabeça.

— Não, nem um pouco.

A forma verbal da língua inglesa é tão confusa. Mas adoro aprender mais sobre isso com ela. Foi a primeira coisa que despertou minha atenção por ela, além da atração física — sua paciência com minha incapacidade de escutar e seu entusiasmo em querer aprender tudo sobre o assunto. São poucas as pessoas assim no mundo, e toda vez que ela faz sinais para mim penso na sorte que tenho.

Eu a puxo para perto e me aproximo da sua orelha.

— Miau.

Quando me afasto, Sydney não está mais sorrindo. Está me encarando como se tivesse sido a coisa mais sexy que já escutou na vida. Ela confirma meus pensamentos deslizando os dedos pelo meu cabelo e puxando minha boca até a sua. Vou para cima dela e separo seus lábios com a língua. Assim que aprofundo o beijo, sinto a vibração do seu gemido e me perco por completo.

E nossas roupas também se perdem. Lá se vai aquela história de fazer tudo com calma hoje.

4.

Sydney

Meus olhos acompanham o caminho que o dedo de Ridge faz enquanto acaricia minha barriga. Estamos deitados assim há cinco minutos, com ele fazendo círculos na minha pele e me observando. De vez em quando ele me beija, mas estamos exaustos demais para um segundo round.

Nem sei como ele ainda está acordado. Passou a noite anterior na minha casa acordado escrevendo aquela música para mim, e assim que cheguei aqui, faz uma hora e meia, viemos direto para o quarto e ficamos bem ocupados. São quase oito da noite, e se eu não jantar logo vou acabar pegando no sono bem aqui na cama dele.

Minha barriga ronca, e Ridge ri, pressionando-a.

— Está com fome?

— Deu para sentir o ronco?

Ele assente.

— Vou tomar um banho e depois vejo o que a gente pode jantar.

Ele me beija, levanta da cama e vai até o banheiro. Encontro sua camiseta e a visto antes de ir até a cozinha pegar algo para beber. Quando abro a geladeira, alguém atrás de mim diz:

— Oi.

Solto um gritinho e escancaro a porta da geladeira para tentar esconder a parte desnuda do meu corpo. Brennan está sentado no sofá, sorrindo.

E também os dois caras da banda dele que ainda não conheci oficialmente.

Brennan inclina a cabeça.

— Na noite em que te conheci, você estava sem camiseta. E agora está *só* de camiseta.

Acho que nunca senti tanta vergonha na vida. Nem coloquei minha calcinha, e apesar de a camiseta de Ridge cobrir a minha bunda, não sei como voltar para o quarto dele sem perder o restinho que sobrou da minha dignidade.

— Oi — cumprimento, acenando o braço ridiculamente por cima da porta. — Vocês se incomodam em olhar para o outro lado para eu poder procurar minha calça?

Os três riem, mas viram para a parede, me dando alguns segundos para voltar correndo para o quarto de Ridge. Assim que começo a fechar a geladeira, a porta do apartamento é escancarada e Warren entra. Abro a geladeira de novo para continuar me protegendo.

Warren bate a porta depois de uma Bridgette enfurecida entrar no apartamento.

— Pode ir! — reclama ele, acenando enquanto ela atravessa a sala com raiva na direção do quarto deles. — Vai se esconder no seu quarto e me dar um gelo como você sempre faz!

Bridgette bate a porta do quarto. Olho para Warren, que está encarando Brennan e os outros dois caras no sofá.

— E aí — cumprimenta ele, sem notar a minha presença. — Beleza?

Nenhum deles está olhando para Warren porque pedi que virassem para a parede.

— Oi, Warren — responde Brennan ainda olhando para o outro lado.

— Por que estão encarando a parede?

Brennan aponta para a geladeira, mas continua olhando a parede.

— Estamos esperando ela voltar correndo para o quarto e se vestir.

Warren se vira para mim e seus olhos se animam na mesma hora.

— Opa, que bela visão — diz ele, jogando as chaves no balcão. — Sei que te vejo o tempo todo, mas é bom finalmente te ver de novo aqui no apartamento.

Engulo em seco, fazendo o que posso para manter a compostura.

— É... é bom estar de volta, Warren.

Ele aponta para a porta da geladeira.

— Você não devia ficar aí parada com a porta aberta desse jeito. Ridge agora quer que eu divida as contas com ele, e assim você está desperdiçando muita energia.

Eu balanço a cabeça.

— Pois é. Foi mal. Mas eu meio que estou sem calça, então se você puder ir até ali e ficar virado para a parede que nem o pessoal, eu fecho a porta e volto para o quarto de Ridge.

A cabeça de Warren pende para o lado, e ele dá dois passos na minha direção enquanto se inclina para a direita, como se estivesse tentando ver o que está atrás da porta da geladeira.

— Está vendo só? — grita Bridgette do outro lado, parada na entrada do quarto de Warren com a porta aberta. — É exatamente disso que estou falando, Warren! Você dá em cima de todo mundo!

Ela bate a porta de novo.

Warren joga a cabeça para trás e suspira antes de seguir para o quarto deles. Aproveito a oportunidade para voar até o quarto de Ridge. Fecho a porta e me encosto nela, cobrindo o rosto com as mãos.

Nunca mais volto lá fora.

Estou indo para o banheiro de Ridge bem na hora que ele abre a porta. Com uma toalha enrolada na cintura, ele seca o cabelo com outra. Vou correndo até ele e o abraço, enterrando meu rosto no seu peito enquanto fecho os olhos com firmeza. Começo a balançar a cabeça e ele me afasta para poder me olhar. Não consigo nem imaginar a visão que está tendo, pois estou gemendo e franzindo a testa e rindo da minha vergonha.

— O que aconteceu?

Aponto para a sala de estar e respondo em sinais.

— Seu irmão. Warren. A banda. Aqui.

Depois indico meu corpo seminu e minha bunda praticamente aparecendo por baixo da camiseta dele. Ele me olha dos pés à cabeça, depois se volta para a sala, depois para mim de novo, semicerrando os olhos como se estivesse se lembrando de alguma coisa...

— Quando conheceu Brennan... você estava de sutiã. E agora está de...

— *Pois é* — respondo gemendo, caindo na cama dele.

Ridge começa a rir enquanto veste a calça jeans. Em seguida, se aproxima e penso que vai me beijar, mas ele apenas tira a camiseta dele pela minha cabeça. Está totalmente vestido agora, e eu, mais nua do que estava quando entrei no quarto. Ele me entrega minhas roupas, e sei que quer me apresentar oficialmente à banda, mas quero ficar aqui deitada em posição fetal até todo mundo ir embora.

Eu me obrigo a deixar isso de lado e me vestir porque Ridge está sorrindo para mim como se achasse tudo muito divertido, e seu sorriso me faz esquecer do quanto estou envergonhada. O beijo que ele me dá ao me puxar na direção da porta me faz esquecer ainda mais.

Quando voltamos à sala, Brennan está sentado no balcão, balançando as pernas para a frente e para trás. Ele sorri para mim e é assustador o quão parecido ele e Ridge são, apesar de se comportarem de maneiras tão diferentes. Ridge me acompanha até o sofá, onde os dois outros membros da Sounds of Cedar estão de pé para apertar minha mão.

— Spencer — diz o alto e de cabelos escuros.

Ele é o baterista. Sei porque já vi a banda tocar. Só nunca tinha sido apresentada a eles.

— Price — o outro se apresenta, apertando minha mão.

Ele é o guitarrista e faz backing vocal, e por mais que a estrela da banda realmente seja Brennan, Price também chama muito atenção. Ele tem jeito de roqueiro, apesar de a música deles nem ser tipicamente rock. É mais uma vibe de música pop/alternativa. Mas ele provavelmente se daria bem com qualquer tipo de música, pois é muito carismático no palco. Brennan às vezes fica mais na dele e deixa Price brilhar.

— Eu sou a Sydney. — Tento parecer confiante. — Que bom finalmente conhecer vocês. Sou muito fã da banda. — Gesticulo na direção deles e de Brennan. — É impressionante o quanto vocês gravam tudo rápido.

Price ri e diz:

— Sydney, todos nós somos muito fãs seus. Ridge passou por um grande período de seca antes de você aparecer.

Arregalo os olhos e encaro Ridge, que está encarando Brennan, que está interpretando em sinais tudo que todos estão dizendo. Ridge imediatamente olha para mim e depois para Price.

— Seca? — pergunta Ridge em voz alta.

— Seca *musical* — Price esclarece. — Quis dizer musical — conclui ele, parecendo constrangido.

Meu Deus, que constrangedor.

— Estou com fome — diz Brennan, batendo as mãos no balcão. — Vocês já comeram?

— Que tal comida chinesa? — sugiro.

Brennan pega o telefone e olha para ele.

— Uma garota que sabe o que quer. Curti. — Ele leva o celular até o ouvido. — Então será comida chinesa. Vou pedir uma tonelada de tudo.

Tento não encará-lo demais. Não consigo ignorar o quanto ele se parece com Ridge fisicamente, apesar das personalidades opostas. Ridge é responsável e maduro, e Brennan parece não dar a mínima. Para nada. É como se ele não tivesse nenhuma preocupação no mundo, enquanto seu irmão mais velho carrega o fardo de se preocupar com tudo.

— Então, Bridgette e eu estamos no meio de uma briga, caso não tenha percebido — conta Warren, sentando no sofá e vendo as mensagens no celular. Ele olha para mim. — Ela diz que dou muito em cima de outras mulheres.

Eu rio.

— É verdade.

Warren revira os olhos e murmura:

— Traidora. Era para você estar do meu lado.

— Não existem lados quando é uma discussão sobre fatos — afirmo. — Você dá em cima de mim. E de Bridgette. E da senhora que mora no meu prédio. Caralho, você dá em cima até da cachorrinha dela. Você é um galinha, Warren.

— Ele dá em cima de mim também — acrescenta Spencer.

Warren ainda está vendo suas mensagens quando algo chama sua atenção. Ele dá uma risadinha e olha para Ridge e Brennan.

— Maggie pulou de paraquedas hoje.

Fico sem reação ao escutar o nome dela. Naturalmente, olho para Ridge, que está encostado no balcão do lado de Brennan. Brennan cobre o bocal do celular com a mão e diz:

— Que bom para ela.

Ridge assente, inexpressivo.

— Eu sei, ela me contou mais cedo.

Ele olha muito rapidamente para mim e foca no próprio celular.

Minha boca fica seca. Pressiono os lábios. Mais cedo, quando saí do banheiro, vi Ridge segurando o celular e parecendo chateado. Eu não sabia o que tinha causado aquela reação. Achei que era o trabalho.

Mas... não era o trabalho. Era Maggie. Ele estava preocupado com Maggie.

Não gosto de como estou me sentindo agora. Tiro o celular do bolso e tento me ocupar, mas estou parada bem no meio da sala. Brennan encerra a ligação com o restaurante chinês; Warren e Ridge estão olhando para os próprios celulares. De repente, começo a me sentir deslocada. Como se eu não pertencesse a esta sala, com estas pessoas, neste apartamento. Brennan diz algo em sinais para Ridge sem verbalizar, e eles começam uma conversa em silêncio com Warren, que é rápida demais para que eu acompanhe. Fico achando que eles não querem que eu saiba o que estão falando. Tento ignorá-los, mas não consigo deixar de olhar para eles quando Warren diz:

— Você se preocupa demais, cara.

— Típico do Ridge. — Assim que diz isso, Brennan me olha e se volta para Ridge, ligeiramente tenso. — Foi mal. É estranho isso? A gente não devia falar da Maggie. É estranho. — Ele olha para Warren, que foi quem começou toda a conversa. — Porra, Warren, cala essa boca.

Warren ignora o comentário de Brennan, gesticulando na minha direção.

— Sydney é gente boa. Ela não é CIUMENTA E SURTA-DA COMO CERTAS NAMORADAS.

Dois segundos depois, Bridgette escancara a porta e diz:

— Não sou sua namorada. Terminei com você.

Warren parece ofendido. E confuso. Ele ergue as mãos.

— Quando?

— Bem agora — responde Bridgette. — Estou terminando com você bem agora, seu babaca.

Ela bate a porta e, infelizmente, ninguém presta muita atenção. Algumas coisas não mudaram nem um pouco por aqui. Warren nem se levanta do sofá para ir atrás dela.

Sinto meu celular vibrar e vejo a mensagem.

Ridge: Oi.

Olho para ele, que agora está sentado no balcão, do lado de Brennan. Os dois estão balançando as pernas e sentados da mesma maneira, e Ridge me parece totalmente encantador enquanto sorri para mim. Os olhares que me lança são hipnotizantes. Ele gesticula para que eu me aproxime, então vou até lá. Ele afasta mais as pernas e me vira, até minhas costas encontrarem seu peito. Depois beija o lado da minha cabeça e põe os braços ao redor dos meus ombros.

— Ei, Sydney — chama Brennan. — Ridge te mostrou a música que o Price compôs?

Olho para Price, depois para Brennan.

— Não, qual é?

Na língua dos sinais, Brennan pede a Ridge que coloque a música para mim, então ele segura o telefone na minha frente e faz uma busca nos arquivos.

— "Mesmo que Tenha me Dado as Costas" — responde Price, do sofá.

— Gravamos na semana passada — diz Brennan. — Eu gostei. Acho que vai fazer sucesso. Price escreveu para a mamãe dele.

Price joga uma almofada na direção de Brennan.

— Vai à merda — xinga ele antes de olhar para mim e dar de ombros. — Sou um filhinho mimado da mamãe, sim.

Dou uma risada, pois ele não parece o tipo de rapaz tão apegado à mãe.

Ridge encontra a música e aperta play. Apoia o celular na coxa, depois põe os braços ao meu redor de novo enquanto escuto. Assim que começa a tocar, chega uma mensagem no celular de Ridge. Olho para ela.

Maggie: Adivinha só? Finalmente estou andando num TESLA!!!!

Ridge deve ter visto a mensagem assim que terminei de ler, pois suas pernas param de balançar e ele fica tenso. Nós encaramos o telefone, e sei que ele está esperando minha reação, mas não sei como reagir. Nem sei o que devia estar sentindo nesse momento. Tudo isso é estranho demais. Estendo o braço e deslizo a mensagem para que ela desapareça. Então paro a música e digo para Price:

— Escuto mais tarde. Está muito barulhento aqui.

Ridge abraça minha cintura com mais firmeza enquanto pega o celular de novo e começa a digitar com uma única mão. Não sei se ele está respondendo Maggie ou não, mas acho que não é da minha conta. Ou é? Nem sei se devia ficar irritada. Não acho que eu esteja. Confusa é uma palavra mais adequada. Ou talvez constrangida seja a melhor maneira de descrever o que estou sentindo.

Ridge pega minha mão para que eu vire e olhe para ele. Ainda estou parada entre suas pernas, mas agora de frente, encarando-o, tentando não deixar que leia meus pensamentos. Ele põe o celular na minha mão, e quando olho para a tela vejo o que ele escreveu no aplicativo de anotações. Ele encosta a testa na minha.

Ela é minha amiga, Sydney. Às vezes trocamos mensagens.

Enquanto leio a anotação, suas mãos deslizam delicadamente pelos meus braços para me consolar. É incrível o quanto ele consegue se comunicar de maneira não verbal por ter sido tão limitado por sua comunicação verbal. Ao pressionar a testa na minha enquanto leio o que digitou, é como se estivesse dizendo silenciosamente: "Somos um time, Sydney. Eu e você."

E a maneira como desliza as mãos pelos meus braços equivale a mil consolos verbais.

Eu imaginava que ele ainda falasse com Maggie. Só não esperava que isso fosse me incomodar assim. Mas não é porque acho que Ridge e Maggie estão errados. É porque acho que sempre vou ser a garota que se meteu no relacionamento deles, mesmo que continuem amigos. Sou capaz de ser amiga de todos os amigos de Ridge, mas não sei se algum dia seria capaz de fazer amizade com Maggie. Portanto, o fato de ele *realmente* ser amigo dela faz com que eu me sinta uma intrusa na amizade dos dois.

É um sentimento estranho do qual não gosto, então não consigo conter minha reação, que é perceptível especialmente para Ridge. Ele percebe todas as minhas reações não verbais, pois esse é o foco da comunicação dele.

Devolvo o celular e forço um sorriso, mas sei que meus sentimentos devem estar estampados no meu rosto. Ele me puxa para um abraço tranquilizador e beija o lado da minha cabeça. Pressiono o rosto no pescoço dele e suspiro.

— Meu Deus, vocês são muito fofos juntos — comenta Brennan. — Assim fico querendo uma namorada. Por, tipo, uma semana inteira.

O comentário dele me faz rir. Eu me afasto de Ridge e me viro, me recostando nele de novo.

— Logo você vai ter uma por mais de uma semana — diz Spencer. — Sadie vai abrir para a gente pelos próximos dois meses.

Brennan solta um grunhido.

— Nem precisa me lembrar.

A distração é bem-vinda.

— Quem é Sadie?

Brennan me encara intensamente.

— Sadie é o Satanás.

— O nome dela é Sadie Brennan — explica Warren, se levantando. — Não confunda com Brennan Lawson. É coincidência eles terem os nomes iguais, e também foi uma coincidência Brennan ter achado que era uma fã quando a conhecemos.

Brennan agarra o rolo de papel toalha e o arremessa em Warren.

— Foi um erro genuíno.

— Acho que preciso ouvir essa história — confesso.

— Não — responde Brennan com firmeza.

Na mesma hora, Warren abre a boca e diz:

— Eu conto. — Ele vira uma das cadeiras de costas e se senta voltado para nós. — Brennan tem um certo hábito — conta Warren enquanto faz sinais. — Sounds of Cedar não é uma banda muito conhecida, mas temos uma quantidade decente de fãs na região. Tem várias garotas que vêm cumprimentar a gente depois dos shows.

Warren está contando tudo em sinais para Ridge, e quando Brennan joga a cabeça para trás, grunhe e faz os sinais de "cala a boca" enquanto diz isso em voz alta, eu dou uma risada. Nunca vou cansar de vê-los traduzindo tudo para a língua de sinais para Ridge. É tão natural que eles nem percebem que estão fazendo. É meu objetivo. Quero aprender a me comunicar assim com Ridge, para que não tenhamos nenhuma barreira.

— Às vezes, depois do show, se Brennan acha alguma mulher gata, ele entrega para ela um cartão com o endereço do hotel e pergunta se ela não quer conversar num lugar mais tranquilo. Algumas vezes, elas aparecem uma hora depois na porta do quarto de hotel.

—Todas as vezes — corrige Brennan.

Meu Deus, como ele e Ridge são diferentes.

Warren revira os olhos e continua.

— E por acaso Sadie foi uma das garotas para quem ele deu um cartão. Mas ele não sabia que ela não estava ali como fã. Ela queria conversar com a gente sobre fazer um show. E o que ela não sabia era que Brennan distribui seu telefone depois de todos os shows para pegar alguém. Ela achou que ele tinha feito isso porque queria conversar sobre a possibilidade de ela abrir para a banda na turnê que a gente ia começar. Então, quando apareceu no quarto dele naquela noite, digamos apenas que foi uma grande confusão.

Olho para Brennan, que está passando a mão no rosto como se estivesse envergonhado.

— Cara, odeio essa história.

Ele pode até odiar; já eu, estou adorando.

— E o que aconteceu?

Brennan grunhe de novo.

— Não dá para finalizar a história aí?

— Não — retruca Warren. — É agora que fica boa.

Brennan parece muito envergonhado, mas decide continuar.

— Vamos dizer apenas que ela demorou alguns segundos para perceber o que eu queria, e que eu demorei mais do que alguns segundos para entender que ela não tinha ido até lá para que eu tirasse sua blusa.

— Ah, não. Coitada.

Brennan franze o cenho.

— Nada de coitada. Já falei que ela é o Satanás. Perto dela, Bridgette é um anjo.

— Eu ouvi isso, hein — grita Bridgette do quarto.

— Ela não é tão ruim assim — rebate Price para Brennan. — Ela te *odeia*, só isso.

— Mas... ela não vai abrir o show de vocês na próxima turnê? Então não deve te odiar tanto assim — eu digo.

Brennan balança a cabeça.

— Ah, não, ela me odeia mesmo. Mas também é muito talentosa. Foi só por isso que conseguiu o show.

— Tem alguma música dela aí? — pergunto. — Queria ouvir.

Brennan se aproxima da gente e me entrega o celular com um vídeo do YouTube. Ridge me afasta e salta do balcão para colocar os pratos para a comida chinesa. Vejo o vídeo no celular de Brennan, totalmente impressionada. A garota é muito bonita. E supertalentosa. Vejo um primeiro vídeo, depois mais um, e então um terceiro antes de perceber que Brennan não se mexeu um centímetro. Ele pode fingir que não gosta dela o quanto quiser, mas ficou paralisado durante cada um dos vídeos, sem jamais tirar os olhos da tela.

Estamos assistindo ao quarto vídeo quando a comida chega. Nós nos servimos e nos sentamos ao redor da mesa. É a primeira refeição que Ridge e eu fazemos juntos como casal. Ele se senta do meu lado, com a mão esquerda na minha coxa. Já tivemos muitas refeições juntos nessa mesa, e éramos obrigados a sentar o mais longe possível um do outro. É bom finalmente poder tocar nele, sentar perto e não ter que conter tudo aquilo que só aumentava dentro de mim.

Estou gostando disso.

A porta do banheiro perto do antigo quarto de Warren e Bridgette se escancara. Ela aparece de toalha, toda molhada do banho. Seus olhos percorrem a mesa até encontrar Warren, e ela joga algo, atingindo-o no peito. O que quer que seja cai no prato. Depois, ela bate a porta.

Todos olham para Warren. Ele pega o objeto que ela acabou de arremessar e o encara por um instante. Depois, cheira e vira a cabeça lentamente para Ridge.

— Queijo? Você colocou *queijo* no meu banheiro?

Olho para Ridge, que está se segurando para não sorrir.

Warren cheira o queijo de novo e dá uma pequena mordida. Cubro a boca com a mão, contendo a ânsia de vômito. *Será que ele não percebeu que Bridgette deve ter passado o pedaço de queijo em alguma parte do corpo antes de notar que não era sabonete?*

Warren coloca o queijo no prato como se tivesse acabado de ganhar um acompanhamento grátis para sua refeição.

Por mais que algumas de suas pegadinhas sejam nojentas, senti muita falta delas. Aperto a perna de Ridge para demonstrar que achei essa muito boa.

Quando terminamos de comer, mando uma mensagem para Ridge dizendo que é melhor eu ir embora. Preciso acordar cedo, e só vou chegar em casa depois das dez da noite. Eu me despeço e Ridge me acompanha até lá embaixo. Quando chegamos ao meu carro, ele abre a porta, mas não me dá um beijo de despedida. Espera eu me sentar, vai até o lado do passageiro e se senta.

Ele pega o celular que acabei de colocar no console e o entrega para mim.

Ridge: Você está bem?

Faço que sim, mas ele não parece convencido. Não sei como dizer "pare de ter amigos!" sem me sentir um pouco como Bridgette.

Ridge: Você se incomoda com isso?

Ele nem sequer precisa deixar claro sobre o que está falando. Nós dois sabemos. E não sei o que responder. Não quero ser a namorada ciumenta que cria problema com tudo, mas é impossível não ser assim quando uma parte de mim ainda sente ciúme de Maggie.

Ridge: Por favor, seja sincera, Syd. Quero saber o que você está pensando.

Suspiro, feliz por ele se importar o suficiente para querer conversar, mas também queria poder deixar isso tudo de lado.

Sydney: É desconfortável. Fiquei incomodada por você parecer se preocupar tanto com ela. Mas também ficaria se você não se preocupasse. Então só é... estranho. Acho que só preciso de um tempo pra me acostumar.

Ridge: Eu realmente me preocupo com ela. E me importo com ela. Mas não estou apaixonado por ela, Sydney. Estou apaixonado por você.

Quando termino de ler a mensagem, ele se inclina no banco e segura meu rosto.

— Eu amo *você*.

A sinceridade na sua expressão me faz sorrir.

— Eu sei disso. Também amo você.

Ele fica me observando por um instante, para ver se sobrou alguma dúvida no meu rosto. Depois, me dá um beijo de boa-noite. Ao sair do carro, sobe dois degraus de cada vez e me manda outra mensagem quando chega no topo.

> Ridge: Me avise quando chegar em casa. E obrigado.
>
> Ridge: Por ser você.

Quando olho para cima, ele sorri e desaparece no interior do prédio. Fico encarando a entrada por um instante, em seguida, guardo o celular na bolsa, bem na hora que alguém bate na janela. Levo um susto e ponho a mão no peito. Quando me viro para ver quem é, reviro os olhos.

Só pode ser brincadeira.

Hunter está parado na janela ao meu lado e me olha, nervoso. Esqueci que ele frequenta esse condomínio. Acho que isso significa que ele ainda está com Tori. Eu o encaro por um instante e não sinto absolutamente nada. Nem mesmo raiva.

Engato a ré e recuo, me afastando do condomínio sem olhar para trás. Agora eu só olho para a frente.

* * *

> Ridge: Está dormindo?

Olho a hora da mensagem. Foi enviada faz dois minutos. Tiro a toalha da cabeça e passo os dedos no cabelo antes de responder.

> Sydney: Não. Acabei de sair do banho.

> Ridge: Ah, é? Está pelada então, é?

Olho para a sala e depois para o celular. *Ele está aqui?* Só faz uma hora que saí da casa dele. Vou correndo até a sala sentindo um frio na barriga. Espero que não haja nada errado. Não acho que Hunter tenha feito alguma besteira depois que fui embora.

Espio no olho mágico e o vejo encarando a porta. Deixo a luz da sala apagada já que vou abrir a porta só de toalha. Ridge entra. Fecho a porta no escuro, e de repente não estou mais de toalha. A boca de Ridge está na minha, e estou encostada na parede da sala.

Ridge não é o tipo de pessoa que simplesmente aparece sem me avisar, mas não me importo.

Não me importo *nem um pouco*.

Eu me importo apenas com o fato de ele estar vestido e eu não.

Tiro sua camisa e desaboto a calça jeans. Sua boca está por toda parte, mas as mãos me prendem contra a parede. Ele chuta a calça para longe e me põe no colo, enroscando minhas pernas na sua cintura. Começa a ir na direção do quarto, mas percebe que estamos muito mais perto do sofá, então se vira e me coloca ali mesmo.

Ainda estamos nos beijando quando ele vem para cima de mim, e me penetra e é incrível. Sou tão apaixonada por este homem.

Ele para de me beijar por um instante, então deixo minha cabeça recostar na almofada e relaxo enquanto ele beija meu pescoço. Ao voltar aos meus lábios, ele se afasta e me encara. Coloca meu cabelo para trás, e o pouco de luz que entra pela janela nos ilumina o suficiente para que eu consiga ver as emoções em seu olhar. Ele me encara muito intensamente quando diz:

— Eu te amo, Sydney. — E para a fim de que eu me concentre apenas nas suas palavras. — Nunca amei alguém tanto quanto amo você.

Fecho os olhos porque essas palavras abalam meu corpo inteiro. Não fazia ideia do quanto queria ouvir essas palavras. Do quanto precisava delas. E ele sabe que eu jamais pediria que admitisse isso ou comparasse nosso relacionamento com seu último namoro, mas aqui está ele querendo acabar com qualquer resquício de dúvida que eu possa ter tido no apartamento dele. Repito suas palavras silenciosamente, não querendo me esquecer nunca desse momento. Desse sentimento. "Nunca amei alguém tanto quanto amo você."

Sua boca morna pressiona a minha com delicadeza, e sua língua desliza perto dos meus lábios, procurando-os. Quando retribuo o beijo, seguro seu cabelo e o puxo para o mais perto possível. Durante os próximos muitos minutos, Ridge me mostra o quanto sou importante sem dizer mais nenhuma palavra em voz alta ou fazer sinais.

Toda vez que tenta parar de me beijar, ele não consegue. É um beijo depois de outro depois de outro. Após um tempo, ele acomoda o rosto no meu pescoço e suspira contra minha pele.

— Posso passar a noite com você?

A pergunta dele me faz rir. Não sei por quê. A essa altura, isso me parece algo óbvio. Concordo com a cabeça, e Ridge pega meus braços e me levanta junto com ele. Depois, me põe no colo e me carrega até o quarto. Ele me deita na cama e vem para debaixo das cobertas comigo, enroscando as pernas nuas em mim. Estou adorando o fato de estarmos nus. É a primeira vez que isso acontece.

Beijo seu nariz e quero conversar com ele em sinais, mas está escuro. Ele também não consegue ler lábios no escuro, então pego o celular.

Sydney: Isso foi muito inesperado.

Ridge: Prefere que seu namorado seja mais previsível?

Sydney: Prefiro que meu namorado seja você. Essa é minha única exigência. Basta ser Ridge Lawson pra namorar comigo.

Ridge: Eu sou um ótimo Ridge Lawson. Você está com sorte.

Somos muito brega. Odeio e amo a gente.

Sydney: Não importa se você é inesperado ou previsível, adoro todas as suas versões.

Ridge: Também adoro todas as suas versões. Mesmo que o resto das nossas vidas seja previsível, nunca vou me cansar de você. Podemos reviver o mesmo dia infinitas vezes e eu só pediria mais.

Sydney: Como em *Feitiço do Tempo*. Sinto a mesma coisa.

Ridge: Com você, eu fico animado de verdade com a ideia de rotina. Se me dissesse que quer lavar a louça comigo agora, eu ficaria empolgado.

Sydney: E se eu te pedisse pra lavar roupa comigo? Ficaria empolgado também?

Com a luz dos celulares, consigo enxergá-lo quando ele me olha. Ele assente devagar, como se a ideia de lavar roupa comigo o excitasse. Sorrio e olho de novo para o meu celular.

Sydney: Gostaria de comer a mesma refeição todos os dias?

Ridge: Se fosse com você, sim.

Sydney: Conseguiria tomar uma mesma bebida todos os dias?

Ridge: Se fosse com você, teria sede dela até em meu leito de morte.

Sydney: Ah, gostei desse verso. Continua.

Ridge: Se eu pudesse escutar música, escutaria a mesma canção sem parar e nunca me cansaria dela, contanto que fosse com você.

Dou uma risada.

Sydney: Estou vendo que você continua fazendo as mesmas piadas autodepreciativas sobre sua surdez.

Ridge estende a mão e toca na minha boca.

— E você continua com o mesmo sorriso lindo de sempre. — Seu dedão percorre meu lábio inferior, mas seus olhos ficam mais intensos quando ele fita minha boca. — Mesmo sorriso... mesma risada. — Ele afasta a mão da minha boca e se levanta. — Isso daria uma música — diz ele, e rola para o lado para ligar o abajur. — Tem papel? — Ele abre a gaveta de cima. Não encontra papel, só uma caneta. Ele me olha com uma expressão de urgência. — Preciso de papel.

Levanto da cama e vou até minha mesa. Pego um bloco de anotações e um livro para ser usado de apoio. Ele tira ambas as coisas da minha mão, antes mesmo de eu me sentar novamente na cama, e começa a escrever a letra da música. Senti tanta falta de ver isso. Ele escreve algumas frases, e eu me inclino por cima do seu ombro para observar.

> *Mesmos lugares no sofá*
> *Mesmas bebidas pra tomar*
> *Mesma risada, mesmo sorriso*
> *Sei que nunca vou me cansar disso*

Ele para um instante e me olha. Sorri e me entrega a caneta.

— Sua vez.

Parece antigamente. Pego a caneta e o bloco e penso um segundo antes de acrescentar meus próprios versos.

Mesmas roupas no chão
Mesmo cachorro no nosso portão
Mesma poltrona, mesma almofada
E eu não quero mais nada

Ele levanta enquanto encara a letra e começa a procurar algo no chão.

— Cadê minha calça? — pergunta ele. Aponto para a sala. Ele balança a cabeça, como se tivesse esquecido que chegamos pelados ao quarto, e aponta por cima do ombro. — Violão, está no meu carro.

Ele sai correndo do quarto e, um minuto depois, ouço quando sai do apartamento. Olho a página e leio a letra de novo. Quando ele volta ao meu quarto com o violão, já acrescentei mais duas frases.

Enquanto tudo muda em torno da gente
Meu amor, você é permanente

Ele põe o violão na cama, analisa a letra e pega a caneta. Ele rasga a folha com a letra e começa a escrever os acordes e as notas em outra página. Essa é minha parte preferida. É a mágica — vê-lo escutar uma música que ainda não tem som nem existe. A caneta sai em disparada pelo papel. Ele pega a letra e começa a acrescentar coisas.

Parece que conseguimos
Temos algo só nosso
Talvez seja previsível
Mas não posso reclamar

Se tem eu e você
Tudo que posso querer
É mais do mesmo
Mais do mesmo

Ele me entrega o bloco e a caneta e pega o violão. Começa a tocar enquanto leio a letra, e eu me pergunto como ele faz isso tão naturalmente. Do nada, criou uma música nova. Uma música inteira que nasceu de apenas algumas frases e um pouco de inspiração.

Começo a escrever mais versos enquanto ele toca os acordes.

Mesmas músicas no carro
Nem precisamos ir longe demais
Não vou te deixar sozinha jamais
Só não mude, amor
Eu sempre soube que
Enquanto tudo muda ao redor da gente
Meu amor, você é permanente
Parece que conseguimos
Temos algo só nosso
Talvez seja previsível
Mas não posso reclamar
Se tem eu e você
Tudo que posso querer
É mais do mesmo
Mais do mesmo

Quando termino de escrever o refrão, ele lê tudo. Depois, me entrega a letra e se encosta na cabeceira. Gesticula para que eu sente entre suas pernas, então me arrasto até elas e me viro de costas enquanto ele me puxa contra seu corpo e coloca o violão na nossa frente. Ridge nem precisa me pedir para cantar. Começa a tocar, encostando a cabeça na minha, e eu canto para que ele possa trabalhar na música.

Na primeira vez que tocou para mim, estávamos sentados assim. E, exatamente como naquele primeiro dia, estou completamente fascinada por ele. Sua concentração é inspiradora, e a maneira como ele cria um som tão agradável, mesmo sem conseguir escutar, dificulta a minha concentração nas letras. Quero me virar e observá-lo tocar. Mas também gosto de estarmos grudados na cama, de ter o violão me prendendo ao seu corpo, e, de vez em quando, ele beijar minha cabeça.

Eu poderia fazer isso todas as noites e continuar querendo mais.

Cantamos e tocamos a música umas três vezes, e depois de cada uma delas ele dá uma pausa e faz algumas anotações. Após a quarta e última vez, ele joga a caneta no chão e empurra o violão para o outro lado da cama. Depois, me vira para que eu fique sentada no seu colo. Nós dois sorrimos.

Uma coisa é uma pessoa encontrar sua paixão, mas poder dividir sua paixão com alguém por quem você é apaixonada é totalmente diferente.

É divertido e intenso, e acho que estamos percebendo pela primeira vez que vamos poder fazer isso o tempo inteiro. Compor músicas, nos beijar, fazer amor, nos sentir inspirados a compor mais.

Ridge me beija.

— Essa é minha nova música preferida.

— A minha também.

Ele desliza as mãos até minhas bochechas e morde o lábio por um segundo. Depois pigarreia.

— Se tem eu e você... tudo que posso querer... é mais do mesmo.

Meu Deus. *Ele está cantando*. Ridge Lawson está fazendo uma serenata para mim. E é terrível porque ele está totalmente desafinado, mas uma lágrima escorre do meu rosto porque é a coisa mais linda que já testemunhei e escutei e senti.

Ele enxuga minha lágrima com o dedão e sorri.

— Tão ruim assim, é?

Rio e balanço a cabeça, depois dou o beijo mais intenso que já dei nele porque é impossível expressar verbalmente todo o amor que sinto por ele neste momento. Então, eu o amo em silêncio. Ele nem interrompe o beijo quando estende o braço para trás e desliga o abajur. Em seguida, ele nos cobre e coloca minha cabeça embaixo do seu queixo enquanto me abraça.

Nenhum de nós diz "eu te amo" antes de adormecer.

Às vezes, duas pessoas têm um momento de silêncio tão profundo e intenso que uma simples frase como "eu te amo" pode até perder o significado se dita em voz alta.

5.

Maggie

Só dei três mordidas no meu hambúrguer, mas afasto o prato e me encosto.

— Não vou conseguir acabar de comer — murmuro, recostando a cabeça. — Desculpa.

Jake ri.

— Você pulou de um avião pela primeira vez na vida e depois passou uma hora inteira dirigindo em círculos. Fico surpreso que tenha sequer conseguido comer alguma coisa.

Ele diz isso com o prato vazio à sua frente, enquanto toma rapidamente seu milkshake. Quando a pessoa está acostumada a pular de aviões e dirigir carros velozes, acho que a adrenalina não afeta tanto seu equilíbrio a ponto de ela achar que o mundo está rodopiando dentro da sua barriga.

— Mas foi divertido — digo, sorrindo. — Não é todo dia que risco dois itens da minha lista de coisas para fazer antes de morrer.

Ele afasta nossos pratos até a beira da mesa e se inclina para a frente.

— O que mais tem na sua lista?

— Las Vegas. Aurora boreal. Paris. Essas coisas mais típicas.

— Não digo que espero que ele seja o número oito da lista. A gente se divertiu tanto hoje que quero repetir isso. Mas ao mesmo tempo não quero, justamente porque a gente se divertiu demais. Passei a maior parte da minha vida adulta namorando. Não quero isso de novo. Mesmo que ele seja bom demais para ser verdade. — Por que você está solteiro?

Ele revira os olhos como se tivesse ficado constrangido com a pergunta. Puxa o copo de água para perto, tomando um gole para atrasar a resposta por mais alguns segundos. Quando afasta o canudo dos lábios, ele dá de ombros.

— Não costumo estar solteiro.

Dou uma risada. Era esperado, imagino. Um cardiologista bonito que salta de paraquedas e dirige um Tesla não passa as noites de sexta sozinho em casa.

— Você gosta de sair com muitas mulheres?

Ele balança a cabeça.

— O oposto, na verdade. Acabei de terminar um namoro. Um namoro bem longo.

Não esperava essa resposta.

— Por quanto tempo vocês namoraram?

— Doze anos.

Eu me engasgo.

— Doze anos? Quantos anos você tem?

— Vinte e nove. Começamos a namorar no colégio.

— Posso perguntar por que terminaram? Ou você prefere mudar de assunto?

Jake balança a cabeça.

— Não me incomodo em falar sobre isso. Tem uns seis meses que me mudei para cá. Estávamos noivos, na verdade. Eu a pedi em casamento quatro anos atrás. Nunca chegamos a planejar o casamento porque estávamos esperando terminarmos a residência.

— Ela também é médica?

— Oncologista.

Caramba. De repente me sinto tão... jovem. Enquanto eu mal terminei minha tese, ele tem uma ex-noiva que cursou medicina e salva vidas. Aproximo minha bebida dos lábios e tomo um gole, tentando esquecer todas as minhas inseguranças.

— E vocês dois queriam terminar?

Ele olha rapidamente para as próprias mãos. Vejo uma breve expressão de culpa surgir antes de ele responder.

— Na verdade, não. Percebi com doze anos de atraso que não queria viver o resto da vida com ela. Sei que isso soa péssimo depois de a gente ter ficado tanto tempo juntos. Mas por algum motivo escolher passar o resto da vida com ela foi muito mais fácil do que terminar.

Por que será que estou me identificando tanto com a história dele? Tenho vontade de erguer os braços e dizer "amém" como se estivesse na igreja.

— Sei exatamente o quanto deve ter sido difícil.

Jake se inclina para a frente, cruzando os braços na mesa. Sua cabeça pende para o lado por um instante, pensativo.

— Antes de terminar, teve um momento em que me perguntei do que eu me arrependeria mais. De acabar com algo que era bom para não ter nenhum arrependimento mais tarde? Ou de passar o resto da vida me arrependendo de não ter tido coragem de terminar simplesmente por ter medo de me arrepender? Eu sabia que iria me arrepender de alguma forma com as duas opções, então decidi pôr um fim. E foi difícil. Mas prefiro me arrepender de terminar algo bom do que impedi-la de encontrar algo maravilhoso.

Eu o encaro por um instante, mas preciso desviar o olhar porque estou começando a sentir aquilo de novo. A sensação de que não quero dele apenas sexo casual.

— Quanto tempo você e seu namorado passaram juntos? — pergunta ele.

— Quase seis anos.

— E foi você quem terminou?

Eu reflito por um instante. Para quem está de fora, pode parecer que fui eu, sim. Mas para quem viveu aquilo... não sei muito bem.

— Não sei — admito. — Ele se apaixonou por outra garota. Mas não teve nenhum caso intenso e escandaloso, não foi nada desse tipo. Ele é uma boa pessoa e teria me escolhido, no final das contas. Mas ele teria me escolhido pelos motivos errados.

Jake parece surpreso.

— Ele traiu você?

Odeio essa palavra. Percebo que estou balançando a cabeça, embora ele *tenha* me traído. Ridge me traiu. Mas assim ele parece uma pessoa má, o que não é verdade.

— Trair é uma palavra muito feia para descrever o que aconteceu. — Fico mexendo meu canudo no copo enquanto penso. Depois, olho para Jake e continuo. — Ele... sentiu uma ligação mais profunda por outra pessoa, eu diria. Dizer que ele me traiu parece um insulto que ele não merece. Ele passou dos limites com alguém por quem sentia algo a mais. Acho que basta dizer isso.

Jake me observa por um instante, analisando minha expressão.

— Não precisa falar sobre isso se não quiser. Mas acho fascinante porque parece que você não odeia o cara.

Sorrio.

— Ele é um dos meus melhores amigos. E tentou fazer a coisa certa. Mas às vezes a coisa errada *é* a coisa certa.

Jake se segura para não sorrir, como se estivesse impressionado com nossa conversa, mas não quisesse demonstrar. Gostei disso. Gostei do quanto ele é interessante. E gostei de ver que ele parece me achar interessante.

Ele continua me encarando, como se quisesse saber mais, então prossigo.

— Ridge compõe para uma banda. Há uns dois anos, ela lançou uma música nova, e nunca vou me esquecer da primeira vez que ouvi. Ridge sempre me mandava as composições antes de serem lançadas, mas nunca me enviou aquela por algum motivo. Depois que baixei e escutei, entendi por que ele não me mandou. Era sobre a gente.

— Era uma música de amor?

Balanço a cabeça.

— Não. Era meio que o oposto. Uma música sobre se desapaixonar, sobre duas pessoas num relacionamento que precisavam seguir em frente uma sem a outra, mas que não sabiam como fazer isso. Só quando escutei a música que percebi que ele também estava sentindo a mesma coisa. Mas naquela época nenhum de nós estava pronto para admitir.

— Você perguntou a ele sobre isso?

— Não, nem precisei. Eu sabia que era sobre mim assim que escutei o primeiro verso.

— Qual era o verso?

— "Me pergunto por que dizer adeus é tão difícil."

— Caramba. — Jake se recosta. — Essa frase com certeza diz muito.

Eu concordo.

— Não sei por que esperamos tanto tempo depois disso para terminar. Acho que é como você falou. Nosso relacionamento estava bom, mas eu sabia que ele tinha encontrado algo maravilhoso com outra garota. E ele merecia algo melhor do que apenas bom.

Jake me observa em silêncio, inexpressivo. Mas então sorri, balançando a cabeça.

— Quantos anos você tem?

— Vinte e quatro.

Ele parece impressionado.

— Você é muito nova para ter entendido a vida tão bem.

O elogio dele me faz sorrir.

— É, pois é, a minha expectativa de vida é menor do que a dos outros. Tenho que encaixar muita coisa num período mais curto.

Quase me arrependo de ter feito uma piada sobre ter uma doença terminal, mas isso não o desanima. Na verdade, ele sorri. *Nossa, odeio o quanto já gosto dele.*

— Esse é seu primeiro encontro depois de Ridge? — pergunta ele. Assinto. — O meu também.

Penso nisso por um instante. Se ele não ficou com ninguém desde o fim do namoro, significa que não esteve com nenhuma outra mulher desde o colégio. E eu provavelmente nem devia abrir a boca, mas a frase já está saindo.

— Se passou doze anos com sua ex, isso significa que você só ficou com...

— Ela — completa ele, direto. — Exato.

E, de alguma maneira, aqui estamos, discutindo nossos parceiros sexuais durante o primeiro encontro. E, de certo modo, a conversa não é nem um pouco constrangedora. Na verdade, conversar com ele tem sido ótimo. Não ficamos sem assunto em nenhum momento durante a noite inteira. Nem mesmo quando eu estava dirigindo o carro dele a 150 quilômetros por hora, em círculos, numa pista de corrida.

A atração entre a gente também não deu trégua. Em alguns momentos, achei que ele fosse me beijar — e eu certamente teria deixado — mas então ele sorria e se afastava como se curtisse o sentimento de tortura. Acho que faz sentido. Ele é viciado em adrenalina. Adrenalina e atração são duas coisas muito parecidas.

Agora ele está me observando, e eu também o observo, e não sei exatamente o que está falando mais alto dentro de mim. Um pouco de adrenalina. Atração. Talvez até uma certa paixonite. O que quer que seja, estou com uma sensação ruim. Não conheço Jake muito bem, mas a intensidade no seu olhar sugere que ele também está sentindo o mesmo.

Desvio o olhar e pigarreio.

— Jake... — Ergo o olhar, encarando-o nos olhos de novo. — Não quero namorar. De jeito nenhum. Longe disso.

Minhas palavras não provocam nenhum impacto visível. Ele simplesmente pressiona os lábios um no outro e, um instante depois, pergunta:

— O que você quer?

Lentamente, e meio insegura, dou de ombros.

— Não sei — respondo. — Queria me divertir com você no nosso encontro. E me diverti. Estou me divertindo. Mas não sei se é uma boa ideia a gente sair de novo.

Queria poder explicar todos os motivos que me fazem não querer sair de novo com ele. Mas tenho motivos demais para não sair com ele e somente um para sair.

Jake aperta a nuca e se inclina para a frente, cruzando os braços por cima da mesa de novo.

— Maggie — diz ele. — Estou meio enferrujado nessa história de encontros. Mas... estou sentindo que você gostou de mim. Gostou mesmo? Ou a atração louca que sinto por você está me deixando confuso?

Argh. Não consigo conter o sorriso. Sinto que estou corando depois de saber que ele sente uma atração louca por mim.

— Gostei de você, sim. E... — É tão difícil dizer isso. Flertar com alguém é muito estranho para mim. — Também sinto uma atração louca por você. Mas não quero sair com você de novo depois de hoje. Não é nada pessoal. Quero viver no presente, e nesse momento ter outro relacionamento não faz parte do meu presente. Já tive isso. Agora tenho outros planos para minha vida.

Jake parece intrigado e decepcionado com a minha resposta, se é que é possível sentir as duas coisas ao mesmo tempo. Ele assente.

— Então é isso? Deixo uma gorjeta aqui na mesa, levo você para casa e a gente nunca mais se vê?

Mordo o lábio, porque saber que é agora ou nunca me deixa nervosa. Ou eu aproveito para riscar outro item da minha lista ou acordo amanhã arrependida por ter ficado com medo demais de convidá-lo para minha casa.

Não estou com medo. Vou conseguir. Sou Maggie Carson, porra. Sou a garota que pulou de um avião e andou num carro esportivo no mesmo dia.

Engulo o resto da minha timidez e encaro seus olhos.

— Esse encontro não precisa terminar quando você me deixar em casa.

Vejo uma mudança imediata no seu comportamento. Vejo sua curiosidade, sua atração, sua esperança — tudo por trás dos olhos que encaram minha boca. Ele abaixa o tom de voz.

— Quando exatamente precisa terminar?

Puta merda. Vai acontecer mesmo. Item número oito da lista praticamente garantido.

— Que tal a gente viver no presente? — sugiro. — E quando o presente acabar, você vai para casa e eu vou dormir.

O canto da sua boca forma um sorriso. Em seguida, ele tira a carteira e põe a gorjeta na mesa. Ele se levanta e me estende a mão. Entrelaço meus dedos nos seus, e saímos do restaurante vivendo no presente, sem nem pensar no próximo segundo.

6.

Maggie

Assim que abro os olhos, rolo para o lado e confiro se ele foi embora.

Foi, sim.

Passo a mão no travesseiro em que ele dormiu e me pergunto como alguém pode sentir tanto vazio.

A noite de ontem foi... bem... digamos que realmente mereceu figurar na minha lista. Assim que saímos do restaurante, fomos para a minha casa. Ele me deixou dirigir. Conversamos sobre carros, minha tese, o fato de eu querer fazer bungee jump. Ele se ofereceu para me levar, mas percebeu que estava essencialmente me convidando para sair de novo e se corrigiu. Depois, me falou de um lugar onde eu poderia saltar. Quando chegamos, entramos em casa gargalhando porque os irrigadores dispararam assim que saímos do carro, com o jato de água atingindo nosso rosto. Fui até a cozinha e peguei a toalha de mãos para secar o rosto. Jake veio atrás de mim e, quando lhe entreguei a toalha, ele a jogou em cima do ombro e estendeu o braço na minha direção, me beijando como se quisesse fazer isso desde o instante em que me viu.

Foi inesperado, mas era algo que eu queria, e, apesar das sensações que sua boca me provoca, eu também estava tomada pela incerteza. Só me envolvi sexualmente com duas pessoas na vida, e estava apaixonada em ambos os relacionamentos. Era a primeira vez que eu ia transar com alguém por quem não estava apaixonada. Não sabia o que esperar, mas imaginar que ele estava na mesma situação me deixou mais tranquila. Fiquei pensando nisso a cada parte do meu pescoço que ele beijava.

Depois de uns quinze minutos de amassos, alguma coisa mudou dentro de mim. Não sei o que ele fez, mas estava tão atencioso e entusiasmado que todas as minhas preocupações e inseguranças desapareceram junto com a minha roupa. Quando chegamos ao quarto, eu já tinha entrado totalmente na dele. E depois foi ele quem entrou na minha, de mais de uma maneira.

Foi maravilhoso. Depois, deitamos de costas e, quando achei que ele estava se preparando para ir embora, ele virou a cabeça e olhou para mim.

— Sexo casual tem alguma regra que eu não conheça? Só podemos transar uma vez?

Dei uma risada e ele veio para mim de novo. Por mais divertida que a primeira vez tenha sido, a segunda foi ainda melhor. Foi intensa. E lenta. E perfeita.

Ele não deitou de costas depois. Deitou de lado, colocou os braços ao meu redor e sussurrou:

— Boa noite.

E então me beijou. E gostei que ele disse "boa noite" em vez de "tchau", pois assim não focamos no fato de que sabíamos que ele ia embora antes que eu acordasse.

Eu simplesmente presumi que acordaria num estado de felicidade eufórica. E não num estado de melancolia.

No entanto, ficar um pouco desanimada com o fim disso não é necessariamente uma coisa ruim. Significa que eu não podia ter encontrado ninguém melhor com quem ter um sexo casual. Se tivesse sido outra pessoa, acho que eu não teria curtido tanto. E se eu não tivesse curtido, acho que não teria o direito de riscar o item da minha lista.

Então, sim, o fato de ele não ter nada de errado é péssimo. Mas seria ainda pior eu voltar para uma situação da qual vou acabar querendo cair fora. Não posso me colocar novamente numa posição em que alguém vai se sentir obrigado a cuidar de mim.

Não é legal saber que uma pessoa se convenceu de que está mais apaixonada do que realmente está só porque você depende dela. Prefiro me sentir melancólica a ridícula.

Pego o travesseiro em que Jake dormiu — o mesmo travesseiro que eu estava acariciando, cheia de desejo — e o jogo para fora da cama. Mais tarde, vou jogá-lo no lixo. Não quero nem sentir o cheiro dele.

Vou até minha cômoda e pego minha lista. Risco o número oito e olho a lista de novo. De repente me sinto realizada por saber que o número oito era provavelmente a única coisa da lista que eu jurava que nunca teria coragem de fazer.

Maggie Carson, você é foda.

Dobro a lista e a coloco em cima da cômoda. Abro a segunda gaveta, pego uma calcinha e uma regata e as visto. Tenho que visitar meu avô mais tarde, mas primeiro preciso de waffles e de um banho.

Waffles antes do banho. Estou muito empolgada com os waffles já que não consegui comer quase nada no dia anterior.

Talvez eu até faça as unhas. Entro na sala olhando para elas. Mas então congelo quando sinto o cheiro de bacon. Levanto a cabeça lentamente e vejo Jake parado no fogão.

Cozinhando.

Ele se vira para pegar um prato e me vê. E sorri.

— Bom dia.

Não sorrio. Não digo nada. Nem dou um aceno de cumprimento. Fico parada observando-o e me pergunto como é que um homem de 29 anos não entende o conceito de ficar com alguém só por uma noite. Sendo *noite* a palavra principal aí no meio. Não tem nenhuma manhã envolvida nessa definição.

Olho minha regata e minha calcinha e, de repente, me sinto recatada, embora à noite ele tenha passado tempo suficiente comigo para decorar cada centímetro do meu corpo. Mesmo assim, cubro-o com os braços.

— O que está fazendo? — pergunto.

Jake me observa, um pouco hesitante depois da minha reação à sua presença. Ele olha para o fogão e então para mim, e juro que o vejo murchar bem na minha frente.

— Ah. — Ele parece deslocado de repente. — Você achou que... tá bom. — Assentindo, estende o braço para o fogão e apaga o fogo. — Me desculpe — diz ele, sem me encarar. Ele pega um copo que está perto do fogão e dá um gole rápido. Quando se volta para mim, nem consegue me olhar. — Que constrangedor. Eu vou embora. É que...

Ele finalmente me encara. Eu me abraço ainda mais, pois odeio ter criado um momento tão constrangedor quando é óbvio que ele estava tentando fazer algo legal.

— Me desculpa por ter tornado a situação constrangedora — digo. — Só não estava esperando que você ainda estivesse aqui.

Jake balança a cabeça e anda na minha direção para pegar os sapatos que chutou para perto do sofá à noite.

— Tudo bem. Está na cara que interpretei as coisas errado. Sei que você deixou tudo claro. Mas foi antes de a gente... duas vezes... e foi...

Pressiono meus lábios.

Agora ele está calçado e se levanta, olhando para mim.

— Acho que me iludi. — Ele aponta para a porta da casa. — Vou embora.

Eu assinto. É melhor assim. Acabei de arruinar todas as coisas boas da noite passada.

Na verdade, *ele* arruinou todas as coisas boas da noite anterior. Entrei na sala aceitando que nunca mais o veria, e ele arruinou isso ao presumir que eu queria que ficasse aqui e preparasse o café da manhã.

Ele alcança a porta, mas para antes de abrir. Ele se vira e me encara por um instante, então se aproxima de novo. Para a alguns passos e inclina a cabeça.

— Tem certeza de que não quer me ver de novo? Não tem mesmo como eu te convencer a dar mais uma chance para a gente?

Suspiro.

— Vou estar morta daqui a alguns anos, Jake.

Ele recua um passo, mas não tira os olhos de mim.

— Caramba. — Leva a mão à boca e alisa o queixo. — Vai mesmo usar essa desculpa?

— Não é uma desculpa. É um fato.

— E eu sei muito bem desse fato — diz ele.

Sua mandíbula está rígida, e ele está irritado. *Entenderam?* Se ele tivesse simplesmente ido embora antes de eu acordar, tudo teria sido perfeito! Agora, quando partir, ficaremos frustrados e cheios de remorso.

Dou um passo para a frente.

— Estou morrendo, Jake. *Morrendo.* Qual seria o resultado disso? Não quero casar. Não quero filhos. Não desejo entrar em mais um relacionamento em que acabo me transformando num fardo para alguém. Sim, eu gostei de você. Sim, a noite de ontem foi incrível. E é exatamente por isso que você já devia ter ido embora. Porque tem coisas que quero fazer, e me apaixonar e brigar com alguém sobre a maneira como viverei os últimos anos da minha vida é algo que nunca esteve na lista. Então, obrigada por ontem. E obrigada por querer fazer o café da manhã para mim. Mas preciso que você vá embora.

Expiro, frustrada, e desvio o olhar para o chão no mesmo instante porque odeio a expressão que vejo em seus olhos. Vários segundos se passam sem que ele responda. Fica parado, assimilando tudo que falei. Após um tempo, dá um passo para trás, depois outro. Olho para cima e ele desvia o olhar, virando-se para a porta. Ele a abre e sai, mas antes de fechar olha bem para mim.

— Só para constar, Maggie, eu só estava fazendo o café da manhã. Não era um pedido de casamento.

Ele fecha a porta, e minha casa nunca me pareceu tão vazia quanto agora.

Odeio isso. Odeio tudo que acabei de dizer. Odeio o quanto eu queria que isso não fosse verdade.

Odeio a porra dessa doença ridícula.

E odeio ter dito tudo aquilo e feito ele ir embora antes mesmo que pudesse terminar de preparar a droga do bacon. Fico olhando a panela antes de me aproximar e jogar tudo no lixo.

Eu me encosto no balcão e não consigo evitar o choro. Será que Jake terminar um namoro com doze anos de atraso é melhor ou pior do que eu terminar um relacionamento cedo demais? Ele seria alguém que eu poderia amar. *Se* eu tivesse uma vida em que pudesse amá-lo.

Levo as mãos até a nuca e pressiono os cotovelos um contra o outro, me inclinando para a frente. Tento não me sentir tão decepcionada. Mas o fato de eu estar decepcionada por causa de um cara que conheci vinte e quatro horas atrás me deixa ainda mais decepcionada. Demoro alguns minutos para me recuperar e me obrigo a endireitar a postura.

Tiro do freezer a caixa de waffles que pretendia comer no café da manhã. Mas agora não estou mais tão empolgada assim para comer.

7.

Ridge

Sydney escancara a porta do quarto. Estou sentado à escrivaninha, terminando um website para um cliente, e ela vai direto até a cama e cai de cara no colchão.

Dia difícil, imagino.

Deve ser culpa minha porque dormi na casa dela de novo. Talvez eu devesse dar uma trégua para ela recuperar o sono. Tirando o período que ela está no trabalho dela, passamos quase o tempo todo juntos desde terça. Sei que ainda é sexta, mas é exaustivo quando estamos juntos. Da melhor maneira possível.

Vou garantir que, hoje, ela tenha uma noite um pouco mais relaxante do que as últimas. Podemos só ficar vendo TV. Depois, vou deixar que ela durma até mais tarde. Aliás, provavelmente vou dormir até mais tarde *com* ela.

Vou em direção à cama e me deito ao seu lado. Afasto seu cabelo do rosto. Ela abre os olhos e sorri para mim, apesar de parecer exausta.

— O dia foi pesado? — pergunto.

Ela balança a cabeça e deita de costas. Levanta a mão para fazer sinais, mas não sabe dizer a palavra que quer.

— Provas — diz, enfim.

Inclino a cabeça.

— Provas?

Ela assente.

— Você teve provas essa semana?

Ela assente de novo.

Agora estou me sentindo um babaca. Pego o celular e escrevo uma mensagem para ela.

Ridge: Por que não me falou? Eu não teria dormido na sua casa.

Sydney: As minhas foram segunda e terça, então sem problema. Você ter escolhido a noite de terça foi perfeito. É que eu trabalho na biblioteca e, às vezes, fica uma loucura durante o período de provas. Os alunos ficam malucos. Os professores ficam malucos. Que bom que a sexta chegou.

Ridge: Também acho. Queria só ver TV. Preciso descobrir se o Ned vai mesmo ser decapitado.

Sydney: Quem?

Merda. Estou sendo influenciado por Warren. Não quero que ela saiba que acabei de contar um spoiler da primeira temporada de *Game of Thrones*.

Ridge: Ah, não é nada. É de *The Walking Dead*.

Sydney encara o celular, confusa.

Sydney: Não me lembro disso em *The Walking Dead*.

Ela assiste a *The Walking Dead*. Maravilha. Agora bateu vontade de transar e já falei para ela que hoje vamos só ficar de preguiça.

Sydney desvia a atenção de mim e se volta para a entrada do quarto.

— Tem alguém batendo na porta — explica ela com sinais.

Saio de cima dela e vou até a sala. Pelo olho mágico, vejo que é uma entregadora do FedEx de uniforme. Abro a porta e ela me entrega um pacote. Depois de assinar, levo o pacote até o balcão e espero Sydney chegar à cozinha. Leio a etiqueta endereçada a mim, mas não tem remetente.

Sydney se inclina por cima de mim e depois pergunta com sinais:

— Você recebeu um presente?

Dou de ombros. Não estou esperando nada que eu me lembre, mas abro o pacote e encontro outro pacote dentro. Um tubo para pôster. Pelo que conheço de Warren, ele deve ter me enviado um rolo de papel higiênico com o rosto dele. Começo a tirar a fita, mas percebo que Sydney dá a volta e vai até a sala. Quando ergo o olhar, ela está apontando o celular para mim.

— Você está me filmando?

Ela faz que sim e abre um sorriso meigo.

— Eu que mandei o presente.

— Comprou alguma coisa para mim?

Porra, aquele sorriso tímido é muito fofo. Toda vez que penso que estou cansado demais para sequer pensar em carregá-la e jogá-la na minha cama, ela faz algo que me recarrega tanto que me sinto pronto para correr uma maratona.

Olho o tubo e me sinto mal por ela ter comprado um presente para mim. Sou péssimo com presentes. Merda, e se ela for o tipo de pessoa que sabe escolher presentes perfeitamente? Uma vez comprei para o meu irmão de 9 anos um hamster, no Natal, mas não percebi que ele tinha morrido na caixa. Brennan abriu e passou o dia inteiro chorando.

É *esse* tipo de namorado que essa garota linda tem.

Mas esse presente é difícil pra cacete de abrir. Coloco-o no balcão e tento arrancar a tampa.

Uma nuvem repentina de pó explode de dentro do pacote e me atinge no rosto. É tão rápido que nem fecho a boca a tempo.

Recuo para me afastar do que quer que estivesse dentro dele e começo a cuspir. *Que merda acabou de acontecer?*

Vou até a pia e coloco as mãos debaixo da água, depois molho o rosto. Quando tiro as mãos da água, vejo que elas estão brilhando como a porra de um unicórnio.

Glitter. Por toda parte.

Nos meus braços, na minha camisa, nas minhas mãos, no balcão. Dentro da minha boca. Olho para Sydney, e ela está sentada no chão de tanto gargalhar. Está rindo tanto que tem lágrimas nos olhos.

Ela me mandou uma bomba de glitter.

Caramba.

Acho que a guerra de pegadinhas recomeçou.

Lavo a boca e me aproximo lentamente do balcão onde a explosão acabou de acontecer. Encho a mão de glitter. *Agora são dois nesse jogo.* Ela não parou de rir nem um minuto. Acho que está rindo mais ainda agora que me viu de perto. Devo estar lindo com tanto brilho.

Já li a palavra "berro" antes e sei que a pessoa pode berrar de rir, mas não faço a mínima ideia do som. Assim que viro a mão e vejo o glitter cair no corpo inteiro dela, tenho quase certeza de que é isso que ela faz. Ela berra.

Ela agarra a barriga e cai para trás. Uma lágrima escorre pela sua bochecha.

Meu Deus. Daria tudo para escutá-la agora. Passo muito tempo tentando imaginar o som da sua voz, da sua risada e dos seus suspiros, mas nenhuma pessoa tem imaginação suficiente a ponto de conseguir chegar perto do som verdadeiro.

Ela vê a expressão no meu rosto e para de rir de repente. Une as sobrancelhas enquanto pergunta com sinais:

— Ficou irritado?

Sorrio e balanço levemente a cabeça.

— Não. Só queria poder te escutar agora.

A expressão dela relaxa um pouco. Até entristece ligeiramente. Ela morde o lábio inferior por um segundo enquanto me encara. Depois, estende a mão para cima e segura a minha, para me puxar. Sento no chão e coloco o joelho entre suas pernas.

Talvez eu não consiga escutá-la como eu queria, mas posso sentir seu cheiro e seu gosto, e amá-la. Roço o nariz em sua mandíbula até meus lábios encostarem nos dela. Quando eles se tocam, sua língua desliza para dentro da minha boca, macia e convidativa. Retribuo o gesto, procurando resquícios da risada dentro da sua boca.

Sydney se comunica incrivelmente bem através do beijo. Às vezes, ele me diz mais do que qualquer coisa que ela possa dizer com sinais, por mensagens ou falando. E é por isso que sei imediatamente quando ela está distraída. Nem preciso escutar para saber. Ela escuta por mim; sinto sua reação e simplesmente sei. Eu me afasto e olho para ela, que se volta para a porta do banheiro de Warren e Bridgette. Olho para cima e vejo Bridgette saindo. Ela para e olha para nós dois, deitados juntos no chão da sala, cobertos de glitter.

E então faz algo impensável.

Bridgette sorri.

Em seguida, passa por cima de nós dois e vai embora. Depois que ela deixa o apartamento, olho para Sydney, me perguntando se está tão chocada quanto eu. Seus olhos arregalados voltam a focar em mim. Então ela começa a rir de novo. Pressiono rapidamente meu ouvido no seu peito, querendo sentir, mas a risada esvaece antes. Levo a mão até sua cintura e faço cócegas. Sydney volta a rir, por isso continuo fazendo cócegas porque esse é o mais perto que vou conseguir chegar de escutar sua risada.

O celular dela está ao meu lado, então, quando ele acende, eu olho instintivamente. Paro de fazer cócegas ao ver o nome e a mensagem que aparecem na tela.

Hunter: Valeu, Syd. Você é o máximo.

Ela não percebeu o celular. Ainda está rindo e tentando se contorcer para longe de mim; sento nos joelhos e pego o telefone. Entrego-o para ela enquanto me levanto. Tento conter minha raiva, pegando um pano e começando a tirar o glitter do balcão. Olho para ela querendo ver sua reação, mas agora ela está sentada de pernas cruzadas, respondendo a mensagem daquele idiota.

Por que ela tem conversado com ele?

Por que parece que, como se por um milagre, tudo está bem entre eles?

Valeu, Syd? Por que ele a chamou de *Syd*, como se tivesse algum direito de ter intimidade com ela depois do que fez? E por que ela está sentada tão casualmente, como se não tivesse nenhum problema nisso? Pego meu celular.

> Ridge: Me avisa quando terminar de conversar com seu ex. Vou tomar um banho.

Não olho para ela enquanto vou para o quarto e em seguida para o banheiro. Puxo a cortina e abro o chuveiro, depois tiro a camisa. Juro que tudo que quero é fazer o maior barulho. Não costumo sentir a necessidade de fazer barulho, mas em situações assim sei que deve ser bom poder grunhir e escutar minhas próprias frustrações saindo do corpo. Em vez disso, jogo a camiseta na parede e desabotoo a calça jeans.

Quando a porta do banheiro se abre, eu me arrependo de não ter trancado porque realmente preciso de um minuto sozinho. Ou dois ou três. Olho para Sydney, que se encosta no batente da porta e ergue a sobrancelha.

— Sério?

Fico olhando para ela com expectativa. O que ela quer que eu diga? Ela quer que eu aceite isso? Quer que eu sorria e pergunte se está tudo bem com Hunter?

Sydney me entrega o celular e rola a tela das mensagens com Hunter para que eu leia. Não tenho a mínima vontade de fazer isso, mas ela usa as mãos para me obrigar a pegar o celular e depois gesticula para que eu leia. Olho a sequência de mensagens.

Hunter: Sei que você não quer falar comigo. Entendo por que saiu dirigindo na outra noite. E, acredite em mim, eu até te deixaria em paz, mas entreguei todos os meus documentos financeiros para seu pai dar uma olhada durante a fusão da nossa empresa no ano passado. É quase abril e preciso deles por causa dos impostos. Liguei para o escritório dele e me disseram que te devolveram os documentos alguns meses atrás.

Sydney: Estão no apartamento da Tori, no meu antigo quarto. Procura a pasta vermelha na parte de cima do armário.

Hunter: Encontrei!
Hunter: Valeu, Syd. Você é o máximo.

Sydney: Pode apagar meu número agora?

Hunter: Feito.

Eu me encosto na pia e passo a mão no rosto. Ela começa a escrever uma mensagem assim que devolvo o celular, então confiro meu próprio telefone.

Sydney: Sei que minha situação com Hunter é diferente da sua com Maggie. Mas fui muito compreensiva com a amizade que você quis manter, Ridge. MUITO COMPREENSIVA! Mas agora você está sendo um babaca hipócrita. Não é nada atraente.

Expiro, sentindo uma mistura de alívio e remorso. Ela tem toda a razão. Sou um babaca hipócrita.

Ridge: Você tem razão. Desculpe.

Sydney: Eu sei que tenho razão. E esse minipedido de desculpas não diminui a minha raiva nem um pouco.

Olho para ela e engulo em seco porque faz muito tempo que não a vejo tão irritada. Já a vi chateada e frustrada, mas acho que só a vi irritada desse jeito quando acordou na minha cama e descobriu que eu tinha namorada.

Por que precisei reagir assim? Ela tem razão. Ela tem sido mais do que paciente comigo, e na primeira chance que tenho de demonstrar a mesma confiança e paciência, saio furioso da sala.

Ridge: Fiquei com ciúmes e estava errado. 100% errado. Na verdade, estava tão errado que acho que passou disso. Eu estava 101% errado.

Olho para ela e fico contente por conseguir ler tão bem seus sinais não verbais. Apesar de ela tentar disfarçar, percebo que relaxou um pouco depois da mensagem. Então, mando outra. Eu poderia passar a noite inteira me desculpando para me livrar da tensão que causei.

Ridge: Lembra que a gente costumava contar nossos defeitos um para o outro, tentando diminuir a atração que existia entre nós?

Ela faz que sim.

Ridge: Um dos meus defeitos é que só descobri que era ciumento depois de ter você para me causar ciúmes.

Ela não sorri, mas se apoia no balcão ao meu lado. Nossos ombros se encostam, e é muito sutil, mas significa tanto neste momento.

Ela pode achar isso um defeito, mas fico tão grato por ela ter esse lado. Especialmente agora. Ela ergue o olhar e dá de ombros levemente, como se já tivesse superado. Dou um rápido beijo na sua testa.

Puxo a calça jeans para a frente.

— Aqui embaixo — completo.

Ela começa a rir. E eu sorrio porque *Hunter, que vá à merda.* Tenho a melhor namorada que já existiu neste planeta.

Sydney revira os olhos e coloca o celular no balcão. Endireito a postura e ponho meu aparelho em cima do dela, empurrando-os mais para trás. Paro na frente dela, e ela agarra o balcão dos dois lados, olhando para mim com glitter nos cílios e no cabelo. Que garota mais linda. Por dentro e por fora. Levo minha boca até a dela enquanto minha mão segue para a frente da sua calça. Abro o zíper e desabotoo o jeans, sem parar de beijá-la enquanto tiro sua roupa.

Puxo-a para o chuveiro comigo e passo a próxima meia hora me desculpando intensamente com minha boca.

8.

Maggie

Passei dezessete noites no hospital só neste ano.

Fui ver minha médica mais vezes ainda. Desde o dia em que nasci, fui mais a consultas para conferir minha saúde do que ao mercado fazer compras.

E cansei disso.

Às vezes, chego ao consultório e fico sentada encarando o prédio, me perguntando o que aconteceria se eu fosse embora e nunca mais voltasse. O que aconteceria se eu parasse de fazer exames? O que aconteceria se eu não tratasse todo resfriado que pego?

Eu pegaria pneumonia. É isso que aconteceria. E morreria.

Pelo menos assim eu nunca teria que voltar a nenhum consultório.

A enfermeira tira o aparelho de pressão do meu braço.

— Está um pouco alta.

— Ingeri muito sódio no café da manhã.

Desenrolo a manga da minha blusa. Minha pressão está alta porque estou aqui. No consultório. Dizem que isso é a síndrome do jaleco branco. Toda vez que verificam minha pressão dentro de algum consultório, ela está alta por causa do meu nervosismo. Mas, fora do consultório, o resultado é normal.

Tento umedecer os lábios. Minha boca está seca por causa do meu nervosismo por estar aqui. Não queria estar aqui. Mas estou. Não tenho como voltar atrás.

A enfermeira me entrega uma camisola hospitalar e diz que posso me trocar quando ela sair. Analiso a roupa e me retraio.

— Isso é mesmo necessário? — pergunto, erguendo a roupa. Ela assente.

— É uma exigência. Provavelmente vamos fazer alguns testes hoje, e seu peito precisa estar acessível.

Balanço a cabeça e fico observando enquanto ela guarda meu prontuário no compartimento da porta e começa a fechá-la. Ela sorri para me tranquilizar.

— O médico já vem — avisa.

Há uma expressão de pesar em seu rosto, como se quisesse me abraçar. É muito comum. Especialmente com as enfermeiras mais atenciosas. Ao me verem, pensam na própria juventude, quando tinham muita energia e eram cheias de vida. E tentam se imaginar na minha situação com essa idade, e seus olhos se enchem de piedade. Estou acostumada. Às vezes, até eu sinto pena de mim mesma, mas não acho que tenha a ver com a doença. Acho que todos nós, como humanos, sentimos um certo grau de piedade de nós mesmos.

Expiro; nunca estive tão nervosa num consultório. Minhas mãos tremem enquanto tiro minha blusa. Eu me apresso para colocar a camisola e me sento na mesa de exames. Está frio, então passo as mãos nos braços para conter os calafrios. Pressiono os joelhos um contra o outro e aperto os dois com as mãos, fazendo esforço para não pensar no motivo pelo qual estou aqui. Costumo suar quando estou nervosa. Não quero ficar suada.

Sinto um aperto no peito e uma coceira na garganta; começo a tossir. Tusso tanto que preciso me levantar e ir até a pia para me equilibrar. Alguém bate à porta no meio do acesso de tosse, então me viro e vejo que a enfermeira colocou a cabeça para dentro da sala.

— Você está bem?

Assinto, ainda tossindo. Ela vai até a pia, pega um copo e o enche de água. Mas não preciso de mais líquido na minha garganta agora. Pego o copo e agradeço, mas espero a tosse passar antes de tomar um gole. Ela sai da sala de novo. Volto para a mesa de exames e, assim que sento, escuto outra batida na porta.

É agora.

A porta começa a abrir e meu coração bate tão forte que fico aliviada por não ter ninguém conferindo minha pressão neste momento. Ele abre meu prontuário antes de olhar para cima, mas para assim que o abre, provavelmente chocado por ver meu nome.

Sabia que ele ficaria surpreso. Aliás, até *eu* estou surpresa por ter criado coragem de vir até aqui.

Jake levanta a cabeça e me encara. Sei que provavelmente existiam maneiras muito melhores de entrar em contato com ele, mas sinto que devo demonstrar minha atração inegável tão dramaticamente quanto o rejeitei. Ainda estou me sentindo um pouco culpada depois que as coisas terminaram daquele jeito alguns dias atrás. Mas, desde que ele saiu lá de casa, fiquei remoendo tudo, pois o tempo que passamos juntos foi bom demais. Divertido. Tranquilo. Não parei de pensar nele. Especialmente nas últimas palavras que me disse.

"Eu estava apenas fazendo café da manhã para você. Não era um pedido de casamento."

Passei a semana inteira mudando de ideia a respeito daquilo. Claro que ele estava apenas fazendo café da manhã para mim. Mas quando um médico bonito faz café da manhã para você, o café vira almoço e jantar e café de novo, e então vêm as viagens no fim de semana e as idas ao mercado juntos, e tudo isso acaba levando a um novo contato de emergência no hospital.

Então, sim, ele estava apenas fazendo café da manhã para mim. Mas como gostei muito dele, as coisas não teriam parado por aí. E a ideia de ele se sentir obrigado a cuidar de mim é algo que me entristece.

Por outro lado, não consigo parar de pensar nele. E, quando penso nele, sinto um vazio na barriga que me distrai e faz com que a minha vontade de passar mais tempo com ele fale mais alto do que tudo que quero na vida. Mas a ideia de a gente se envolver emocionalmente me entristece, pois sei que não vai terminar bem. Então o que faço? O que escolho? Evitá-lo e ficar triste? Ou ficar com ele e ficar triste?

De qualquer maneira, ficarei triste.

Então... aqui estou eu. Fingindo que preciso de uma consulta com um cardiologista só para poder lhe dizer que exagerei. E também para dizer que fazer bungee jump sozinha me parece um saco.

Jake está surpreso, mas ele disfarça bem e olha meu prontuário de novo.

— De acordo com o que está escrito aqui, você veio porque tem sentido muitas palpitações no coração.

Percebo que ele se segura para não sorrir antes de olhar para mim.

Eu assinto.

— Algo do tipo.

Jake me olha dos pés à cabeça por um instante, coloca o prontuário no balcão e leva o estetoscópio aos ouvidos. Ele se senta na cadeira e a desliza na minha direção.

— Vamos escutar então.

Meu Deus. Não estou *realmente* tendo palpitações. Ele sabe que foi só uma desculpa para vir até aqui. Agora ele está prestes a escutar meu coração só para parecer um babaca; ele sabe que estou nervosa. E meu coração vai estar bem acelerado porque ele está ainda mais bonito hoje de jaleco branco e estetoscópio, sentado na cadeira de rodinhas. Se realmente for escutar meu coração agora, ele vai precisar de um desfibrilador.

Ele para na frente da mesa de exame. Na minha frente. Depois, levanta o estetoscópio e o posiciona na altura do meu coração. Fecha os olhos e abaixa a cabeça como se realmente estivesse se concentrando no meu batimento cardíaco.

Fecho os meus olhos porque preciso me acalmar. Ele escutar meu coração está revelando totalmente o meu jogo. Fico de olhos fechados, mesmo depois que ele afasta o estetoscópio. Há uma pausa silenciosa e então, com a voz baixinha, ele pergunta:

— O que veio fazer aqui, Maggie?

Olho para ele, e seus olhos examinam os meus. Inspiro profundamente e expiro devagar antes de responder.

— Estou tentando viver no presente.

Ele suspira e está tão inexpressivo que não sei se é um suspiro bom. Mas depois sinto sua mão no meu joelho e seu dedo roçando nele. Jake observa meu rosto, estende a mão e coloca uma mecha de cabelo atrás da minha orelha.

— É só isso que eu quero — diz ele. — Alguns momentos aqui e ali. Não estou pedindo sua linha do tempo inteira.

Eu o encaro, totalmente encantada com sua boca e seus olhos azuis e as palavras que acabou de dizer. Assinto sutilmente, mas não tenho nada a dizer. Só quero que ele me beije. E é isso que ele faz.

Ele segura meu rosto com as mãos imensas e mornas e pressiona os lábios nos meus enquanto se levanta, chutando a cadeira para longe. Suspiro contra sua boca. Agarro a gola do jaleco e sinto sua língua enquanto ele afasta meus joelhos e se posiciona na minha frente. Fico contente por ter sido obrigada a vestir essa camisola. Enrosco minhas pernas com firmeza na sua cintura enquanto ele me deita na mesa de exame e me beija com muita urgência. Mas, segundos depois, interrompe o beijo com a mesma urgência, ofegante e me olhando com intensidade. Balança a cabeça.

— Aqui não.

Concordo. Não estava esperando que isso acontecesse aqui. Percebo que ele está prestes a se afastar, então para e me olha com tanto desejo que praticamente vejo sua ética derretendo pelo chão. Ele me beija de novo, e a maneira como sua mão sobe pela minha coxa faz com que eu esqueça que ele é médico, que estamos numa clínica e que, tecnicamente, agora sou paciente dele. Mas nada disso importa porque é tão bom sentir suas mãos, e mais ainda sua boca, e nunca me diverti tanto numa consulta médica.

Ele está prestes a beijar meu pescoço quando para e olha na direção da porta. Imediatamente, me levanta e puxa a camisola para cobrir minhas coxas. Ele vai até a pia e abre a torneira.

A porta se abre, e eu me deparo com a enfermeira que agora está parada ali. Jake lava as mãos casualmente, tentando fingir que não estava com uma delas no meio da minha coxa e a língua no fundo da minha garganta. Tento recobrar o fôlego, mas suas mãos e seu beijo deixaram meus pulmões, já debilitados, loucos por ar. Estou praticamente arfando.

A enfermeira me olha mais uma vez com preocupação e pesar.

— Tem certeza de que está bem?

Depois do meu acesso de tosse, e agora isso, ela deve achar que estou praticamente no leito de morte. Assinto rapidamente.

— Estou, sim. São só... meus pulmões de merda. Efeito colateral da fibrose.

Escuto Jake pigarrear, tentando disfarçar a risada. Ele presta atenção na enfermeira.

— Estão precisando de você na três — avisa ela. — É meio urgente.

Jake assente.

— Obrigado, Vicky. Já estou indo.

Assim que ela fecha a porta, Jake cobre o rosto com a mão. Ele está sorrindo quando olha para mim. Em seguida, se afasta do balcão e passa por mim, mas antes se vira na minha direção.

— Pode colocar a roupa de volta, Maggie — diz ele, indo até a porta. — À noite vou à sua casa e tiro tudo de novo.

Meu sorriso é muito ridículo quando ele sai da sala. Salto da mesa e vou até a cadeira para pegar minhas roupas. Sentindo o começo de mais um acesso de tosse, cubro a boca, ainda sem conseguir parar de sorrir. Foi bom ter vindo.

Pigarreio, mas não adianta. Pressiono a mão no balcão para me equilibrar, mas também não adianta porque lá vem ele. *Olá, velho amigo.* Consigo sentir antes de acontecer. Sempre consigo.

A sala começa a girar ao meu redor e deixo meus joelhos dobrarem para que o impacto não seja tão forte quando eu cair.

9.

Jake

Meu pai me levou para Puerto Vallarta quando eu tinha 10 anos, só para que eu pudesse saltar de um avião.

Eu implorava para pular de paraquedas desde que aprendi a falar, mas não é tão fácil conseguir permissão jurídica no Texas para uma criança saltar.

Ele era viciado em adrenalina, assim como o filho que criou. Por causa disso, eu praticamente morava na área de salto onde ele passava todo o seu tempo livre. A maioria dos pais joga golfe aos domingos. Meu pai pulava de aviões.

Quando me formei no colégio, eu já tinha completado 450 dos 500 saltos necessários para se qualificar como instrutor. Porém, por causa das mudanças na minha vida no meu último ano do ensino médio, só completei os últimos cinquenta saltos muitos anos depois. Finalmente me certifiquei como instrutor assim que me formei em medicina. E, apesar de Maggie ter sido o meu quingentésimo salto como instrutor, já devo ter saltado o triplo disso sozinho desde meus 10 anos.

Mesmo com tanta experiência, o salto número 500 foi o mais assustador da minha vida. Nunca tinha me sentido nervoso com a ideia de saltar de avião. Nunca pensei na possibilidade de o paraquedas não abrir. Foi só naquele momento que me preocupei com minha própria vida. Porque se aquele salto em particular não desse certo, o jantar com Maggie estaria cancelado. E eu queria *muito* sair com ela. Planejava convidá-la para sair desde que a vi pela primeira vez na escola de paraquedismo. Fui surpreendido pela minha reação imediata. Não me lembro da última vez em que me senti atraído por alguém daquela maneira. Porque, no segundo em que a vi, algo despertou dentro de mim. Algo que eu sabia que existia, mas que nunca tinha se manifestado antes. Fazia tanto tempo que eu não me sentia daquele jeito ao olhar para uma garota que eu havia me esquecido o quanto uma atração pode ser atordoante.

Ela pegava com Corey o formulário perto do balcão, ele seria o instrutor dela naquele salto. Assim que percebi que estava sozinha, esperei que se sentasse para preencher o formulário e implorei a Corey que me deixasse saltar com ela.

— Jake, você vem aqui no máximo uma vez no mês e não trabalha com isso — retrucou ele. — Estou aqui todos os dias porque realmente preciso do dinheiro.

— Pode ficar com o pagamento — respondi. — Eu te dou. Mas deixa eu saltar dessa vez.

Quando falei que poderia ficar com o dinheiro sem precisar trabalhar, ele me olhou como se eu fosse um idiota e, então, gesticulou na direção de Maggie.

— Ela é toda sua — disse, se afastando.

Eu me senti vitorioso por um segundo até olhar para ela, sentada, sozinha. Saltar de paraquedas é algo tão marcante na vida da maioria das pessoas. É raro alguém vir sozinho na primeira vez. O normal é ter mais gente, alguém que esteja vivendo o mesmo momento marcante, que também vai pular, ou ter alguém esperando no chão para depois que a pessoa sobreviver ao salto.

Sinceramente, ela foi a primeira iniciante que vi chegar totalmente sozinha, e sua independência me intrigou e também me intimidou. Desde o momento que me aproximei e perguntei se ela precisava de ajuda com os formulários, nada mudou em relação ao que vem acontecendo dentro do meu peito. Já se passaram dias, e continuo sentindo aquele mesmo nervosismo. Continuo intrigado. Continuo intimidado.

E não faço ideia de como seguir em frente.

É por isso que estou emperrado neste corredor, diante do quarto de hospital para onde a trouxeram há duas horas.

Eu estava atendendo outro paciente quando Vicky encontrou Maggie e lidou com toda a situação sem que eu soubesse. Ela só me contou depois que terminei de atender mais dois pacientes, e a essa altura Maggie já tinha deixado a clínica fazia mais de uma hora.

Vicky percebeu que Maggie estava demorando para se vestir e sair da sala, então resolveu dar uma olhada. Maggie estava no chão, se recuperando de um desmaio. Na mesma hora, Vicky conferiu seu nível de glicose e, acompanhada de alguns funcionários, a encaminhou para o hospital. A clínica fica ao lado do nosso hospital, então estamos acostumados a transportar pacientes. Só não estou acostumado ao fato de uma emergência médica também ser uma emergência *pessoal*.

Desde que Vicky me contou o que tinha acontecido, não consigo me concentrar. Acabei pedindo para um colega assumir meu trabalho para que eu pudesse ver como Maggie estava. Agora estou aqui no corredor, parado na frente do quarto dela, mas não sei o que sentir, nem o que fazer, nem como lidar com toda essa situação. Nós saímos uma vez, e havia a possibilidade de sairmos de novo. Mas agora ela está no hospital, exatamente na situação de vulnerabilidade que tanto temia que fosse acontecer em relação a nós dois.

Ela sendo limitada por sua doença. Eu estando aqui para testemunhar isso.

Dou um passo para o lado quando a porta do seu quarto se abre. Uma enfermeira sai e vai até o posto de enfermagem. Vou atrás dela.

— Com licença — chamo, tocando no seu ombro. Ela para, e eu aponto para o quarto de Maggie. — A família daquela paciente já foi avisada?

A enfermeira olha o nome no meu jaleco.

— Sim, deixei uma mensagem na caixa postal assim que a trouxeram para cá. — Ela olha o prontuário. — Achei que ela fosse paciente da dra. Kastner.

— Ela é, sim. Sou o cardiologista dela. Ela estava na minha clínica quando sua condição piorou, então vim apenas ver como ela está.

— Você é cardiologista? — pergunta, sem tirar os olhos do prontuário. — Nós sabemos da DRFC, mas não tem nada aqui sobre problemas cardíacos.

— Foi só um check-up preventivo — explico, me afastando antes que ela fique enxerida demais a respeito da minha pre-ocupação. — Só queria conferir se a família dela foi avisada. Ela está consciente?

A enfermeira assente, mas também aparenta estar irritada por eu estar questionando sua habilidade de fazer o trabalho direito. Eu me viro e caminho na direção do quarto de Maggie, parando na frente da porta dela. Mais uma vez, não consigo entrar porque não a conheço o suficiente para saber que tipo de reação preferiria que eu tivesse neste momento. Se eu entrar e fingir que o fato de ela desmaiar no meu consultório não foi nada de mais, ela pode ficar desanimada com o meu jeito casual. Se eu entrar e demonstrar que estou preocupado, ela pode usar essa preocupação como uma arma contra nós dois.

Acho que se a gente tivesse saído mais de uma vez, os pró-ximos minutos não importariam tanto. Mas, como só saímos uma vez, tenho quase certeza de que ela está se sentindo arre-pendida por ter ido ao meu consultório e lamentando que vou vê-la em um estado tão vulnerável. Talvez esteja arrependida até mesmo de ter entrado na minha vida na terça-feira. Parece que minhas próximas ações são extremamente cruciais para o resultado disso tudo.

Acho que nunca me preocupei tanto com a maneira como vou agir na frente de uma pessoa. Normalmente costumo pensar que, se alguém não gosta de mim, isso não é relevante para mim nem para a minha vida, então sempre fiz e disse o que tive vontade de fazer e dizer. Mas agora, com Maggie, eu daria tudo para ter um manual.

Preciso saber o que quer que eu faça para que ela não me afaste de novo.

Ponho a mão na porta, mas meu celular começa a tocar assim que abro. Recuo rapidamente para ela não perceber que estou ali. Eu me afasto alguns metros no corredor e tiro o celular do bolso.

Sorrio quando vejo Justice me chamando no FaceTime. Fico aliviado por ter alguns minutos a mais antes de entrar no quarto e encontrar Maggie.

Aceito a chamada e espero os vários segundos que o FaceTime precisa para nos conectar. Quando isso finalmente acontece, não é o rosto de Justice que vejo. A tela está coberta por uma folha de papel. Semicerro os olhos para enxergar melhor, mas está muito fora de foco.

— Está perto demais da câmera — aviso.

Ele afasta o papel alguns centímetros, e vejo o número 85 circulado no canto superior direito.

— Nada mal para uma noite de filmes de terror — digo.

Agora o rosto de Justice está na tela. Ele me olha como se eu fosse o filho e ele, o pai.

— Pai, foi uma nota B. O meu primeiro B do ano inteiro. Sua bronca devia ser para eu nunca mais tirar outro B.

Dou uma risada. Ele está me encarando com tanta seriedade que parece mais decepcionado por eu não estar furioso com ele do que por ter tirado seu primeiro B.

— Escute — começo, me encostando na parede. — Nós dois sabemos que você dominava a matéria. Eu ficaria zangado se você não tivesse estudado, mas estudou. Você só tirou B porque foi dormir muito tarde. E nós já nos estressamos por causa disso.

Acordei de madrugada e escutei a televisão ligada na sala. Encontrei Justice no sofá com uma tigela de pipoca, vendo *A Visita*. Ele é obcecado por M. Night Shyamalan. A obsessão dele é, em grande parte, culpa minha. Começou quando permiti que visse *O Sexto Sentido* aos 5 anos. Agora ele tem 11, e sua obsessão só piorou.

O que posso dizer? Ele puxou ao pai. No entanto, por mais parecido que seja comigo, ele também tem muito da mãe. Ela se estressava com todo dever de casa do colégio e trabalho da faculdade. Já precisei consolá-la por um 99 que tirou num trabalho quando queria a nota máxima.

Justice tem esse lado perfeccionista, que está sempre em conflito com o fato de querer ficar acordado até tarde vendo filmes de terror quando não devia. Precisei acordá-lo hoje quando o deixei na frente da escola.

Percebi que não ia se sair tão bem na prova de matemática quando o vi enxugar a boca, sair do carro e dizer:

— Boa noite, pai.

Ele achou que estava chegando na casa da mãe. Achei graça quando saiu do carro e percebeu que era dia de escola. Ele se virou e tentou abrir a porta. Tranquei antes que pudesse retornar e implorar para faltar.

Abri um pouco a janela, e ele apoiou a mão.

— Pai, por favor. Não conto pra mamãe. Só deixa eu dormir hoje.

— Suas ações têm consequências, Justice. Amo você, boa sorte e fique acordado.

Ele afastou a mão e recuou desanimado enquanto o carro se movimentava.

Olho para a tela enquanto ele sacode a folha e a joga por cima do ombro. Esfrega os olhos e diz:

— Vou perguntar pro sr. Banks se posso fazer a prova de novo.

Dou uma risada.

— Ou você pode apenas aceitar o 85. Não é uma nota ruim.

Justice dá de ombros e coça a bochecha.

— Mamãe saiu de novo com aquele cara — conta ele, tão casualmente que parece que a possibilidade de ter um padrasto não o entristece, o que é algo bom, imagino.

— Ah, é? Ele te chamou de pivete e bagunçou seu cabelo de novo?

Justice revira os olhos.

— Não, não foi tão ruim dessa vez. Acho que ele não tem filhos, e mamãe falou para ele que as pessoas não chamam meninos de 11 anos de pivete. Mas ela quis saber se você estará ocupado hoje, porque eles vão sair de novo.

Ainda acho um pouco estranho saber dos encontros de Chrissy pelo nosso filho. É um território novo com o qual não sei lidar, então faço o meu máximo para aparentar que não acho estranho. Fui eu que decidi terminar com ela, e não foi fácil. Especialmente por termos um filho. Mas saber que Justice era o único motivo pelo qual ainda estávamos juntos não parecia certo para nenhum de nós. Foi difícil para Chrissy no começo, mas somente porque todos nós estávamos acostumados à vida que compartilhávamos. Mas existia um vazio, e ela sabia disso.

Quando se trata de amar uma pessoa, sempre acreditei que tem que existir um certo nível de loucura enterrado no meio desse amor. Uma loucura do tipo quero-passar-todos-os-minutos-de-todos-os-dias-com-você. Mas Chrissy e eu nunca tivemos esse tipo de amor. Nosso amor foi construído na base da responsabilidade e do respeito mútuo. Não é um amor enlouquecedor e eletrizante.

Quando Justice nasceu, sentimos esse amor enlouquecedor por ele, e isso bastou para nos manter juntos durante o resto do colégio, durante a universidade e boa parte da nossa residência. Mas o que a gente sentia um pelo outro era um tipo de amor frágil demais para se estender por uma vida inteira.

A gente se separou há mais de um ano, mas só me mudei faz uns seis meses. Comprei uma casa a duas ruas da casa onde criamos Justice. O juiz nos concedeu guarda compartilhada, especificando quando cada um deve ficar com ele, mas não obedecemos nenhuma vez. O tempo de Justice é quase igualmente dividido entre nós dois, mas decidimos mais em função do bem-estar dele. Já que moramos tão perto, ele pode ir e voltar quando quiser. Na verdade, até prefiro assim. Ele se adaptou muito bem, e acho que sua participação na escolha dos dias de visita facilita a aceitação da nossa separação.

Às vezes acho que até *demais*.

Porque, por algum motivo estranho, ele acha que quero ser informado sobre a vida amorosa da mãe, quando prefiro não saber nada. Mas ele só tem 11 anos. Ainda é inocente em quase todos os sentidos, então gosto do fato de que ele me atualiza sobre a metade da sua vida da qual não faço mais parte.

— Pai — chama Justice. — Você ouviu? Posso dormir na sua casa hoje?

Faço que sim.

— Pode, claro.

Eu tinha dito para Maggie que iria para a casa dela hoje, mas foi antes... *disso*. Tenho quase certeza de que ela vai ter que ficar em observação, então minha noite de sexta está mais do que livre. E mesmo que não estivesse, teria que ficar por causa de Justice. Trabalho muito e tenho muitos hobbies, mas ele vem em primeiro lugar. O restante vem depois.

— Onde você está? — Justice se inclina para a frente, semicerrando os olhos. — Não parece seu consultório.

Viro o telefone na direção do corredor vazio, apontando-o para a porta de Maggie.

— Estou no hospital visitando uma amiga doente. — Volto o telefone para mim. — Se ela quiser me ver.

— Por que ela não ia querer? — pergunta Justice.

Eu o encaro por um instante e balanço a cabeça. Preferia não ter dito a última parte em voz alta.

— Não importa.

— Ela está com raiva de você?

É estranho demais conversar com ele sobre uma garota com quem saí e que não é a mãe dele. Mesmo que Justice pareça não ligar, não sei se algum dia me sentirei à vontade para falar sobre minha vida amorosa com ele. Aproximo o telefone do rosto e ergo a sobrancelha.

— Não vou conversar com você sobre minha vida amorosa.

Justice se aproxima também e imita minha expressão.

— Vou me lembrar disso quando eu começar a sair.

Dou a maior risada. Ele só tem 11 anos e já é mais perspicaz do que a maioria dos adultos.

— Tá bem. Se eu contar, você promete que me conta quando der seu primeiro beijo?

Justice faz que sim.

— Só se você não contar pra mamãe.

— Combinado.

— Combinado.

— O nome dela é Maggie — explico. — Saímos na terça, e tenho quase certeza de que ela gosta de mim, mas ela não quis sair de novo comigo porque a vida dela é muito agitada. Agora ela está no hospital e vim visitá-la, mas não tenho ideia do que fazer quando entrar no quarto.

— Como assim, não sabe o que fazer? — ele pergunta. — Você não deve fingir nada para os outros. Você vive dizendo para eu ser quem sou.

Adoro quando ele realmente assimila os conselhos paternos que dou. Mesmo que eu não esteja seguindo meus próprios conselhos.

— Você tem razão. Eu devo simplesmente entrar lá e ser quem eu sou.

— Quem você é *de verdade*. Não o médico.

Dou uma risada.

— Como assim?

Justice inclina a cabeça e olha para a tela com uma cara que devo fazer muitas vezes.

— Você é um pai legal, mas é muito chato quando está sendo médico. Se você gosta dela, não fala do seu trabalho nem de coisas de médico.

Quando estou sendo médico? Dou uma risada.

— Mais algum conselho antes de eu entrar lá?

— Leva um Twix para ela.

— Um Twix?

Justice assente.

— Isso. Se uma pessoa me desse um Twix, eu ia querer ser amigo dela.

Concordo com a cabeça.

— Tá bem. Ótimo conselho. Até mais tarde, e depois te conto como foi.

Justice acena e encerra a chamada.

Guardo o celular no bolso e vou até a porta de Maggie. *Seja quem você é.* Paro na entrada e inspiro para me acalmar antes de bater. Espero ela dizer "pode entrar" antes de abrir a porta. Quando entro no quarto, a vejo deitada de lado. Ela sorri ao me ver e se apoia no cotovelo.

Esse sorriso era tudo de que eu precisava.

Vou até sua cama enquanto ela ajusta a altura, subindo um pouco a parte superior. Sento na cadeira vazia ao lado da cama. Ela deita de lado e coloca o braço debaixo da cabeça, apoiando-se no travesseiro. Estendo o braço e apoio a mão no lado da sua cabeça, depois me inclino e a beijo delicadamente. Quando me afasto, não faço ideia do que dizer. Encosto o queixo na grade da cama e fico olhando para ela, passando os dedos no seu cabelo.

Adoro como me sinto quando estou perto dela. Cheio de adrenalina, como se estivesse no meio de um salto de paraquedas noturno. Mas, apesar de eu estar cheio de adrenalina e tocando no cabelo dela, e de ela ter sorrido quando entrei, vejo nos seus olhos que meu paraquedas está prestes a falhar e que vou despencar sozinho sem nada para amortecer a queda horrível.

Seu olhar desvia de mim por um instante. Ela puxa a máscara de oxigênio para a boca e inspira. Depois de afastá-la, força outro sorriso.

— Quantos anos tem seu filho?

Semicerro os olhos e me pergunto como ela sabe disso. Mas o silêncio do quarto me revela a resposta. Dá para ouvir perfeitamente tudo que está acontecendo do lado de fora.

Tiro a mão do seu cabelo e pouso sobre sua mão no travesseiro. Delicadamente, desenho um círculo com os dedos em sua pele, em volta de onde colocaram a intravenosa.

— Onze.

Ela sorri de novo.

— Não estava tentando ouvir escondido.

Balanço a cabeça.

— Tudo bem. Eu não estava tentando esconder que tenho um filho. Só não sabia como mencionar esse assunto num primeiro encontro. Sou meio protetor em relação a ele, então acho que só devo compartilhar essa parte da minha vida quando tiver certeza.

Maggie assente, compreensiva, e vira a mão. Ela me deixa acariciar seu punho por um instante. Fica observando meus dedos percorrerem sua palma, descerem pelo punho e alcançarem o soro. Em seguida, ela olha de novo para mim.

— Qual o nome dele?

— Justice.

— Que nome ótimo.

Sorrio.

— Ele é um garoto ótimo.

Continuo tocando sua mão, mas ficamos em silêncio por um instante. Não quero me aprofundar nessa conversa porque sei que vai terminar em algo que não desejo. No entanto, se eu não continuar a conversa, ela pode começar a me contar mais uma vez por que não quer se envolver com tudo isso.

— O nome da mãe dele é Chrissy — conto, preenchendo o silêncio. — Começamos a namorar porque tínhamos muito em comum. Queríamos fazer medicina e tínhamos sido aceitos na Universidade do Texas. Mas aí ela engravidou no último ano do colégio. Justice nasceu uma semana antes da nossa formatura. Paro de acariciar sua pele e entrelaço meus dedos nos dela. Adoro o fato de ela ter deixado. Adoro sentir sua mão na minha.

— É impressionante que vocês dois tenham tido um filho no colégio e, mesmo assim, conseguido se formar como médicos.

Valorizo o fato de ela reconhecer o quanto foi difícil para nós.

— Durante a gravidez, até pesquisei outras carreiras. Mais fáceis. Mas quando o vi pela primeira vez, percebi que nunca ia querer que ele achasse que era um obstáculo na nossa vida só por ter nascido quando éramos tão jovens. Fizemos de tudo para manter nossos objetivos. Foi um desafio... éramos dois adolescentes tentando cursar medicina com um filho. Mas a mãe de Chrissy nos salvou... e *ainda salva*. A gente não teria conseguido sem ela.

Maggie aperta a minha mão levemente quando termino de falar. É um gesto delicado e meigo, como se me dissesse silenciosamente "muito bem".

— Que tipo de pai você é?

Ninguém nunca me pediu que eu me avaliasse como pai. Penso por um instante e então respondo com total sinceridade.

— Inseguro — admito. — Na maioria dos empregos, você sabe de imediato se vai se sair bem ou não. Mas ser pai é diferente, você só sabe se é bom depois que a criança cresce. Eu me preocupo constantemente achando que estou fazendo tudo errado, e só dará para saber isso quando for tarde demais.

— Acho que o fato de se preocupar se é um bom pai ou não prova que não deveria se preocupar.

Dou de ombros.

— Talvez. Mas mesmo assim eu me preocupo. E sempre será assim.

Vejo um momento de hesitação em seu rosto quando menciono o quanto me preocupo com ele. Quero retirar o que disse.

Não quero que ela ache que estou sobrecarregado. Quero que ela pense no presente e somente nisso. Não no amanhã ou na próxima semana ou no próximo ano. Mas é o que ela está pensando. Vejo pela maneira como me encara — como se estivesse se perguntando se conseguiria se sentir bem em minha vida. E, pela maneira como ela desvia o olhar e presta atenção em tudo *menos* em mim, dá para ver que ela acha impossível.

Ela já hesitava quando achava que minha maior preocupação além do trabalho era se o clima estava bom ou não para pular de paraquedas. E, apesar de ela ter ido ao meu consultório, disposta a nos dar uma chance, percebo que descobrir a existência de Justice não apenas a fez mudar de ideia, mas a deixou ainda mais determinada do que quando me expulsou de sua casa.

Solto sua mão e roço o dedo em sua bochecha para que ela volte a prestar atenção em mim. Quando finalmente me olha, ela já se decidiu. Percebo isso pelos fragmentos quebrados de esperança que flutuam em seus olhos. É incrível como alguém pode se expressar tanto com um único olhar.

Suspiro, deslizando o dedo por cima dos seus lábios.

— Não me peça para ir embora.

Suas sobrancelhas se separam, e ela parece realmente dividida entre seus desejos e o que sabe ser necessário.

— Jake — diz ela.

E não diz mais nada. Meu nome fica pairando no ar, pesado e cansado.

Sei que não vou conseguir fazê-la mudar de ideia, mas não estou certo se devo tentar. Por mais que eu queira vê-la novamente e conhecê-la melhor, não seria justo implorar. Ela conhece melhor do que ninguém sua própria situação. Sabe do que é capaz e como quer conduzir sua vida. Nem consigo argumentar por que ela não deveria se afastar de mim, pois tenho quase certeza de que faria o mesmo se estivesse no lugar dela.

Talvez seja por isso que estamos tão quietos. Porque eu a entendo.

O clima está pesado no quarto. Há tensão, atração e decepção. Tento imaginar como seria amá-la. Se uma noite com ela já fez surgir tanta angústia neste quarto, acredito que o começo de um amor enlouquecedor deve ser exatamente assim.

Finalmente encontrei alguém que talvez um dia preenchesse o vazio da minha vida. No entanto, para Maggie, se ela entrasse na minha vida, sua ausência terminaria *criando* um vazio em algum momento. Que ironia. *É enlouquecedor.*

— A dra. Kastner já esteve aqui?

Ela assente, mas não entra em detalhes.

— Alguma coisa mudou na sua condição?

Ela nega com a cabeça, e não sei se está mentindo. Ela responde rápido demais.

— Estou bem. Mas acho que preciso descansar.

Está me pedindo para ir embora, mas tenho vontade de dizer que, apesar de mal conhecê-la, quero apoiá-la. Quero ajudá-la a riscar os últimos itens da sua lista de objetivos. Quero garantir que ela vai continuar vivendo, que ela não vai continuar focando no fato de que talvez não tenha tanto tempo quanto as outras pessoas.

Mas não digo nada. Quem sou eu para presumir que ela não vai ter uma vida completamente realizada se eu não fizer parte dela? Só um narcisista pensaria assim. A garota à minha frente é a mesma que foi sozinha pular de paraquedas pela primeira vez. Vou respeitar sua escolha e me afastar exatamente pelo mesmo motivo pelo qual ela me chamou a atenção em primeiro lugar. Ela é foda e independente, e não precisa de mim para preencher um vazio. Não existem vazios na vida dela.

E aqui estou eu sendo egoísta e querendo implorar para ela preencher o meu.

— Você estava avançando tanto na sua lista — digo. — Me prometa que vai riscar mais alguns itens.

Ela começa a assentir na mesma hora e, então, uma lágrima surge. Ela revira os olhos como se estivesse envergonhada.

— Não acredito que estou chorando. Mal te conheço. — Ela ri, fechando os olhos com força e abrindo-os de novo. — Estou sendo tão ridícula.

Sorrio para ela.

— Que nada. Só está chorando porque você sabe que estaria se apaixonando por mim bem agora se sua situação fosse outra.

Ela dá uma risada triste.

— Se minha situação fosse outra, isso teria acontecido na terça mesmo.

Nem consigo responder. Eu me levanto da cadeira e me inclino para beijá-la. Ela retribui o beijo, segurando meu rosto com as mãos. Quando me afasto, pressiono a testa na dela e fecho os olhos.

— Às vezes preferia não ter te conhecido.

Ela balança a cabeça.

— Eu não. Fico feliz por ter te conhecido. Você acabou me fazendo realizar um terço da lista.

Eu me afasto e sorrio, querendo mais do que tudo ser egoísta o suficiente para tentar fazê-la mudar de ideia. Mas, por ora, basta saber que o dia que passamos juntos foi importante para ela. Isso tem que bastar.

Eu a beijo uma última vez.

— Posso ficar até sua família chegar.

Sua expressão muda. Ela fica um pouco mais séria, balança a cabeça e afasta as mãos da minha cabeça.

— Vou ficar bem. Pode ir.

Eu assinto e me levanto. Não sei nada sobre sua família. Não sei nada sobre seus pais, nem se ela tem irmãos ou irmãs. Eu meio que não quero estar aqui quando eles chegarem. Não quero conhecer as pessoas mais importantes da vida dela se jamais vou poder *ser* uma delas.

Aperto sua mão mais uma vez, encarando-a enquanto tento disfarçar minha mágoa.

— Eu devia ter trazido um Twix para você.

Ela fica confusa, mas não explico. Recuo, e ela acena sutilmente para mim. Retribuo o aceno, mas depois me viro sem me despedir. Saio do quarto o mais rápido possível.

Como sou alguém que sempre desejou adrenalina, nem sempre tomei as melhores decisões. A adrenalina leva a pessoa a fazer merda, sem pensar muito nas próprias ações.

Aos 13 anos, foi burrice provocar o acidente com minha primeira moto de motocross só porque eu queria saber como era quebrar um osso.

Aos 18, foi tolice transar com Chrissy sem camisinha, só porque parecia empolgante e porque a gente presumia que não aconteceria nada de mais.

Aos 23, foi idiotice mergulhar de costas de um penhasco em Cancún, tomado pelo entusiasmo de não saber se tinha rochas submersas.

E, aos 29, seria burrice implorar para uma garota mergulhar de cabeça em uma situação que talvez seja o amor enlouquecedor que passei a vida inteira desejando. Quando uma pessoa se envolve com um amor tão profundo assim, ela não sai mais dele, nem mesmo quando acaba. É como areia movediça. Quando você entra, é para sempre, não importa o que aconteça.

Acho que Maggie sabe disso. E tenho certeza de que é por isso que está me afastando de novo.

Maggie não afastaria alguém com tanta determinação se não estivesse temerosa de que sua morte acabasse matando o outro também. Pelo menos posso presumir isso enquanto vou embora. Posso presumir que ela enxergou potencial suficiente em nós para achar que precisava acabar tudo antes que nos afogássemos.

10.

Ridge

Escorro o macarrão e observo Sydney andar pela cozinha e pela sala apontando para as coisas e fazendo sinais. Corrijo-a quando ela erra, mas ela acertou quase tudo. Sinaliza o abajur e faz o sinal de "abajur". Depois, é o sofá. E a almofada, a mesa, a janela. Aponta para a toalha na própria cabeça e faz o sinal de "toalha".

Quando assinto, ela sorri e tira a toalha da cabeça. Seu cabelo molhado cai nos ombros, e eu tinha imaginado mais vezes do que gostaria de admitir como seria o cheiro do seu cabelo assim que ela saísse do banho. Eu me aproximo e a abraço, alisando o rosto nos seus cabelos para poder inspirar sua fragrância.

Depois, volto para o fogão e a deixo parada no meio da sala, me olhando como se eu fosse esquisito. Dou de ombros e derramo o molho Alfredo dentro da panela de macarrão. Alguém segura meu ombro por trás, e sei na mesma hora que é Warren.

— Tem também para mim e para a Bridgette?

Não sei por que não fizemos isso no apartamento de Sydney. Lá é muito mais tranquilo para mim, e olha que nem escuto. Imagino o quanto não deve ser mais tranquilo para Sydney.

— Tem bastante — respondo em sinais, percebendo o quanto preciso de um programa romântico com Sydney.

Preciso tirá-la deste apartamento. Amanhã vou fazer isso. Vamos ter um encontro de doze horas. Vamos almoçar, ir ao cinema, jantar e não precisaremos ver Warren e Bridgette.

Estou tirando o pão de alho do forno quando Sydney vai correndo pro banheiro. De início, fico preocupado por ela ter saído correndo, mas depois lembro que nossos telefones estão lá no balcão do banheiro. Alguém deve estar ligando para ela.

Ela volta para a cozinha com o celular no ouvido. Está rindo enquanto conversa com alguém. Provavelmente sua mãe.

Quero conhecer os pais de Sydney. Ela não me contou muita coisa a respeito deles, só disse que o pai é advogado e que a mãe sempre foi dona de casa. Mas ela não parece se sentir incomodada quando fala com eles. As únicas pessoas do seu convívio que conheci foram Hunter e Tori — e prefiro esquecer —, mas a família é diferente. São as pessoas dela, então quero conhecê--las, mesmo que seja apenas para dizer que eles têm uma filha incrível que eu amo de todo o meu coração.

Sydney sorri para mim e faz o sinal de "mãe" enquanto aponta para o celular. Depois, empurra meu celular na minha direção no balcão. Vejo que tem uma ligação perdida e uma mensagem na caixa postal. É raro alguém me ligar, porque todo mundo que me conhece sabe que não consigo atender o telefone. Costumo só receber mensagens mesmo.

Abro a caixa postal para ler a transcrição, mas tudo que diz é "transcrição indisponível". Guardo-o no bolso e espero Sydney terminar sua ligação, para ela escutar a mensagem de voz e me falar sobre o que é.

Desligo o fogão e o forno e ponho na mesa os pratos e as panelas. Warren e Bridgette surgem magicamente quando o jantar fica pronto. É automático. Eles somem na hora da faxina ou de pagar os boletos, mas aparecem quando tem comida na mesa. Quando eles se mudarem daqui, vão passar fome.

Talvez *eu* devesse me mudar. Deixar os dois ficarem com o apartamento e descobrirem o quanto é divertido pagar as contas antes do vencimento. Qualquer dia, vou fazer isso. Vou morar com Sydney, mas não agora. Só depois que eu conhecer toda a família dela e ter passado um tempo morando sozinho, como sempre quis.

Sydney encerra a ligação e se senta à mesa do meu lado. Deslizo meu celular e aponto para a caixa postal.

— Pode escutar para mim?

Ela havia pedido que eu começasse a dizer em sinais tudo que falo para ela, então é o que faço. Vai ajudá-la a aprender mais rápido. Pego seu prato enquanto ela escuta a mensagem e sirvo o macarrão. Coloco um pedaço de pão de alho e deixo o prato na frente dela no momento que afasta o celular do ouvido.

Ela encara a tela por um segundo e olha para Warren, depois para mim. Nunca vi essa expressão em seu rosto. Não sei interpretá-la. Ela parece hesitante, preocupada e enjoada. Não estou gostando.

— O que foi?

Ela devolve meu celular e pega o copo de água que servi para ela.

— Maggie — diz, fazendo meu coração parar.

Ela fala mais alguma coisa, mas não faz os sinais e não consigo ler seus lábios. Olho para Warren, que traduz o que Sydney disse.

— Era o hospital. Maggie foi internada hoje.

Tudo meio que para. Digo *meio que* porque Bridgette continua se servindo, ignorando o que está acontecendo. Olho de novo para Sydney, que bebe água e evita meu olhar. Encaro Warren, que me olha como se eu soubesse o que fazer.

Não sei por que ele está agindo como se eu é que tivesse que escolher como dirigir essa cena. Maggie também é amiga dele. Eu o encaro com expectativa e digo:

— Ligue para ela.

Sydney olha para mim, e eu para ela, e não faço a mínima ideia de como lidar com a situação. Não quero parecer preocupado demais, mas é impossível saber que Maggie está internada e não me abalar. Mas também me preocupo com o que Sidney está sentindo. Suspiro e estendo a mão para segurar a dela por debaixo da mesa enquanto Warren entra em contato com Maggie. Sydney entrelaça os dedos nos meus, mas apoia o outro braço na mesa, cobrindo a boca com a mão. Ela olha para Warren no momento em que ele se levanta e começa a falar no telefone. Observo e espero. Sydney o observa e espera. Bridgette se serve uma grande porção de macarrão e morde seu pão.

Sydney balança a perna. Meu pulso está mais acelerado do que sua perna. A conversa de Warren parece uma eternidade. Não sei o que estão falando, mas no meio da conversa Sydney se contrai e afasta a mão da minha, pedindo licença para se retirar. Quando me levanto para ir atrás dela, Warren desliga.

Agora estou no meio da sala, prestes a ir atrás de Sydney, mas Warren começa a me explicar na língua de sinais.

— Ela desmaiou num consultório hoje. Vai passar a noite internada.

Solto o ar, aliviado. As internações por causa da diabete dela são as menos preocupantes. Normalmente, é resultado de alguma virose ou um resfriado que demora semanas.

Percebo pelo rosto de Warren que ele ainda não terminou de falar. Tem alguma coisa que não me contou ainda. Algo que ele disse para Maggie e que deixou Sydney tão chateada que a fez sair.

— O que mais? — pergunto.

— Ela estava chorando — diz ele. — Parecia... assustada. Mas não me contou mais nada. Falei que a gente ia lá.

Maggie quer que a gente vá ao hospital.

Maggie *nunca* quer que a gente vá. Ela sempre acha que está atrapalhando.

Deve ter acontecido mais alguma coisa.

Cubro a boca com a mão, confuso.

Eu me viro para o quarto, mas Sydney está parada na porta, com a bolsa no ombro. Está indo embora.

— Desculpa — pede ela. — Não vou embora porque estou irritada. Só preciso assimilar isso tudo.

Ela gesticula na direção da sala e abaixa a mão, mas não sai. Fica apenas parada, confusa.

Vou até ela e seguro seu rosto entre as mãos porque também estou confuso. Ela apenas fecha os olhos quando pressiono a testa na sua. Não sei lidar com essa situação. Tem tanta coisa que quero dizer, mas fazer isso por mensagem seria muito lento. Não sei se conseguiria dizer tudo que quero, nem se tudo o que eu diria soaria compreensível para ela. Eu me afasto, seguro sua mão e a levo de volta para a mesa.

Gesticulo para que Warren ajude na nossa comunicação caso necessário. Sydney se senta e eu aproximo outra cadeira bem na frente dela.

— Você está bem?

Ela parece não saber responder. Quando finalmente responde, não entendo, então Warren faz os sinais.

— Estou tentando, Ridge. Estou mesmo.

Ao ver seu sofrimento, ela se torna o centro das minhas atenções. Não posso deixá-la assim. Olho para Warren.

— Você pode ir sozinho?

Ele parece decepcionado com minha pergunta.

— Você acha que vou saber o que fazer? — Ele ergue as mãos, frustrado. — Não pode deixar de apoiar Maggie só porque está de namorada nova. Maggie só tem a gente, você sabe disso.

Estou muito frustrado com a resposta de Warren e com a minha própria pergunta. Claro que não vou deixar de apoiar Maggie. Mas não sei como apoiar Maggie e Sydney ao mesmo tempo neste momento. Mas Warren tem razão. Que tipo de pessoa eu seria se deixasse de lado a garota que dependeu apenas de mim nos últimos seis anos em relação às suas necessidades médicas? Caramba, eu ainda sou o contato de emergência dela. Isso mostra a estrutura de apoio que ela tem. Não posso pedir que Warren vá sozinho. Ele não sabe nem cuidar de si mesmo, quanto mais de Maggie. Sou o único que conhece suas necessidades médicas. Seu histórico médico completo. Os remédios que ela toma, os nomes de todos os seus médicos, o que fazer em caso de emergência, como usar o equipamento respiratório na casa dela. Warren ficaria perdido sem mim.

Como se Sydney estivesse pensando o mesmo que eu, ela fala algo para Warren e ele traduz para mim.

— O que você costuma fazer quando isso acontece?

— Normalmente, quando isso acontece, Ridge é quem vai. Às vezes, vamos nós dois. Mas Ridge sempre vai. Nós a ajudamos a voltar para casa, pegamos suas receitas, conferimos se precisa de alguma coisa, e ela fica irritada por achar que não precisa de ajuda. Depois de um ou dois dias, ela nos obriga a voltar para casa. Fazemos isso sempre, desde que o avô dela precisou parar de cuidar dela.

— Ela não tem mais ninguém? — pergunta Sydney. — Pais? Irmãos? Primos? Tias, tios, amigos? Um carteiro superconfiável?

— Ela tem parentes que não conhece muito bem e que moram em outro estado. Nenhum deles viria até aqui para buscá-la no hospital. E nenhum deles saberia como lidar com a condição médica dela. Não como Ridge.

Sydney parece exasperada.

— Ela realmente não tem mais ninguém?

Balanço a cabeça.

— Ela passou todo o tempo se dedicando à universidade, aos avós e ao namorado que teve por seis anos. Somos literalmente tudo que ela tem.

Sydney assimila minha resposta e assente lentamente, como se estivesse tentando ser compreensiva. Mas sei que é muita coisa para digerir. Ela provavelmente passou os últimos meses se convencendo de que Maggie e eu não voltaríamos. Duvido que tenha refletido tanto sobre isso a ponto de perceber que, embora Maggie e eu não estejamos mais juntos, continuo sendo seu principal cuidador quando ela está impossibilitada de cuidar de si mesma.

Sei que ela tolera as mensagens ocasionais, mas como Maggie não teve nenhuma crise nos últimos meses, essa parte da nossa nova amizade ainda precisa ser explorada. Eu estava focando tanto em convencer Sydney a me dar uma chance que só neste momento percebi que talvez ela não aceite *isso*.

Essa ficha cai dentro de mim como se pesasse uma tonelada. Se Sydney não aceitar, o que vai acontecer com a gente? Eu seria capaz de me afastar totalmente de Maggie, sabendo que ela não tem mais ninguém? Será que Sydney realmente me obrigaria a escolher entre sua felicidade e a saúde de Maggie?

Minhas mãos começam a tremer. Eu me sinto pressionado por todos os lados. Seguro a mão de Sydney e a levo até meu quarto. Fecho a porta, me encosto nela e a puxo para o meu peito, apertando-a, morrendo de medo de que ela me coloque numa situação impensável. E eu a entenderia. Pedir que ela apoie um relacionamento tão incomum com a garota por quem fui apaixonado durante anos é basicamente pedir que ela seja uma heroína.

— Eu te amo — declaro.

É a única coisa que tenho forças para dizer no momento. Sinto que ela diz a mesma coisa em sinais enquanto está encostada no meu peito. Ela me agarra e eu a agarro, e depois a sinto começar a chorar nos meus braços. Pressiono a bochecha no topo da sua cabeça e a abraço, querendo destruir toda a angústia que ela tem no coração neste instante. E eu poderia fazer isso. Bastaria mandar uma mensagem para Maggie agora e dizer que Sydney não aguenta isso e que não posso mais fazer parte da vida dela.

Mas que tipo de pessoa eu seria se fizesse isso? Será que Sydney amaria alguém capaz de cortar uma pessoa da sua vida dessa maneira?

E se Sydney me pedisse isso — se ela pedisse que eu nunca mais falasse com Maggie — que tipo de pessoa *ela* seria se deixasse seu ciúme falar mais alto do que sua integridade?

Ela não é esse tipo de pessoa. Nem eu. É por isso que estamos parados no escuro, nos abraçando enquanto ela chora. Porque sabemos que hoje vou sair daqui para cuidar de Maggie. E não vai ser a última vez, porque Maggie provavelmente vai precisar de mim até não precisar mais de mim. E não estou a fim de digerir esse pensamento agora.

Sei que tentei agir corretamente em relação às duas, mas em alguns momentos eu *errei*. Parte de mim acha que isso é karma. Estou sendo obrigado a magoar Sydney porque magoei Maggie. E magoar qualquer uma delas acaba me magoando.

Afasto a cabeça do seu peito e a beijo, segurando seu rosto. Seus olhos estão tristes, e lágrimas mancham suas bochechas. Beijo-a de novo e digo:

— Vem comigo.

Ela suspira e balança a cabeça.

— É cedo demais para isso. Ela não ia gostar da minha presença lá.

Afasto seu cabelo e beijo sua testa duas vezes. Ela recua um passo e pega o celular no bolso. Digita uma mensagem, mas meu celular ainda está na mesa, então ela me entrega o seu para que eu leia.

Sydney: Se você for, provavelmente vou chorar até dormir. Mas ela está no hospital, Ridge. E está totalmente sozinha. Então, se você não for, ela provavelmente vai chorar até dormir também.

Digito uma mensagem para responder.

Ridge: Suas lágrimas são mais importantes para mim, Sydney.

Sydney: Eu sei. E por mais que a situação seja péssima, e por mais que isso doa, o fato de você estar dividido agora por não querer abandoná-la me faz pensar que você é uma pessoa ainda melhor do que eu imaginava. Então pode ir, Ridge. Por favor. Vou ficar bem, contanto que volte pra mim.

Devolvo o celular e aliso meu cabelo. Viro para a porta, apertando minha nuca. Tento me conter, mas em meus 24 anos de vida nunca me senti tão amado por alguém. Nem por Maggie. Nem por meus pais. E por mais que eu ame Brennan, não sei se já senti tanto amor assim vindo do meu irmão.

Sydney Blake, sem sombra de dúvida, me ama mais do que já fui amado em toda a minha vida. Ela me ama mais do que mereço e, neste momento, nem sei lidar com tanto amor.

Queria que existisse um sinal na ASL que demonstrasse que quero abraçá-la tanto que um simples abraço não resolveria. Mas não existe. Então me viro e a abraço, pressionando o rosto no seu cabelo.

— Não mereço sua compaixão. Nem seu coração.

* * *

Ela me ajuda a arrumar as coisas que vou levar.

Eu me permito assimilar o momento e o respeito. Minha nova namorada está me ajudando a arrumar as coisas para que eu não deixe minha ex sozinha no hospital esta noite.

Enquanto Sydney coloca meus pertences na minha bolsa de viagem, eu a distraio, puxando-a para perto, beijando-a. Acho que nunca amei tanto alguém quanto neste momento. E embora eu não vá passar a noite com ela, quero que fique na minha cama. Pego seu celular e digito uma mensagem no aplicativo de anotações.

> Ridge: Você devia dormir aqui. Quero sentir seu cheiro no meu travesseiro amanhã.

> Sydney: Era o que eu estava planejando. Ainda preciso comer e depois organizar a cozinha.

> Ridge: Posso cuidar da cozinha amanhã. Coma, mas deixe a bagunça pra mim. Ou talvez Bridgette finalmente resolva ajudar.

Ela revira os olhos rindo depois dessa mensagem. Sabemos que é impossível. Vamos até a sala, e Warren e Bridgette ainda estão à mesa. Warren está devorando a comida com uma mochila pendurada na cadeira. Bridgette está sentada na frente dele, encarando seu celular. Quando olha para cima, fica um pouco chocada ao nos ver saindo do quarto juntos. Acho que ela não estava esperando um resultado tão pacífico.

— Está pronto? — pergunta Warren com sinais.

Faço que sim e vou até a mesa para pegar o celular. Warren dá a volta na mesa para beijar Bridgette, mas ela vira o rosto para que ele beije apenas sua bochecha. Ele revira os olhos, endireita a postura e pega a mochila enquanto se afasta da mesa.

— Ela está irritada com você? — pergunto com sinais.

Warren parece confuso. Ele olha para Bridgette e depois para mim.

— Não. Por quê?

— Ela não quis te dar um beijo de despedida.

Ele dá uma risada.

— É porque ela acabou de *dar* para mim como despedida.

Olho para Bridgette, que continua concentrada no celular. Depois olho para Warren. Ele sorri, dando de ombros.

— Somos rápidos.

Bridgette lança um olhar fulminante para Warren. Ele revira os olhos e começa a se afastar, indo em direção à porta.

— Preciso aprender a parar de falar enquanto faço sinais para você. — Ele olha para Sydney e a observa rapidamente. — Você está aceitando tudo isso bem? — pergunta ele.

Ela assente, mas depois os dois olham para Bridgette. Bridgette começa a falar — o que é incomum — então olho para Warren, que traduz o que ela está dizendo.

— Vá por mim, Sydney — ela diz. — Alguns homens trazem muita coisa do passado, tipo cinco filhos de três mulheres diferentes. Mas o passado de Ridge e Warren é só uma ex-namorada com quem eles fazem uma festa do pijama de vez em quando. Deixe os dois irem brincar com a Barbie deles. A gente fica aqui, se embebeda e pede pizza usando o cartão de Warren. Afinal, o macarrão de Ridge estava um lixo.

Caramba.

Bridgette nunca falou tanto de uma vez. Sydney me encara de olhos arregalados. Não sei se arregalou os olhos porque Bridgette falou tanto ou porque acabou de convidar Sydney para passarem um tempo juntas. São duas novidades em se tratando de Bridgette.

— Deve ser a lua cheia — comenta Warren.

Ele vai até o hall e abre a porta. Olho para Sydney e entrelaço sua cintura. Abaixo a cabeça e pressiono minha boca na sua.

Ela retribui o beijo e me empurra na direção da saída. Digo que a amo três vezes antes de finalmente conseguir fechar a porta. Uma vez no carro de Warren, pego o celular e escrevo uma mensagem para ela enquanto partimos.

Ridge: Te amo, te amo, SYDNEY. TE. AMO. PORRA.

11.

Maggie

Estou com o maior desejo de Twix agora. *Cacete,* Jake.

Não consegui escutar grande parte da conversa dele com o filho no corredor mais cedo. Ouvi algumas palavras e deu para perceber que falava com uma criança, então tudo fez sentido quando ouvi a palavra "pai".

De repente, entendi por que ele parecia tão macho alfa na superfície, mas mostrando ao mesmo tempo um lado extremamente encantador e romântico. Sabia que ele amava carros velozes e esportes radicais, mas no nosso encontro fiquei me perguntando o que o fez ter uma vida mais estável e levar a carreira tão a sério.

E a resposta era Justice.

Ainda não sei por que Jake fez aquele comentário sobre o Twix, mas agora só consigo pensar em como Jake saiu voando desse quarto e... no Twix.

Estendo o braço para a mesinha de cabeceira e pego o celular. Não sei qual dos dois está dirigindo, então abro uma mensagem de grupo que inclui nós três.

Maggie: Estou louca por um Twix.

Warren: Um Twix? O chocolate?

Maggie: Sim. E um Dr. Pepper também.

Ridge: Warren, pare de mandar mensagem enquanto dirige.

Warren: Tá tudo bem, sou indestrutível.

Ridge: Mas eu não.

Maggie: Estão chegando?

Ridge: Em cinco minutos. Vamos parar no mercado, mas vou comprar só um Dr. Pepper diet. Você precisa cuidar do seu nível de glicose. Quer mais alguma coisa?

Maggie: Acho que está na hora de mais uma alta à revelia.

Ridge: Nada disso. Discordo.

Warren: Alguém quer uma alta à revelia? (E eu compro seu Twix, Maggie.)

Ridge: Não.

Warren: VAMOS NESSA! Te esperamos na frente do hospital em cinco minutos, Maggie!

Ridge: Não, Maggie. Vamos chegar aí no seu quarto em cinco minutos.

Warren: Não, te esperamos aí na frente do hospital.

Ignoro a preocupação de Ridge e prefiro ficar do lado de Warren. Tiro as cobertas de cima de mim, sentindo a primeira pontada de felicidade desde que Jake entrou aqui. Meu Deus, como estou com saudade deles. Dou uma olhada no quarto para ver se não esqueci nada. Minha médica foi embora mais ou menos meia hora antes de Jake chegar, então ela só deve passar aqui de novo de manhã. É a hora perfeita para fugir. Estendo o braço para tirar meu soro, sabendo exatamente no que Ridge está pensando agora.

Alta à revelia é quando um paciente sai do hospital contra a indicação do médico. Só consegui sair escondida do hospital duas vezes em todos esses anos, mas Warren e Ridge estavam presentes em ambas. E não é tanta irresponsabilidade quanto Ridge acha. Sou especialista em soro e agulhas. E sei que eles querem que eu passe a noite internada só para ficar em observação. Não é porque estou correndo algum risco imediato. Passei o dia mais congestionada do que o normal, mas agora o meu nível de glicose estabilizou e é só por isso que estou aqui agora. Já estabilizei o suficiente para dar pelo menos *uma mordida* no Twix. E a última coisa que quero é passar a noite em claro, deitada num leito de hospital.

De manhã, vou ligar para o hospital e me desculpar, dizendo que foi uma emergência familiar. Minha médica vai ficar furiosa, mas isso acontece muito. Ela está acostumada a ficar irritada comigo.

Quando esteve aqui mais cedo, ela começou a ser mais invasiva em relação à minha "estrutura de apoio", já que minha saúde tem meio que piorado este ano. Já faz uns dez anos que ela é minha médica, então sabe tudo da minha situação. Fui criada pelos meus avós, que não cuidam mais de mim. Minha avó faleceu, e meu avô se mudou para um asilo recentemente. Ela sabe do meu término recente com Ridge porque ele quase sempre está comigo nas minhas consultas e internações. Mas ela percebeu a ausência repentina dele na minha vida e perguntou a seu respeito na minha última consulta. E hoje perguntou de novo porque não tinha ninguém comigo no hospital.

Depois de ver a preocupação dela hoje, por um rápido segundo me arrependo de ter me distanciado de Ridge, afinal. Não estou mais apaixonada por ele, mas eu o amo. E quando começo a me preocupar por estar sozinha, parte de mim acha que cometi um erro. Talvez tivesse sido melhor poder contar com o amor e a lealdade dele. Mas *a maior parte de mim* sabe que terminar nosso namoro foi a coisa certa. Ele teria permanecido num relacionamento medíocre comigo por conveniência, pelo resto da minha vida, caso eu não o tivesse obrigado a analisar nosso namoro mais a fundo.

Nosso namoro não era saudável. Ele me sufocava e queria que eu fosse alguém que eu não queria ser. Estava ficando ressentida com o peso da sua proteção. E sempre me sentia culpada. Toda vez que ele deixava de fazer alguma coisa por minha causa, eu me sentia culpada por tirá-lo de sua própria vida.

Mas... aqui estamos nós de volta ao mesmo dilema.

Durante nosso namoro, não notei que estava tão sozinha. Foi só quando finalmente nos separamos que percebi que tudo que eu tinha era ele e Warren. É em parte por isso que aceitei que eles viessem aqui hoje. Acho que nós três precisamos nos sentar e ter uma conversa sincera sobre toda essa situação. Não quero que Ridge ache que ele é tudo que tenho num caso de emergência. Mas na verdade... ele *é* tudo que tenho. E não quero que isso atrapalhe o namoro dele com Sydney de maneira alguma. Quer dizer, sei que também tenho Warren, mas acho que ele precisa de mais cuidado do que eu.

Minha vida está começando a parecer um carrossel, e sou a única pessoa dentro dele. Às vezes é divertido e empolgante, mas às vezes fico com vontade de vomitar e só quero que tudo pare. Percebo que foco mais do que devia no lado negativo das coisas, mas me pergunto se não é porque minha situação é tão incomum. A maioria das pessoas tem estruturas de apoio imensas e consegue ter uma vida normal com essa doença. A minha estrutura de apoio era minha família, e depois ela deixou de existir. E depois passou a ser Ridge. E agora? Agora ainda é Ridge, mas com regras diferentes. Passar os últimos meses analisando minha situação foi algo revelador. E às vezes bate um certo desânimo estranho. Eu costumava me sentir sufocada, mas nunca sozinha.

Queria me sentir mais equilibrada mentalmente. Quero fazer coisas, ver coisas, ter uma vida normal. E tem épocas em que consigo fazer isso e tudo vai bem. Mas depois tenho dias ou semanas em que a doença me lembra que não tenho total controle da minha vida.

Às vezes, parece que sou duas pessoas diferentes. Tem a garota que vai atrás dos itens da sua *bucket list* a 150 quilômetros por hora, a garota que rejeita médicos gatos porque quer ficar solteira, a garota que sai escondida de hospitais porque gosta da adrenalina, a garota que terminou o namoro de seis anos porque quer viver sua vida sem ficar presa a nada.

A garota que se sente cheia de vida, apesar da doença.

E também tem a versão mais quieta de Maggie, que é quem tenho visto no espelho nestes últimos dias. A Maggie que se deixa ser consumida por suas preocupações. A Maggie que acha que é um fardo grande demais para poder namorar um homem de quem está muito a fim. A Maggie que se arrepende em alguns momentos de terminar seu namoro de seis anos, embora fosse algo absolutamente necessário. A Maggie que permite que sua doença a faça sentir que está morrendo, apesar de estar muito viva. A Maggie que preocupou tanto a médica hoje que acabou recebendo uma receita para antidepressivos.

Não gosto dessa versão de mim mesma. É uma versão muito mais triste e carente, e ainda bem que é raro ela dar as caras. Eu me esforço em todos os momentos para ser a versão original de mim. E, durante a maior parte do tempo, é quem eu sou. Mas esta semana... não deu muito certo. Especialmente depois da visita da minha médica hoje. Ela nunca pareceu tão preocupada comigo. O que me deixou mais preocupada do que nunca. E é por isso que acabei de remover meu soro e vou tirar essa camisola hospitalar para sair daqui escondida.

Preciso sentir que sou a Maggie original por algumas horas. A outra versão dela é muito cansativa.

Nada acontece enquanto saio do quarto e sigo pelo corredor. Até passo por uma das enfermeiras de plantão no hospital, e tudo que ela faz é sorrir para mim, como se não fizesse ideia de que acabou de trocar meu soro uma hora atrás.

Quando saio do elevador e chego na recepção, vejo o carro de Warren parado do lado de fora. Sou tomada pela adrenalina enquanto atravesso a recepção, apressada, e saio do hospital. Ridge sai do banco do passageiro e abre a porta para mim. Ele dá um sorriso forçado, mas seu rosto revela tudo. Está irritado com a minha fuga. Está irritado por Warren ter incentivado isso. No entanto, diferentemente do Ridge da época do nosso namoro, ele não diz nada. Fica calado e abre a porta enquanto entro com rapidez. Ele a fecha, e estou colocando o cinto quando Warren se inclina e beija minha bochecha.

— Estava com saudade.

Sorrio, aliviada de estar no carro dele. Aliviada de ver tanto ele quanto Ridge. Aliviada de dar o fora desse hospital. Warren estende o braço e me entrega um Twix e um Dr. Pepper diet.

— Aqui está o seu jantar. Tamanho família.

Abro a embalagem imediatamente e tiro uma das barras. Agradeço com a boca cheia de chocolate. Entrego para Warren uma das quatro barras bem na hora em que ele pisa no acelerador e começa a dirigir. Eu me viro e vejo Ridge sentado no meio do banco de trás, olhando pela janela.

Ele me encara, e entrego uma das barras para ele. Ele aceita com um sorriso.

— Obrigado — diz ele.

Fico tão boquiaberta que o chocolate quase cai da minha boca. Dou uma risada e a cubro com a mão.

— Você... — Olho para Warren. — Ele falou. — Olho de novo para Ridge. — Você está falando?

— Muito legal, né? — pergunta Warren.

Estou chocada. Nunca escutei Ridge dizer uma única palavra.

— Faz quanto tempo que você está falando? — pergunto em sinais.

Ridge dá de ombros como se não fosse nada de mais.

— Alguns meses.

Balanço a cabeça, totalmente perplexa. Ele fala exatamente como imaginei. Nosso relacionamento com a cultura surda foi o que acabou unindo todos nós. Os pais de Warren. A minha perda auditiva e a de Ridge. Mas a de Ridge é muito mais profunda. A minha é tão leve que nem atrapalha minha vida em nada. E foi por isso que, durante os anos que passamos juntos, sempre falei por ele. Apesar de a gente conseguir se comunicar usando ASL, queria muito que ele aprendesse a falar em voz alta. Só não o incentivei porque não sei como é ter perda auditiva profunda, então não sabia exatamente o que o desestimulava a tentar falar.

Mas acho que ele conseguiu se virar. E quero saber todos os detalhes. Estou animada por ele. Que passo importante!

— Como? Por quê? Quando? Qual foi a primeira coisa que falou em voz alta?

Há uma mudança repentina na sua expressão. Ele fica mais na dele, como se fosse algo que não quisesse me contar. Olho para Warren, que está encarando a pista como se tivesse acabado de se retirar da conversa de propósito.

E é então que cai a ficha.

Sydney.

É por causa dela que ele está falando.

De repente, sinto inveja dos dois. Dela. Fico me perguntando o que é que ela tem que o fez superar esse obstáculo, seja lá qual fosse. Por que nunca fui motivo suficiente para ele querer falar comigo em voz alta?

E olha só quem voltou, a versão deprimida e insegura de mim mesma.

Tomo um pouco do Dr. Pepper, tentando engolir esse ataque de ciúme repentino. Estou feliz por ele. E orgulhosa. Eu não devia me importar com o que o levou a querer aprender a se comunicar de outras maneiras. Tudo que importa é que ele fez isso. E apesar de eu ainda sentir uma certa ardência no peito, estou sorrindo. Eu me viro e faço questão de que ele veja o orgulho no meu rosto.

— Já falou algum palavrão? — pergunto em sinais.

Ele dá uma risada e limpa o canto da boca com o dedo.

— Merda foi o primeiro que falei.

Dou uma risada. Claro que foi. Ele gostava de me ver dizer isso quando eu estava com raiva. Percebo que falar palavras em voz alta sem conseguir escutá-las não deve ser tão prazeroso quanto conseguir escutar a própria voz, mas deve ser bom finalmente poder dizer um palavrão em voz alta.

— Chame Warren de cuzão — peço.

Ridge olha para a parte de trás da cabeça de Warren.

— Você é um cuzão.

Cubro a boca com a mão, completamente chocada por ver Ridge Lawson verbalizando. É como se fosse uma pessoa totalmente diferente.

Warren me olha e segura o volante com o joelho para poder traduzir o que está falando para Ridge.

— Ele não é uma criança. Nem um papagaio.

Esmurro o ombro de Warren.

— Cala essa boca. Deixe eu curtir isso. — Olho para Ridge e encosto o queixo no apoio de cabeça. — Diga porra.

— Porra — fala ele, rindo da minha imaturidade. — Mais alguma coisa? Cacete. Filho da mãe. Filho da puta. Caralho. Bridgette.

Caio na risada assim que ele inclui o nome dela na sua lista de profanidades. Warren mostra o dedo para ele. Eu me viro e fico de frente para a pista de novo, ainda rindo. Tomo um gole do refrigerante e me encosto no banco com um suspiro.

— Estava com saudade de vocês — digo.

Só Warren sabe que falei isso.

— A gente também estava com saudade de você, Maggiezinha.

Reviro os olhos por ter escutado de novo esse apelido. Olho para ele, mas confiro que o apoio de cabeça está formando uma barreira entre mim e Ridge para que ele não consiga ler meus lábios.

— Sydney está irritada por ele ter vindo?

Warren me olha rapidamente e volta a encarar a pista.

— Irritada não é a palavra certa. Ela reagiu, mas não como a maioria das pessoas. — Ele faz uma pausa antes de prosseguir. — Ela faz bem para ele, Maggie. Ela simplesmente... faz bem. Ponto final. E se essa situação não fosse tão estranha, acho que você gostaria dela.

— Eu não *des*gosto dela.

Warren me olha pelo canto do olho. Abre um sorriso malicioso.

— Pois é, mas duvido que vocês marquem de fazer as unhas ou viajar juntas em breve.

Rio, concordando.

— Com certeza.

Ridge se inclina para a frente entre os bancos e segura os dois apoios de cabeça. Ele olha para mim, depois para Warren.

— Espelho retrovisor — diz ele. — É como um sistema de som para os surdos. — Ele se encosta no banco. — Parem de falar de nós dois como se eu não estivesse bem aqui.

Warren dá uma risadinha. Eu me encolho no banco, pensando na última frase.

Parem de falar de nós dois como se eu não estivesse bem aqui.

Parem de falar de nós dois...

Nós dois.

Agora ele se refere a ele próprio e Sydney como *nós dois*. E ele fala em voz alta. E eu... tomo outro gole do meu refrigerante porque isso não é tão fácil de engolir quanto imaginei.

12.

Sydney

Não sei o que é mais constrangedor: ver Ridge ir embora para passar a noite com a ex ou ficar sozinha com Bridgette no apartamento dele.

Assim que Warren e Ridge foram embora, o celular de Bridgette tocou. Ela atendeu e foi até o quarto sem reagir à minha presença. Parecia que estava falando com a irmã, mas isso já faz uma hora. Depois, a ouvi abrir o chuveiro.

Agora estou aqui arrumando a cozinha e lavando a louça. Sei que Ridge disse para eu não me preocupar com isso, mas não vou conseguir dormir sabendo que tem comida cobrindo o balcão inteiro.

Estou colocando o resto dos talheres na lava-louças quando Bridgette sai do quarto de pijama. Está com o celular no ouvido de novo, mas agora olha para mim.

— Você não é vegetariana nem tem intolerância a glúten, né?

Nossa. Não é que vai mesmo acontecer? E *nossa*. Estou até um pouco animada. Balanço a cabeça.

— Nunca comi nenhuma pizza que tenha achado ruim.

Bridgette põe o celular no balcão e o coloca no viva-voz enquanto abre a geladeira e pega uma garrafa de vinho. Ela entrega para mim, esperando que eu abra, então aceito a garrafa e procuro um abridor.

— Pizza Shack — anuncia um rapaz, atendendo a ligação.

— É para entrega ou para pegar na loja?

— Entrega.

— O que deseja?

— Duas pizzas grandes com tudo. Uma de massa grossa e uma fina.

Abro o vinho enquanto ela continua fazendo o pedido.

— Quer todos os embutidos?

— Quero — diz Bridgette. — Tudo.

— Queijo feta também?

— Falei que quero tudo.

Escuto um barulho de leves batidas, como se fossem dedos digitando num teclado enquanto o rapaz processa o pedido.

— Quer abacaxi?

Bridgette revira os olhos.

— Já falei três vezes que quero *tudo*. Todos os embutidos, todas as verduras, todas as frutas. É só colocar em cima tudo que vocês tiverem e trazer a merda da pizza!

Faço uma pausa e me viro para ela, que me olha como se estivesse falando com o maior idiota do mundo. Coitado. Ele não faz mais nenhuma pergunta e anota o endereço. Ela fornece os dados do cartão de Warren antes de encerrar a ligação.

Estou curiosa para ver que tipo de pizza vamos receber. Espero que a pizzaria não tenha sardinha nem anchovas. Sirvo duas taças de vinho e entrego uma para Bridgette. Ela toma um gole e cruza os braços na frente do peito, mantendo a taça encostada nos lábios enquanto me olha da cabeça aos pés.

Ela é bem bonita de um jeito sexy. Entendo por que Warren sente tanta atração por ela. Os dois formam o casal mais interessante que já conheci. E, quando digo interessante, não é necessariamente um elogio.

— Antes eu te odiava — comenta Bridgette, direta.

Ela se encosta no balcão e toma mais um gole de vinho de um jeito muito casual, como se as pessoas costumassem interagir assim. Ela me lembra uma das minhas amigas de infância que se chamava Tasara e falava tudo que pensava. Juro que ela passou mais dias na detenção do que em aula. Mas acho que era por isso que eu gostava dela. Ela era malvada, mas sincera.

Uma coisa é você ser malvado e mentir. É muito mais cativante ser apenas brutalmente sincero.

Bridgette não me parece o tipo de pessoa que perde tempo mentindo, e é por isso que seu comentário não me ofende. E, analisando bem suas palavras, noto que ela falou no passado. *Antes* ela me odiava. Deve ser o maior elogio que já escutei dela.

— Também estou começando a gostar de você, Bridgette.

Ela revira os olhos, passa por mim para ir até o armário embaixo da pia e pega dois copos de dose. *Já não basta o vinho?*

Ela serve as doses e me entrega uma.

— O vinho não é forte o suficiente. Fico muito constrangida quando as pessoas me tratam bem. Vou precisar de álcool depois disso.

Dou uma risada e pego o copo. Erguemos os dois na mesma hora, e faço um brinde.

— Um brinde às mulheres que não precisam dos namorados para se divertir.

Encostamos os copos antes de virar a dose. Nem sei o que é. Uísque, talvez? Sei lá. Basta cumprir sua função.

Ela serve outra dose.

— Esse brinde foi feliz demais, Sydney. — Erguemos os copos de novo e ela pigarreia antes de falar. — Um brinde à Maggie e sua capacidade incrível de manter amizade com dois ex-namorados que continuam à disposição dela, mesmo sem ter sexo na história.

Ainda estou perplexa enquanto ela bate o copo no meu e vira a dose. Não mexo meu copo. Quando percebe que me deixou sem reação, ela empurra meu copo na direção da minha boca e usa os dedos para erguê-lo. Finalmente, viro a dose.

— Boa menina. — Em seguida, pega meu copo e me entrega minha taça de vinho. Ela sobe no balcão e senta de pernas cruzadas. — Então — começa ela —, o que garotas costumam fazer quando estão juntas assim?

Ela é muito diferente de todo mundo com quem convivi depois de adulta. Ela é uma espécie animal totalmente diferente. Existem anfíbios, répteis, mamíferos, pássaros, peixes — e Bridgette. Dou de ombros e rio um pouco, depois me sento no outro balcão, na frente dela.

— Faz tempo que não tenho uma noite assim, mas acho que é para a gente reclamar dos nossos namorados enquanto falamos do Jason Momoa.

Ela inclina a cabeça.

— Quem é Jason Momoa?

Dou uma risada, mas ela me olha como se estivesse perdida. Meu Deus. Ela está falando sério e não sabe mesmo quem é Jason Momoa?

— Ah, Bridgette — digo com pena. — Sério?

Ela ainda não faz ideia de quem estou falando. Pego meu celular, mas não estou a fim de saltar do balcão para explicar.

— Vou te mandar a foto dele.

Encontro uma foto e envio. Só mandei mensagem para ela uma única vez desde que a conheci. Depois dessa segunda, vamos praticamente ser melhores amigas.

Após apertar enviar, volto para minhas mensagens e vejo uma de Ridge que não tinha visto. Ele a enviou cinco minutos atrás.

Ridge: Só queria avisar que Maggie não quis passar a noite no hospital, então ela convenceu Warren a ajudá-la a fugir. Vamos levá-la pra casa e provavelmente ficar por lá pra garantir que ela está bem. Por você tudo bem? Está se divertindo com Bridgette?

Leio a mensagem duas vezes. Quero reagir de um jeito casual, apesar das minhas emoções conflitantes, mas tenho medo de ser casual *demais* e fazer com que ele saia correndo para Maggie toda vez que ela ficar com saudades. Não sei como responder, então faço o impensável e olho para Bridgette.

— Ridge disse que eles estão levando Maggie para casa. Ela saiu antes de levar alta. Agora ele e Warren devem passar a noite na casa dela.

Bridgette encara seu celular.

— Que merda.

Concordo. Mas não sei a que parte ela está se referindo. A Maggie pedir ajuda deles quando não parece ser uma emergência médica? A Ridge dizer que eles devem dormir lá? Ou à situação como um todo?

— Você se incomoda com a relação dela com Warren?

Bridgette levanta a cabeça na hora.

— Porra, claro. Warren dava em cima dela toda vez que a garota estava aqui. Mas ele também dá em cima de você e de toda outra mulher que aparece na frente dele. Então não sei. Acho que em grande parte confio nele. Além disso, meu uniforme do Hooters acabaria escorregando naquele corpo sem forma dela, e aquele uniforme é o que Warren mais gosta em mim.

A explicação estava indo tão bem antes do final. Nem sei por que perguntei como ela reagia à situação deles, porque é tão diferente da minha. O fato de Warren ter ficado algumas semanas com Maggie quando ela tinha 17 anos não se compara a Ridge ter passado seis anos da vida dele com ela até alguns meses atrás.

Bridgette deve ter percebido a preocupação no meu rosto enquanto encaro a mensagem.

— Não acho que você deva se estressar com isso — diz ela. — Vi como Ridge se comporta com Maggie e como age com você. É como se alguém comparasse hashis e computadores.

Olho para ela, confusa.

— Hashis e computadores? Como isso...?

— Exatamente. Não dá para comparar as duas coisas porque são incomparáveis.

Isso... de alguma maneira... faz todo o sentido. E faz com que eu me sinta muito melhor. Penso na bomba de glitter e no sorriso que Bridgette deu quando eu e Ridge estávamos rindo no chão. Não acredito que só agora que estou convivendo mais com ela. Ela na verdade não é tão malvada por baixo de todas as camadas de... *maldade*.

— Puta. Merda. — Bridgette está encarando o celular e, pela maneira como fala, só pode significar uma coisa: ela abriu a foto que acabei de mandar. — Quem é esse espécime exemplar de homem que nunca apareceu na minha vida?

Dou uma risada.

— *Esse* é o Jason Momoa.

Bridgette leva o celular até o rosto e lambe a tela.

Eu me contraio com nojo e rio ao mesmo tempo.

— Você é tão nojenta quanto Warren.

Ela levanta a mão.

— Por favor, nem fale esse nome enquanto estou olhando para este homem aqui. Está estragando o momento.

Dou um instante para ela pesquisar imagens dele no Google enquanto termino minha taça e abro novamente a mensagem de Ridge. Digito uma resposta e tento evitar a situação delicada que temos diante de nós. Ou não seria diante dos nossos *celulares*, já que Ridge e eu nem estamos no mesmo lugar?

Tá, acho que o álcool já está fazendo efeito.

Sydney: Que bom que Maggie está melhor. E não é tão ruim assim ficar com Bridgette, na verdade. É estranho. Parece que estamos em outra dimensão.

Ridge: Caramba. Ela está conversando de verdade com você, como uma humana normal?

Sydney: Normal é exagero. Mas, sim. Ela está me dando conselhos sobre você. :)

Ridge: Que inquietante.

Sydney: Ótimo. Quero que fique inquieto até eu te encontrar amanhã.

Ridge: Não se preocupe, estou me sentindo inquieto, sim. Estou sentindo muitas coisas. Culpado por ter te deixado sozinha. Preocupado achando que você está triste. Carente porque estou aqui e não com você. Mas o que mais sinto é gratidão por você facilitar tanto as situações difíceis para todos os envolvidos.

Levo a mão à boca e toco meu sorriso. Adoro o fato de ele dizer exatamente o que eu estava precisando escutar.

Sydney: Te amo.

Bridgette: Pode dar tchau pra Ridge. Esse momento é meu.

Olho para Bridgette, que está me encarando com a maior cara de tédio. Dou uma risada.

Sydney: Bridgette está dizendo que não posso mais falar com você.

Ridge: É melhor obedecer. Sei lá quais seriam as consequências. Te amo. Boa noite. Te amo. Boa noite.

Sydney: Você falou duas vezes.

Ridge: E queria ter falado muito mais.

Fecho as mensagens, ainda sorrindo, e coloco o celular com a tela virada sobre o balcão. Bridgette está se servindo de outra taça de vinho.

— Posso fazer uma pergunta mais pessoal? — pergunta ela.

— Claro.

Salto do balcão e pego o vinho com ela, depois me viro e encho minha taça.

— Ele... geme?

Eu me viro ao escutar.

— Como é que é?

Bridgette gesticula, fazendo pouco-caso do meu choque.

— É só me contar. Sempre me perguntei se ele faz barulho quando transa, porque nunca consigo escutar nada.

Eu me engasgo com minha risada.

— Você quer saber se meu namorado faz barulho quando transa?

Ela inclina a cabeça para o lado e depois me fulmina com o olhar, jogando a cabeça para trás.

— Ah, qual é? Muita gente tem essa curiosidade sobre os surdos.

Balanço a cabeça.

— Não, tenho certeza de que a maioria das pessoas *não* tem essa curiosidade, Bridgette.

— Sei lá. Só responde.

Ela não vai deixar isso de lado. Sinto meu rosto e meu pescoço corarem, mas não sei se é do vinho ou por causa da pergunta tão íntima. Tomo um longo gole e faço que sim.

— Ele geme, sim. Geme e grunhe e suspira, e não sei por quê, mas o fato de ele ser surdo torna esses barulhos muito mais excitantes.

Bridgette dá um sorriso malicioso.

— Que tesão.

— Não diga que os barulhos que meu namorado faz durante o sexo são *um tesão.*

Ela dá de ombros.

— Então não devia ter respondido como se fosse um tesão.

Em seguida, ela passa vários minutos vendo fotos do Jason Momoa. E, apesar de eu já ter visto todas, ela ergue o celular e me mostra cada uma como se estivesse me fazendo um favor.

A campainha toca depois de um tempo, e acho que nunca vi Bridgette tão contente. Ela sai correndo até a porta com um entusiasmo esfomeado, como se não tivesse comido um prato inteiro de macarrão ao molho Alfredo duas horas atrás.

— Pegue dinheiro para a gorjeta, Syd. Não tenho nada.

Ela é perfeita para Warren. Mais perfeita impossível.

13.

Ridge

É a primeira vez que volto à casa de Maggie desde a noite em que terminamos. É um pouco estranho, mas poderia ser pior. Warren sempre teve a habilidade mágica de ser mais estranho do que qualquer situação possível. E é exatamente o que está acontecendo agora. Ele acabou de atacar o freezer e a geladeira de Maggie e está parado na cozinha dela, mergulhando iscas de peixe empapadas no pudim de chocolate.

— Você come umas coisas nojentas — comenta Maggie, abrindo a lava-louças. Estou sentado no sofá, observando os dois. Eles estão rindo e fazendo piadas. Maggie está arrumando a cozinha enquanto Warren faz bagunça. Fico encarando o punho de Maggie — ainda com a pulseira do hospital — e tento não ficar chateado por estar aqui. Mas *estou* chateado. E irritado. Se ela está bem o suficiente para sair escondida do hospital e arrumar a cozinha, por que estou aqui?

Maggie pega um papel toalha e cobre a boca enquanto Warren bate nas costas dela algumas vezes. Percebi no carro que ela estava tossindo muito. Quando éramos namorados e eu notava que ela estava tossindo, eu colocava a mão nas suas costas ou no seu peito para sentir se a tosse estava muito forte. Mas agora não posso mais fazer isso. Tudo que posso fazer é perguntar se ela está bem e confiar que esteja levando a própria saúde a sério.

O acesso de tosse dura um minuto inteiro. Ela provavelmente passou o dia todo sem usar o colete, então me levanto e vou até o quarto. Está na poltrona perto da cama. Pego o colete e o carregador, que está preso nele, e vou ligá-lo na sala.

Ela devia usá-lo duas ou três vezes por dia para ajudar a eliminar o muco nos pulmões. Quando uma pessoa tem fibrose cística, o muco fica espesso e bloqueia órgãos essenciais. Antes da invenção desses coletes, os pacientes precisavam que alguém tamponasse seu peito, ou seja, batesse nas costas e no peito do paciente várias vezes por dia para acabar com todo o muco.

Os coletes são uma mão na roda. Especialmente para Maggie, que mora sozinha e não tem ninguém para fazer essas percussões nela. Mas ela nunca usou tanto quanto devia, e costumávamos discutir muito sobre isso. E, pelo jeito, ainda discutimos. Estou prestes a ligar o colete e obrigá-la a usar.

Depois que coloco na tomada, Maggie encosta no meu ombro.

— Está quebrado.

Olho o carregador e tento ligar. Nada.

— O que aconteceu?

Ela dá de ombros.

— Parou de funcionar uns dias atrás. Na segunda eu levo para trocar por um novo.

Na segunda? Ela não pode passar o fim de semana inteiro sem isso. Especialmente se já está tossindo tanto. Sento no sofá e tento entender o que tem de errado nele. Maggie volta para a cozinha e diz algo para Warren. Pela linguagem corporal dele e pela maneira como me olha, percebo que ela disse algo a meu respeito.

— O que ela disse?

Warren olha para Maggie.

— Ridge quer saber o que você acabou de dizer.

Maggie olha por cima do ombro e ri, depois se vira para mim.

— Falei que você não mudou nadinha.

— Pois é, você também não.

Ela parece ofendida, mas sinceramente não estou nem aí. Ela sempre tentou fazer com que eu me sentisse culpado por me preocupar com ela. Está na cara que nada mudou e que minha preocupação ainda a incomoda.

Maggie parece irritada com a minha resposta.

— Pois é, é meio que impossível deixar de ter fibrose cística.

Eu a observo e me pergunto por que está tão mal-humorada. Deve ser pelo mesmo motivo que eu. Estamos tendo as mesmas discussões de sempre, mas agora não tem mais um relacionamento entre nós para amortecer nossos sentimentos.

Estou irritado por ela ter saído do hospital, e agora ela parece não estar valorizando o fato de que nós dois estamos aqui tentando ajudá-la, e minha raiva começa a aumentar. Minha namorada chorou porque tive que deixá-la sozinha, ficou preocupada conosco e, agora, Maggie está me repreendendo — *zombando* de mim — apesar de eu ter vindo. *Para ajudá-la.*

Não consigo ficar ali e continuar essa conversa. Eu me levanto, tiro o carregador da tomada e levo tudo de volta ao quarto. Maggie e Warren podem ficar comendo a combinação sacrílega de isca de peixe com pudim de chocolate que eu vou para o quarto tentar consertar o colete que, literalmente, a ajuda a sobreviver.

Antes mesmo de entrar no quarto, vejo que ela está me seguindo. Coloco o carregador na mesa ao lado da poltrona e me sento, aproximando a mesa. Ligo o abajur. Maggie ainda está parada na porta.

— Qual é o seu problema, Ridge?

Dou uma risada, mas não porque a noite esteja sendo engraçada de alguma maneira.

— O que você comeu pela manhã antes de desmaiar por causa da glicose baixa? — Maggie semicerra os olhos. Estou perguntando porque ela provavelmente nem lembra. Caramba, ela provavelmente nem comeu nada. — Já conferiu o seu nível de glicose depois de comer metade de um Twix tamanho família?

Percebo que ela está prestes a gritar. Quando ela está com muita raiva, ela grita e faz sinais. Isso costumava me excitar. Agora eu daria de tudo para poder responder no grito também.

— Você não pode falar nada sobre o que eu como, Ridge. Se não se lembra, não sou mais sua namorada.

— Se não posso ajudar você a se cuidar, por que estou aqui? — Eu me levanto e me aproximo dela. — Você não se cuida, acaba indo parar no hospital e depois liga para Warren chorando e assustada. A gente larga tudo para ajudar, mas você sai do hospital sem ter recebido alta! Me desculpe se tenho coisas melhores a fazer do que vir correndo toda vez que você age de maneira irresponsável!

— Você não precisava ter vindo, Ridge! Eu nem sabia que o hospital tinha ligado para vocês. E não chorei no telefone nem falei que estava assustada! Warren perguntou se eu queria companhia, e falei que sim porque imaginei que nós três poderíamos resolver essa situação idiota como adultos! MAS PELO JEITO NÃO VAI DAR!

Ela bate a porta enquanto sai do quarto.

Eu a abro na mesma hora, mas não vou atrás de Maggie. Volto para a cozinha e olho para Warren.

— Por que você disse que ela estava chorando e assustada?

Maggie está ao meu lado de braços cruzados, encarando Warren furiosamente. Ele está segurando um refrigerante e seu olhar alterna entre nós dois antes de parar em mim.

— Eu exagerei. Não foi nada de mais. Você só teria vindo assim.

Eu me obrigo a inspirar para me acalmar. Senão, vou acabar dando um murro nele.

— O caminho de Austin para San Antonio é longo. Além disso, nós três precisávamos nos reunir para resolver como lidar com tudo isso daqui para a frente.

— Com tudo isso? — pergunta Maggie, apontando para si mesma. — Está falando de mim? Nós precisamos resolver como lidar *comigo*? Acho que isso prova que não passo de um fardo para vocês.

— Você não é um fardo, Maggie — digo com sinais. — Você é egoísta. Se você se cuidasse e monitorasse seu nível de glicose e usasse seu colete como deveria e... sei lá... se não pulasse de uma porra de um *avião*, nem estaríamos discutindo isso agora. Coloquei Sydney numa situação péssima, e ela não estaria passando por isso agora se você simplesmente se cuidasse melhor.

Warren cobre o rosto como se eu tivesse acabado de fazer merda. Maggie revira os olhos.

— Tadinha da Sydney. Ela que é a vítima nessa história, não é? Ela consegue ficar com o homem dos sonhos dela *e também* tem saúde. Tadinha da porra da Sydney! — Ela se volta para Warren. — Nunca mais o obrigue a cuidar de mim de novo! Não preciso que ele cuide de mim. Não preciso que nenhum de vocês dois cuide de mim!

Warren ergue a sobrancelha, mas não se abala.

— Com todo o respeito, você meio que precisa da gente *sim*, Maggie.

Fecho os olhos e abaixo a cabeça. Sei que isso a magoou e não quero ver sua reação. Quando abro os olhos de novo, ela está indo para o quarto e bate a porta depois que entra. Warren se vira e dá um murro na geladeira. Vou até a mesa perto do sofá e pego as chaves do carro de Warren.

— Quero ir embora.

Jogo as chaves para ele, mas seus olhos se voltam rapidamente para o quarto de Maggie. Ele corre pela sala e escancara a porta. Naturalmente vou atrás dele, pois não consegui escutar o que ele acabou de escutar.

Maggie está no banheiro, abraçando a privada, vomitando. Warren pega uma toalha de rosto e se abaixa do lado dela. Eu me aproximo e me sento na lateral da banheira.

Isso acontece quando os pulmões dela estão muito bloqueados. Tenho certeza de que é porque ela passou vários dias sem usar o colete e porque acabou de gritar. Estendo o braço e seguro seu cabelo até ela parar. É difícil ficar chateado com ela neste momento. Ela está chorando e encostada em Warren.

Não sei como é ter essa doença, então provavelmente não deveria julgar suas ações tão duramente. Só sei como é cuidar de alguém com essa doença. Antes eu me obrigava a pensar nisso o tempo inteiro. Por mais frustrado que eu ficasse, isso não é nada em comparação à situação dela.

Pelo jeito, ainda preciso ficar pensando nisso.

Maggie não olha para mim enquanto esperamos para ver se a crise passou. Ela não me olha depois que nos convencemos de que está bem, nem quando Warren a ajuda a ir até o quarto. É sua maneira de ficar sem falar comigo. Ela costumava parar de olhar para mim quando estava zangada. Assim eu não poderia me comunicar com ela na língua de sinais.

Warren a coloca na cama e eu levo o carregador de volta para a sala. Depois de acomodar Maggie, Warren deixa a porta semiaberta, volta para a sala e se senta.

Ainda estou furioso por ele ter mentido para me convencer a vir na base da culpa. Mas também entendo por que ele fez isso. Nós três precisávamos resolver isso tudo. Maggie não quer ser um fardo, mas até ela ceder e passar a colocar a própria saúde em primeiro lugar, jamais vai ser tão independente quanto deseja. E enquanto não for independente, nós dois é que cuidaremos dela.

Sei que somos tudo que ela tem. E sei que Sydney entende isso. Eu jamais daria as costas totalmente para Maggie, pois sei o quanto ela precisa ter alguém. Mas quando a pessoa tem atitudes que demonstram desdém e, até mesmo, desrespeito em relação aos cuidados que recebe dos outros, ela acaba perdendo seu próprio time. E sem time, acaba-se perdendo a luta.

Não quero que ela perca a luta.

Nenhum de nós quer. E é por isso que Warren e eu não vamos embora, pois ela precisa de cuidados. E isso só vai acontecer depois que eu consertar o colete.

Warren passa a próxima hora vendo TV, mas depois se levanta para levar um copo de água para Maggie. Ao voltar, ele acena para chamar minha atenção.

— A tosse dela parece grave — diz ele.

Eu assinto. Eu já sei. E é por isso que ainda estou tentando consertar o colete.

Só consigo entender o problema depois das duas da manhã. Encontrei no armário do corredor um carregador antigo que ela costumava usar. Troquei os fios elétricos e consegui que ligasse, mas só funciona quando seguro o fio.

Quando levo o colete para o quarto, Warren está dormindo no sofá. O abajur ainda está ligado, então posso ver que continua acordada. Vou até sua cama, ligo o carregador e lhe entrego o colete. Ela se senta e o veste.

— Só tem um problema. Preciso segurar o fio enquanto está ligado, senão vai desligar.

Ela concorda com a cabeça, mas não diz nada. Sabemos o que fazer. A máquina opera por cinco minutos e depois ela precisa tossir para limpar os pulmões. Em seguida, coloco para operar mais cinco minutos e deixo ela tossir de novo. Repetimos isso durante meia hora.

Quando o tratamento acaba, ela tira o colete e rola para o lado, evitando ter contato visual comigo. Eu o coloco no chão, mas, quando olho para ela, percebo pelo movimento dos seus ombros que está chorando.

E agora estou me sentindo um babaca.

Sei que fico frustrado com ela, mas Maggie não é perfeita. Nem eu. Enquanto a gente só discutir e reclamar dos defeitos um do outro, sua saúde nunca vai melhorar.

Eu me sento do seu lado na cama e aperto seu ombro. Era o que eu costumava fazer quando me sentia impotente em relação à situação. Ela estende o braço e aperta minha mão, e nossa discussão chega ao fim bem nesse momento. Ela deita de costas e me olha.

— Não falei para o Warren que eu estava assustada.

Eu assinto.

— Agora eu sei disso.

Uma lágrima escorre do seu olho e desliza até seu cabelo.

— Mas ele tem razão, Ridge. Estou assustada.

Nunca vi essa expressão em seu rosto, e isso acaba comigo. Odeio que ela esteja passando por isso. Odeio mesmo. Ela começa a chorar mais e vira de costas para mim. Por mais que eu queira dizer que não seria tão assustador se ela parasse de agir como se fosse imune aos efeitos da sua doença, não digo nada. Eu a abraço porque ela não precisa levar bronca agora.

Ela só precisa de um amigo.

* * *

Obriguei Maggie a fazer uma segunda rodada do uso do colete de madrugada. Tenho quase certeza de que adormeci no meio, pois acordei às oito e percebi que estava na cama dela. Sei que Sydney não gostaria disso, então fui para o sofá. Ainda estou no sofá. Deitado de bruços. Tentando dormir. Mas Warren está me sacudindo.

Pego meu celular e vejo a hora. Não esperava que fosse meio-dia. Sento de imediato e me pergunto por que ele me deixou dormir tanto.

— Levante — diz ele em sinais. — Precisamos pegar o carro de Maggie e trazê-lo para cá antes de voltarmos para Austin.

Eu assinto, esfregando os olhos.

— Precisamos passar na loja de produtos médicos antes — digo. — Quero ver se eles não podem dar um carregador para ela até o antigo ser consertado.

Warren faz o sinal de "ok" e vai para o banheiro.

Eu me encosto no sofá e suspiro. Odeio a maneira como tudo se desenrolou nessa viagem. Fiquei me sentindo inquieto e, ironicamente, era exatamente isso que Sydney queria. Sorrio por ver que ela conseguiu o que queria, mesmo sem saber disso. Não falei com ela depois de toda a confusão entre mim, Warren e Maggie à noite. Abro nossas mensagens e percebo que ela não me mandou nada desde que nos falamos ontem. Como será que foi a noite com Bridgette?

Ridge: Daqui a pouco vamos voltar. Como foi a noite aí?

Ela começa a responder na mesma hora. Vejo os pontinhos aparecerem e desaparecerem várias vezes até a mensagem dela chegar.

Sydney: Pelo jeito, não tão emocionante quanto a sua.

Fico confuso com sua resposta. Olho para Warren, que está saindo do banheiro.

— Você contou para Sydney sobre a discussão de ontem?

— Não — nega Warren. — Não falei com nenhuma das duas hoje. Acho que elas ainda devem estar de ressaca na cama.

Sinto um aperto no peito porque ela respondeu de um jeito tão atípico.

Ridge: Do que você está falando?

Sydney: Olha o Instagram.

Fecho as mensagens na hora e abro o Instagram. Rolo a tela até achar.

Merda.

Maggie postou uma foto nossa. Ela está fazendo uma careta para a câmera, e eu estou do seu lado. Na cama dela. Dormindo. A legenda diz: "Não estava com saudade desse ronco."

Agarro o celular com as mãos e o levo até a testa, fechando os olhos com firmeza. É *por isso*. É *por isso* que eu devia ter ficado em casa.

Eu me levanto.

— Cadê Maggie?

Warren aponta a cabeça para o corredor e responde com sinais:

— Na área de serviço.

Vou até lá e a encontro pendurando uma camiseta casualmente, como se não tivesse acabado de tentar sabotar meu namoro com Sydney com seu post rancoroso no Instagram. Ergo o celular.

— O que é isso?

— Uma foto sua — diz ela, inexpressiva.

— Estou vendo. Mas por quê?

Ela termina de pendurar a camiseta e se encosta na máquina de lavar.

— Também postei uma foto com Warren. Por que está tão zangado?

Jogo a cabeça para trás e ergo as mãos no ar, frustrado. Eu estava confuso sem saber por que ela tinha feito isso em primeiro lugar, e agora também estou confuso porque não entendo como ela está agindo como se isso não fosse nada de mais.

Ela se afasta da máquina de lavar.

— Não sabia que nossa amizade tinha regras. Faz seis anos que posto fotos de todos nós. Agora precisamos adaptar todas as nossas vidas por causa da Sydney, é?

Ela tenta ir até a porta, mas bloqueio seu caminho.

— Você podia respeitar um pouco a nossa situação.

Maggie semicerra os olhos.

— Você está falando sério? Está mesmo pedindo para eu respeitar o seu namoro com a garota com quem você me *traiu*?

Não é justo. Já superamos isso. Pelo menos era o que eu *achava*.

— Você podia ter postado qualquer foto minha, mas preferiu postar uma em que estou na sua cama. E eu estava nela porque passei horas acordado para garantir que você estava bem. Não é justo você aproveitar essa oportunidade para jogar o meu próprio erro na minha cara, Maggie.

Sua mandíbula fica tensa.

— Quer falar do que é justo? Acha justo você se envolver emocionalmente com alguém e ser eu que preciso tomar cuidado com o que posto no Instagram? Acha justo eu ser criticada por comer um Twix? Eu queria a porra do *Twix*, Ridge! — Ela me empurra para passar, então vou atrás dela. Ela se vira ao chegar na sala. — Esqueci que não posso me divertir perto de você. Talvez não deva voltar mais aqui, pois esse é o pior dia que tenho em meses!

Nunca senti tanta raiva dela em todos esses anos. Não sei por que achei que isso poderia dar certo.

— Se tiver alguma emergência de verdade, é só me avisar, Maggie. Vou te ajudar. Mas até isso acontecer, não posso ser seu amigo. — Vou até a porta e a escancaro, depois me viro para Warren. — Vamos embora.

Warren está paralisado no meio da sala, sem ter ideia do que fazer ou dizer.

— E o carro da Maggie?

— Ela chama um Uber.

Saio e vou até o carro de Warren.

Ele demora alguns minutos. Tenho certeza de que estava tranquilizando Maggie. Talvez ele consiga tranquilizar alguém que está sendo insensata, mas eu não.

Quando Warren finalmente chega, abro minha conversa com Sydney. Nem tento justificar a foto com alguma desculpa. Vou explicar tudo pessoalmente.

Ridge: Desculpa pela foto, Sydney. Estou voltando pra casa agora.

Sydney: Não tem pressa. Nem vou estar na sua casa quando você chegar.

Recebo uma mensagem de Bridgette.

Bridgette: Canalha. Você é um canalha. Canalha, canalha, canalha.

Sydney: E nem precisa passar lá em casa. Bridgette vai dormir lá.

Bridgette: PROIBIDO CANALHAS!

Fecho as mensagens das duas e me encosto no banco.

— Passa primeiro no apartamento da Sydney.

14.

Maggie

Sento no sofá depois que Warren fecha a porta. Fico encarando o chão.

Coloco as mãos no rosto.

O que tem de errado comigo?

Fiz Jake se afastar de mim. Fiz Ridge se afastar de mim. Até mandei Warren dar o fora quando ele ficou aqui e pediu que eu explicasse por que estou agindo assim.

Não sei por que estou assim esta semana. Não sou essa pessoa. Juro por Deus que não quero namorar Ridge, mas quando acordei hoje e o vi dormindo do meu lado, foi bom sentir que ele estava de volta. Estava com saudade dele. Mas não romanticamente. Estava com saudade da companhia dele, só isso. E comecei a me perguntar se ele estava com saudade da minha companhia ou se agora ele só precisa de Sydney mesmo. Depois, comecei a me sentir insegura de novo porque ele estava aqui apesar de ter demonstrado o quanto não queria estar aqui. E enquanto eu estava deitada, olhando para ele, comecei a pensar no dia em que descobri todas as mensagens entre ele e Sydney e bateu toda aquela raiva de novo.

Eu não devia ter postado a foto. Eu sei. Mas acho que fiz isso porque imaginei que me sentiria melhor de alguma maneira perversa. Eu estava com saudade dele, estava com raiva dele, estava com raiva de mim mesma. Parece que os anos tentando viver apesar da doença estão começando a cobrar seu preço. Porque Ridge tem razão. Eu não me cuido como deveria, mas é porque estou de saco cheio dessa doença, e às vezes acho que não ligaria se ela acabasse vencendo. Não ligaria mesmo.

Pego o celular, apago a foto e então mando uma mensagem para Ridge.

Maggie: Essa foi a pior semana da minha vida e descontei em você. Me desculpa. Peça desculpas a Sydney por mim. Apaguei a foto.

Aperto enviar, desligo o telefone e me deito. Pressiono o rosto no sofá e choro.

O problema de se odiar quando está sozinha é que não tem ninguém do seu lado para fazer você se lembrar das suas qualidades. Aí você fica se odiando mais ainda até sabotar o que tem de bom na sua vida e em você mesma.

É exatamente essa a minha situação.

Maggie Carson, você não está tão foda hoje.

15.

Sydney

Eu me diverti tanto ontem.

Comi a pizza nojenta de Bridgette e depois ela me contou como ela e Warren começaram a namorar. O que só me fez confirmar o quanto acho os dois estranhos. Depois, vimos *Liga da Justiça* mas pulamos todas as cenas sem o Jason Momoa.

Não me lembro de muita coisa depois disso porque tomamos várias garrafas de vinho. Meu sono e minha diversão foram interrompidos abruptamente hoje quando Bridgette me sacudiu e enfiou o post do Instagram de Maggie bem na minha cara.

Estou mais magoada do que irritada. Claro que Ridge vai ter alguma desculpa. Ele sempre tem. Mas qual é a desculpa de Maggie? Sei que, de certa maneira, eu sou a outra que se meteu no namoro dos dois. Fui a Tori da situação deles. Mas, sinceramente, achei que todos nós já tínhamos superado. Pela maneira como Warren e Ridge falaram, parecia que ela tinha lidado bem com tudo e estava agindo com maturidade. Mas isso me parece tão... *rancoroso*. Ou até mesmo *repugnante*.

Não consegui ficar no apartamento de Ridge depois de ver o post. A maneira como fiquei me sentindo me lembrou do quanto sofri enquanto morava lá. E o apartamento inteiro estava com cheiro de pepperoni e anchovas. Falei para Bridgette que ia voltar para casa, e ela foi até seu quarto, pegou suas coisas e disse que ia comigo.

Acho que ela ficou tão chateada quanto eu, pois pegou outra garrafa de vinho. Agora estamos bebendo de novo e são apenas duas da tarde. Mas não me incomodo com a presença dela. Até prefiro, na verdade, porque não quero ficar sozinha para não pensar demais em tudo isso e tentar arranjar explicações improváveis para o fato de ele estar na cama de Maggie antes que possa tentar se justificar para mim.

Bridgette está sentada de pernas cruzadas na minha cama. Ela estende o braço na direção do chão, pega sua bolsa e tira o celular.

— Não aguento mais. Vou comentar no post dela.

Tento pegar seu celular.

— Não. Não quero que ela saiba que vi. Assim ela vai achar que conseguiu o que queria.

Bridgette deita de bruços e protege o celular de mim.

— Foi por isso que falei que *eu* que vou comentar. Vou dizer algo para que ela se sinta insegura, assim como está tentando fazer com você. Vou dizer que ela está com uma aparência saudável. Todo mundo sabe que, quando uma pessoa comenta que você está com uma aparência saudável, na verdade ela quer dizer que você está gorda.

— Você não pode dizer isso para alguém que está mesmo doente. E bem magra.

Bridgette grunhe e deita de costas, jogando o celular para o lado.

— Ela apagou! Droga!

Graças a Deus. Agradeço o apoio de Bridgette, mas não preciso que ela se meta nos problemas que tenho com Ridge — e com Maggie.

— Quer que eu ligue para o Warren e pergunte o que aconteceu?

Ela quase parece feliz. Adora um drama.

E não vou mentir. Eu mesma pensei em ligar para Warren porque tenho tantas perguntas. Sei que eles já estão voltando e que Ridge deve passar aqui para tentar se explicar, mas seria bom ter alguma ideia antes disso para saber exatamente o quanto devo gritar quando ele chegar. Não que os decibéis da minha voz importem na nossa discussão, mas talvez eu me sinta melhor se gritar com ele.

Bridgette liga para Warren e coloca no viva-voz.

— Oi, gata — diz ele ao atender.

— Que porra foi aquela que aconteceu ontem, hein? — pergunta Bridgette.

Pois é, ela não sabe ser delicada. Warren pigarreia, mas eu o interrompo antes que fale.

— Você está traduzindo a conversa para Ridge? Não quero falar com ele agora.

— Estou dirigindo — diz Warren. — Ia ser meio complicado dirigir, segurar o celular, comer esse cheeseburger e traduzir tudo que estou dizendo. E ele está olhando pela janela, pensativo.

Bridgette se inclina na direção do celular.

— O namoro de Sydney e Ridge está correndo risco e vocês param para comprar hambúrguer?

— *Eu* parei para comprar. Ridge só vai conseguir comer depois que corrigir tudo com Sydney.

Reviro os olhos.

— Bem, então ele vai passar fome até a noite.

— Ele não fez nada de errado, Sydney — defende Warren. — Juro. Tudo aquilo foi Maggie.

— Ele dormiu na cama dela! — retruca Bridgette.

— Pois é, porque passou duas horas consertando o carregador do colete dela e depois precisou ficar segurando o fio elétrico para ela poder usar. Ele passou a noite em claro e, quando finalmente conseguiu dormir algumas horinhas, Maggie tirou uma foto dele e fez aquela merda lá. Mas vá por mim, Maggie que fez tudo aquilo. Nunca a vi daquele jeito.

Olho para Bridgette. Não sei se consigo confiar em Warren. Como se estivesse lendo meus pensamentos, ela diz:

— Não somos idiotas, Warren. Manos antes das minas. Você defenderia Ridge mesmo que ele te matasse.

— Espera aí — pede Warren. — Preciso tomar um gole aqui.

Bridgette e eu esperamos, ouvindo o barulho de Warren tomando a bebida. Eu me deito na cama, frustrada com Warren. Com Ridge. Com Maggie. Mas, pela primeira vez na vida, não estou frustrada com Bridgette.

— Tá bom — diz Warren. — Foi o seguinte. Depois que saímos do hospital e voltamos para a casa da Maggie ontem, eles passaram uma hora gritando um com o outro. Parecia que os dois estavam colocando para fora anos de agressividade de uma vez só, e eles se xingaram muito. Todo o...

— Espera — interrompe Bridgette. — Agora eu sei que está mentindo.

— Não estou — diz Warren defensivamente.

— Você falou que eles estavam gritando um com o outro. Ridge não consegue gritar, seu burro.

Pressiono a mão na testa.

— É jeito de falar, Bridgette. Ele estava irritado e falando na língua de sinais. Warren chama isso de gritar. — Bridgette me olha suspeita, como se ainda não confiasse no que Warren está dizendo. Volto a prestar atenção no telefone. — Por que eles brigaram?

— Por que eles *não* brigariam? Ridge estava com raiva por ter ido até lá e ela não estar tão doente assim. E porque Maggie não tem cuidado tanto da saúde e isso estava começando a incomodar as pessoas mais próximas. Ela estava com raiva porque Ridge falou que ela estava incomodando e atrapalhando o namoro de vocês. Vou te contar, nunca vi os dois daquele jeito. E não foi o tipo de briga que tenho com Bridgette, quando a gente só está tentando se irritar mesmo. Aquilo foi briga mesmo... do tipo *tô puto com você, porra*.

Fecho os olhos, odiando toda a situação. Não estou feliz com a briga deles. Isso não ajuda ninguém. Mas explica por que ela postou aquela foto. Não foi para se vingar de mim. Ela estava com raiva de Ridge, e a melhor maneira de se vingar era me envolvendo na história.

— E os dois ficaram com raiva de mim — diz Warren. — A gritaria toda fez ela vomitar, e Ridge a obrigou a usar o colete e acabou pegando no sono na cama dela durante uma das sessões do tratamento. Assim que acordou, ele foi para o sofá e dormiu quatro horas, aí eu o acordei e toda a novela do Instagram aconteceu. E fim de história.

Chuto o colchão.

— Argh! Nem sei de quem sentir raiva. Mas preciso ficar com raiva de alguém!

Bridgette aponta para o celular e sussurra:

— Fique com raiva de Warren. É ótimo para aliviar o estresse. — Ela fala mais alto para que ele a escute. — Por que eles ficaram com raiva de você?

— Não foi nada importante — diz Warren. — Estamos chegando aí na sua casa agora, Sydney. Abre a porta para a gente.

Ele encerra a ligação, e não sei se estou me sentindo melhor. Nunca achei que Ridge estivesse na cama de Maggie porque estava me traindo. Sei que ele devia ter algum motivo válido relacionado à saúde dela. Mas por que eles não estavam no sofá? Ou no chão? Por que ele precisou pegar no sono num lugar onde os dois provavelmente tiveram momentos íntimos juntos durante anos?

Eu me levanto.

— Preciso de mais vinho.

— Pois é. Vinho — concorda Bridgette e me acompanha até a cozinha.

Quando Warren e Ridge finalmente chegam, eu já acabei de tomar minha segunda taça do dia. Warren entra primeiro, depois Ridge. Odeio o modo como ele me procura, de maneira agitada, antes de me ver e parecer aliviado. Eu só quero ficar com raiva dele, mas fica muito difícil com seus lábios tão beijáveis e seus olhos desconsolados.

Já sei o que vou fazer. Não vou olhar para ele, fim de história. Assim, não vou ceder e perdoá-lo com tanta facilidade. Eu me viro a fim de não ver Ridge nem a porta. Só consigo avistar Warren tentando abraçar Bridgette, mas ela demonstra resistência.

Dar as costas para Ridge não adianta muita coisa porque ele se aproxima por trás e me abraça, acomodando o rosto no meu ombro. Ele beija delicadamente meu pescoço enquanto me abraça em silêncio tentando se desculpar.

Não aceito seu pedido de desculpa. Continuo com raiva, então mantenho meu corpo rígido e não reajo ao seu toque. Pelo menos, não por fora. Por dentro, estou pegando fogo.

Bridgette bebe o resto do seu vinho e se concentra em Warren.

— Por que Ridge e Maggie estavam com raiva de você?

Quero escutar a resposta de Warren, mas Ridge faz com que eu fique de frente para ele. Ele desliza as mãos até minhas bochechas e me olha muito seriamente.

— Me desculpa.

Dou de ombros.

— Ainda estou magoada.

Warren ignora a pergunta de Bridgette e se aproxima de mim e de Ridge. Olho por cima do ombro de Ridge enquanto Warren toca no próprio peito, numa leve demonstração de culpa.

— Foi mais culpa minha, Sydney. Me desculpe mesmo.

— Imaginei — diz Bridgette, indo pegar mais vinho. Ela passa entre a gente nos separando completamente. — Desembucha, Warren.

Warren aperta a nuca e faz uma careta.

— Bem... é uma história engraçada...

— Aposto que é hilária — diz Bridgette seriamente.

Warren a ignora e continua.

— Talvez eu tenha exagerado um pouco quando falei da ligação de Maggie. Ela não estava chorando e, tecnicamente, não implorou para que a gente fosse até lá. Mas eu sabia que se não exagerasse um pouco, Ridge não teria ido.

Bridgette fica boquiaberta. Ela faz um barulho como se estivesse chocada, depois olha para mim e para Warren.

— Queria dormir na casa da sua ex e então mentiu para todo mundo?

— Como você é idiota, Warren — digo.

Por que ele mentiria e colocaria Ridge naquela situação? Meu Deus, que raiva dele. É ótimo finalmente ter um alvo para a minha raiva.

— Escutem — pede Warren, erguendo as mãos. — Ridge e Maggie estavam precisando conversar sobre isso há muito tempo. Não foi por maldade. Eu estava tentando ajudar!

— Pois é, parece que a viagem foi bem-sucedida — comento.

Warren dá de ombros, colocando as mãos nos quadris.

— Talvez a situação não tenha se resolvido, mas Maggie precisava escutar tudo o que Ridge tinha para dizer. Na verdade, achei até que você ficaria orgulhosa dele. Depois noite passada de tudo que ele disse a seu favor, não tenho dúvida nenhuma de que ele está totalmente focado no relacionamento de vocês.

Cruzo os braços na frente do peito.

— Então antes da noite passada você duvidava?

Warren olha para o teto.

— Não foi o que eu quis dizer. — Ele olha para Bridgette, e percebo que já se cansou por hoje. — Vamos embora. Eles precisam de um momento a sós. A gente também.

Bridgette puxa uma cadeira na frente do balcão e se senta.

— Não. Ainda não terminei meu vinho.

Warren vai até o balcão, pega a garrafa, tira a taça das mãos dela e sai. Bridgette olha para a porta, depois para mim. Depois para a porta de novo e para mim. Seus olhos estão em pânico. Ela aponta desamparadamente para a porta.

— O vinho.

— Pode ir — desvio de Ridge e vou até a porta.

Assim que ela sai correndo, eu fecho a porta. Ao me virar, vejo Ridge encostado na geladeira, me encarando. Suspiro e sustento seu olhar, e odeio sua aparência cansada. Por mais que eu tenha ficado irritada com Warren, me sinto aliviada por ele ter me explicado tudo. Não estou mais tão zangada com Ridge.

Ridge pega o celular e começa a digitar uma mensagem. Vou até o quarto, pego meu celular e depois volto para a cozinha enquanto leio sua mensagem.

Ridge: Não faço ideia do que aconteceu nos últimos dez minutos. Ninguém traduziu nada para mim, e é muito difícil ler lábios quando as pessoas estão com raiva e não param quietas.

Abaixo os ombros ao ler sua mensagem. Fico me sentindo mal porque o excluímos enquanto discutíamos.

Sydney: Para resumir, Warren disse que você era inocente e que ele era culpado e que Maggie estava ressentida e que foi tudo uma festa do pijama do inferno.

Ridge lê a mensagem e dá de ombros.

Ridge: O motivo não importa, sei que não devia ter ficado na cama de Maggie sem pensar no que você sentiria. Mas só pra constar, peguei no sono enquanto eu monitorava o colete e fui para o sofá assim que acordei.

Sydney: Bem, pelo jeito devia ter ido antes. Acabou pagando caro por isso.

Ridge: Quem diz que o karma é cruel não conhece a Maggie. Porque o karma é muito simpático e me acompanha o tempo inteiro. Em todo lugar que eu vou.

Sorrio, mas Ridge me parece tão triste. Odeio o fato de que temos que fazer as pazes, depois de mais uma discussão, quando estamos juntos há menos de uma semana. Espero que não seja uma pequena amostra do que será nosso relacionamento. Claro que a primeira discussão foi totalmente culpa de Ridge, que estava sendo um idiota. Mas essa...

Sei lá. Pelo que Warren explicou, Ridge está se esforçando demais para me colocar em primeiro plano. Mas é difícil quando os obstáculos são tantos. *Ai, caramba.* Será que acabei de chamar Maggie de obstáculo? Ela não é um obstáculo. Seu *comportamento* recente que é um obstáculo.

Ridge: Posso te beijar? Preciso. Muito.

Sorrio um pouco ao ler a mensagem. Ele deve ter percebido porque não me espera olhar para cima e responder. Ele apenas se aproxima rapidamente, ergue meu rosto e pressiona a boca com firmeza na minha. Me beija como se estivesse com fome de mim. É o tipo de beijo dele de que mais gosto. É tão desesperado e quase unilateral que a força do seu beijo acaba me fazendo recuar. Ele continua me beijando até eu me encostar na parede da sala. No entanto, apesar do desespero, não é um beijo sensual. É apenas um beijo cheio de necessidade. Ele precisa me sentir e saber que não estou chateada. Precisa ser tranquilizado. Precisa ser perdoado.

Depois de um minuto inteiro me beijando, ele pressiona a testa na minha. Mas mesmo após o beijo consentido, Ridge parece distraído. Deslizo a mão na sua bochecha e roço o dedo nela, fazendo com que me olhe nos olhos.

— Você está bem?

Ele inspira e expira lentamente. Ele assente de maneira não muito convincente e me puxa para perto. Mal tenho tempo de colocar meus braços ao seu redor quando ele se abaixa, entrelaça minhas pernas e me ergue. Ele me leva até o quarto e me coloca na cama.

O que quer que o esteja incomodando pode esperar, porque sua boca está colada na minha de novo. Mas agora seu beijo não é porque ele precisa ser tranquilizado. Ele apenas precisa de mim. Ele se livra da camisa, tira a parte de baixo do meu pijama. Depois vem para cima de mim de novo com a língua na minha boca e a mão subindo pela minha coxa, erguendo minha perna.

Quero escutá-lo. Desde que descrevi o quanto os barulhos que ele faz são um tesão, fiquei com o maior desejo de escutá-los. Abro o zíper da sua calça, enfio a mão e, em seguida, o guio para dentro de mim.

Sua boca está encostada no meu pescoço, e escuto o grunhido ressoar no seu peito enquanto ele me penetra. Em seguida, recua e suspira baixinho. Repete o ritmo, e eu fecho os olhos. Enquanto ele faz amor comigo, passo o tempo inteiro em silêncio escutando os sons sensuais de Ridge.

16.

Ridge

Existem três coisas que produzem sons bonitos o suficiente para se tornarem temas de incontáveis poemas.

Oceanos, cachoeiras e chuva.

Só vi o oceano uma vez. A Sounds of Cedar fez um show em Galveston dois anos atrás e viajei com eles. Na manhã seguinte ao show, fui até a praia. Tirei os sapatos, sentei na areia e vi o sol nascer.

Lembro que, enquanto assistia, uma sensação foi se tornando cada vez maior dentro de mim. Foi quase como se todas as emoções negativas que eu já tinha sentido estivessem evaporando a cada novo raio de sol que despontava no horizonte.

Foi uma sensação de total deslumbramento, diferente de tudo que eu já tinha vivenciado. E, então, percebi que estava deslumbrado com algo que acontece todo santo dia. Que aconteceu todo santo dia desde a primeira vez em que o sol nasceu. E pensei: como algo pode ser tão magnífico se nem raro é?

O nascer e o pôr do sol são um acontecimento muito esperado e natural para a humanidade. No entanto, é uma das poucas coisas que possui a capacidade universal de deixar alguém sem palavras.

Naquele momento, sentado sozinho na praia, com os dedos dos pés enterrados na areia e as mãos ao redor dos joelhos... eu me perguntei, pela primeira vez, se o sol fazia algum barulho ao nascer. Eu tinha quase certeza de que não. Se fizesse, eu já teria lido algo a respeito. E tenho certeza de que existiriam mais poemas sobre o som do nascer do sol do que sobre os oceanos, as cachoeiras ou a chuva.

E depois me perguntei como devia ser vivenciar aquele mesmo amanhecer, mas tendo a capacidade de escutar o oceano enquanto o sol se libertava das amarras do horizonte. Se um amanhecer silencioso era tão marcante para mim, o quanto não seria marcante para aqueles que o veem acompanhado do barulho da água?

Eu chorei.

Chorei... por ser surdo.

Foi uma das poucas vezes que senti ressentimento dessa parte de mim, que limitou tanto a minha vida. E foi a primeira e única vez que chorei por causa disso. Ainda me lembro do que senti naquele momento. Fiquei com raiva. Amargurado. Chateado por ter sido amaldiçoado com uma deficiência que me atrapalhava de tantas maneiras, apesar de eu passar grande parte dos meus dias sem nem pensar nela.

Mas aquele dia — aquele momento — me dilacerou. Eu queria sentir o efeito completo do amanhecer. Queria absorver cada som das gaivotas voando acima de mim. Queria que o barulho das ondas entrasse nos meus ouvidos e escorresse pelo meu peito até eu senti-las se agitando dentro do meu estômago.

Chorei porque senti pena de mim mesmo. Assim que o sol apareceu por completo, me levantei e me afastei da praia, mas não consegui me livrar daquele sentimento. Fiquei ressentido pelo resto do dia.

Desde então, não fui mais ver o mar.

Estou aqui sentado, pressionando as mãos no azulejo do boxe e sentindo a água cair no meu rosto, e foi natural pensar naquele sentimento. E em como, somente naquele momento, realmente entendi o que Maggie deve sentir todos os dias. Ressentimento e mágoa por ter que aceitar com graciosidade e tranquilidade uma situação difícil que a vida lhe deu.

É fácil alguém achar que Maggie está sendo egoísta. Que só está pensando nos seus próprios sentimentos. Eu, inclusive, penso assim em boa parte do tempo. Mas só foi naquele dia na praia, dois anos atrás, que fez com que hoje eu a entendesse completamente.

Minha surdez me limita muito pouco. Posso fazer tudo no mundo, exceto ouvir.

Mas Maggie tem incontáveis limitações. São tantas que nem consigo imaginar. Aquele meu único dia de ressentimento na praia, quando realmente senti o peso da minha deficiência, deve ser o resumo de como Maggie se sente todos os dias. Porém, aqueles que não convivem com a doença da Maggie, diante do seu comportamento devem achar que ela é ingrata. Egoísta. Até mesmo desprezível.

E eles teriam razão. Ela é tudo isso. Mas a diferença entre Maggie e as pessoas que a julgam é que ela tem todo o direito do mundo de ser todas essas coisas.

Desde o dia em que a conheci, ela tem sido extremamente independente. Odeia achar que está atrapalhando a vida daqueles ao seu redor. Sonha em viajar pelo mundo, correr riscos, fazer todas as coisas que sua doença lhe diz que ela não pode fazer. Quer sentir o estresse da universidade e de uma carreira. Quer se deleitar com a independência que o mundo acha que ela não merece. Quer se libertar das correntes que a lembram de sua doença.

E toda vez que quero dar bronca nela, dizer tudo que ela está fazendo de errado e mostrar todas as maneiras como ela está sabotando sua própria longevidade, só preciso pensar naquele momento na praia. Naquele momento em que eu teria feito de tudo para poder escutar tudo que estava sentindo.

Eu teria trocado anos da minha vida por um único minuto de normalidade.

É exatamente o que Maggie está fazendo. Ela só quer um minuto de normalidade. E é somente ignorando o peso da sua própria realidade que ela consegue ter esses momentos.

Se eu pudesse voltar no tempo e reviver a noite passada, faria muitas coisas diferentes. Eu teria incluído Sydney na viagem. Não teria deixado Maggie sair do hospital. E teria me sentado com ela e explicado que quero ficar do lado dela. Que quero ajudá-la. Mas que não posso fazer isso quando ela própria não se ajuda.

Em vez disso, extravasei todos os pensamentos negativos acumulados. Foi tudo verdade, sim, mas os expressei de uma maneira que a magoou. Tem outras maneiras de falar a verdade sem ser obrigando uma pessoa a escutar, porque assim ela acaba se magoando.

Maggie ficou magoada. Seu orgulho ficou ferido. E por mais que seja fácil eu dizer que minha reação é resultado de suas ações, isso não significa que não me arrependo.

Tento não pensar no assunto, mas ele está me consumindo. E sei que só vou conseguir me sentir mais aliviado se conversar com a única pessoa que entende meus sentimentos melhor do que ninguém. Mas ela também é a última pessoa que quero sujeitar a uma discussão sobre Maggie.

Desligo o chuveiro. Estou aqui há mais de meia hora, fazendo meu máximo para tentar me livrar de tudo que estou sentindo no momento. Sydney merece uma noite que não seja estragada pelo meu relacionamento anterior. A semana foi difícil, e ela merece uma noite que seja quase perfeita, em que eu me concentre apenas nela e vice-versa.

E é o que vou proporcionar.

Saio do banheiro só de toalha. Não porque quero distraí-la do trabalho que está fazendo sentada na cama, mas porque minha calça está no chão do quarto e preciso dela. Quando solto a toalha e pego a calça, ela olha com a extremidade do lápis na boca, mordendo-a com um sorriso.

Retribuo o sorriso porque é inevitável. Ela afasta os livros e dá um tapinha na cama. Eu me sento e me encosto na cabeceira. Ela desliza a perna por cima do meu corpo e monta em mim enquanto passa as mãos no meu cabelo molhado. Em seguida, se inclina para a frente e me beija a testa; nem sei se ela já fez isso alguma vez. Fecho os olhos enquanto ela beija todo o meu rosto carinhosamente. Para terminar, ela me dá um selinho com delicadeza.

Quero apenas aproveitar o momento, então a puxo para perto de mim, sem querer conversar nem me agarrar com ela. Só quero abraçá-la e ficar de olhos fechados e curtir a sensação de tê-la só para mim. E ela deixa isso acontecer por dois minutos inteiros. Uma vantagem que ela tem em relação a mim é sua capacidade de escutar os suspiros que nem eu mesmo percebo que dou.

Isso inclui um grande suspiro que a deixa preocupada. Ela se afasta e segura meu rosto. Semicerra os olhos como se estivesse me alertando que não devo mentir.

— O que foi? Me conte a verdade dessa vez.

Só vou conseguir escapar se for totalmente sincero. Tiro minhas mãos da sua cintura e aperto seus ombros. Afasto Sydney de cima de mim com delicadeza.

— Laptops — digo.

Usamos os laptops para as conversas sérias. Aquelas que sabemos que exigiriam muita paciência se acontecessem por sinais, leitura labial ou mensagens pelo celular. Vou até a sala e pego meu laptop da mochila. Quando retorno, ela está encostada na cabeceira com o próprio computador, e seus olhos me acompanham até o lugar na cama onde sento. Clico no programa de mensagens e abro nossa conversa.

Ridge: Só pra constar, queria evitar ter essa conversa hoje. Mas acho que não consigo sentir nada sem que você perceba.

Sydney: Você não é tão fácil assim de se ler quanto imagina.

Ridge: Só sinto que sou assim com você.

Sydney: Bem, vamos ver se você tem razão. Vou tentar adivinhar o que está te incomodando.

Ridge: Tá bem. A gente pode fazer uma aposta? Porque se você acertar, vamos sair juntos essa noite. Mas se errar, vamos sair juntos essa noite.

Sydney: ;) Nunca tivemos um encontro de verdade.

Ridge: Então é melhor você acertar ou errar, senão a gente não vai sair.

Sydney: Tá certo. Vou arriscar então. Pela sua linguagem corporal, dá pra perceber que seus pensamentos não estão aqui. E com base nas últimas vinte e quatro horas, vou supor que está pensando na Maggie.

Ridge: Queria poder dizer que você está errada. Mas não está. Só espero que você saiba que é algo completamente inocente. Estou me sentindo mal com tudo que falei pra ela, só isso.

Sydney: Você falou com ela depois que saiu de lá?

Ridge: Ela me mandou uma mensagem curta depois que fui embora, pedindo desculpas. Mas não respondi. Estava irritado demais pra responder. E agora não sei o que responder porque estou me sentindo culpado, mas também não acho que ela mereça que eu peça desculpas pra ela. É por isso que estou confuso. Por que estou me sentindo culpado se não acho que devo me desculpar pelo que fiz?

Sydney: Porque sim. Você está incomodado porque, no fundo, sabe que se você e Maggie estivessem em uma situação diferente, nunca mais se falariam. Vocês dois são muito diferentes. E se não fosse pela doença dela, o namoro de vocês provavelmente teria acabado muito antes. Mas a realidade não é essa, e ela está achando difícil assimilar o fato de que você só está na vida dela porque precisa.

Leio a mensagem e sinto a verdade me perfurar até os ossos. Sydney tem razão. Maggie e eu só temos contato ainda por causa da doença dela. Por mais que eu soubesse disso, não queria admitir. Mas eu e Maggie estamos em lados opostos do planeta e a única coisa que nos une é essa corda chamada fibrose cística.

Ridge: Tem razão. Mas queria que não tivesse.

Sydney: Ela também deve querer que tudo fosse diferente. Como você acha que ela se sentiu quando você foi pra casa dela só porque precisava, e não porque queria?

Ridge: Ela deve ter ficado ressentida.

Sydney: Exatamente. E quando uma pessoa está ressentida, ela desconta nos outros. Ela diz coisas sem ser a sério.

Ridge: Talvez, mas qual foi a minha desculpa? Eu explodi com ela como nunca tinha explodido com ninguém. E é por isso que não consigo parar de pensar nessa situação, porque parece que perdi a paciência com ela.

Sydney: Parece mesmo. Mas não acho que deva se arrepender disso. Às vezes, se importar com alguém significa dizer coisas que você não quer dizer, mas que precisam ser ditas.

Ridge: Pois é. Talvez.

Ela realmente ama esse lado meu que Maggie nunca amaria. Acho que é por isso que damos certo. Finalmente tenho alguém que está apaixonada por quem eu sou por completo.

Sydney: Mas não vou mentir. Às vezes, seu coração me assusta.

Ridge: Por quê?

Sydney: Porque sim. Eu me preocupo achando que Maggie está piorando. E sei que você também se preocupa com isso. Tenho medo de que você se sinta obrigado a voltar pra ela por culpa e preocupação, só para poder ajudá-la a consertar as coisas.

Ridge: Sydney...

Sydney: Pois é, agora é hora daquela sinceridade constrangedora.

Olho para ela, completamente perplexo com sua resposta. Ela me observa com um leve medo na expressão, como se achasse que eu realmente fosse concordar com sua preocupação tola.

Ridge: Sydney, eu nunca deixaria você para que Maggie melhorasse. Eu ficaria destruído sem você. E aí quem me consertaria?

Ela lê minha mensagem, e fico observando enquanto leva a mão até a tela do laptop e passa o dedão em cima das minhas palavras. Então, seleciona a frase e a copia. Abre um documento do Word e a cola embaixo de muitas outras mensagens.

Eu me aproximo para ver melhor a tela, mas ela fecha o Word apressadamente. Só consegui dar uma rápida olhada, mas juro que o nome do arquivo era "Coisas que Ridge diz".

Ridge: Esse arquivo aí tem o meu nome?

Sydney: Talvez. Deixa pra lá.

Olho para ela, que está se segurando para não sorrir. Balanço a cabeça, tenho quase certeza de que sei o que ela acabou de fazer.

Ridge: Você salva coisas? Coisas que digo pra você? Tipo... tem mesmo um arquivo com as coisas que falei pra você?

Sydney: Me deixa. Até parece que é estranho. Muitas pessoas colecionam coisas.

Ridge: Pois é, coisas concretas, tipo moedas ou animais empalhados. Não acho que muita gente colecione trechos de conversas.

Sydney: Vai à merda.

Dou uma risada, seleciono sua frase e copio. Abro um novo arquivo no Word e a colo no documento. Salvo com o nome "Coisas que Sydney diz".

Ela empurra meu ombro. Fecho o laptop e ela faz o mesmo, então afasta os dois para o lado. Coloco o braço ao seu redor e apoio meu queixo no seu peito, olhando para ela.

— Amo você.

Ela ergue a sobrancelha.

— Mexa descer macaca.

Inclino a cabeça.

— Fale de novo. Certeza que li errado seus lábios.

— Deixa. De. Ser. Babaca.

Sorrio por ter lido tão mal e beijo seu peito. Depois seu pescoço. Por fim, dou um selinho nela e levanto da cama.

— Hora do nosso encontro. Vamos nos arrumar.

Ela diz em sinais:

— Para onde vamos?

Dou de ombros.

— Aonde quer ir?

Ela pega o celular enquanto visto a camisa e me manda uma mensagem.

Sydney: Seria estranho a gente voltar àquele restaurante?

Tento me lembrar de algum restaurante em que a gente tenha ido, mas só consigo pensar naquele em que fomos quando nos conhecemos pessoalmente. Era aniversário dela, e fiquei com pena de ela ter tido um dia tão ruim, então a convidei para comer bolo.

Ridge: Aquele perto do meu apartamento?

Ela faz que sim.

Ridge: Por que seria estranho?

Sydney: Porque foi na noite em que nos conhecemos. E talvez ir lá no nosso primeiro encontro meio que seja comemorar aquele momento.

Ridge: Sydney Blake. Você tem que se perdoar por ter se apaixonado por mim. Já passamos por muitos capítulos juntos, mas nenhum deles precisa ser arrancado do nosso livro só porque tem coisas de que você não gosta. Faz parte da nossa história. Toda frase nos ajudou a chegar ao nosso final feliz, seja ela boa ou ruim.

Sydney lê e guarda o celular no bolso como se o jantar tivesse sido garantido pela última mensagem. Ela responde com sinais:

— Obrigada. Foi tão bonito isso. Ponte. Nuvem. Espinha.

Dou uma risada.

— Isso era para ser uma frase?

Sydney balança a cabeça.

— Tem muitas palavras que ainda não sei dizer na língua de sinais. Decidi que vou simplesmente fazer palavras aleatórias quando não souber expressar o que realmente quero dizer.

Gesticulo para que ela tire o celular do bolso.

Ridge: Você falou ponte, nuvem e espinha. hahaha. O que estava querendo dizer?

Sydney: Não sabia dizer com sinais que você vai se dar muito bem depois do nosso encontro.

Dou uma risada e a abraço, puxando-a até encostar meus lábios na sua testa. Caramba, é impossível me cansar da minha garota. E do ponte, nuvem, espinha.

* * *

Fomos no carro de Sydney até meu apartamento porque eu estava sem carro e seria possível ir a pé da casa dela até o restaurante. Ela insistiu que fôssemos andando como da última vez. Sydney pediu comida de café da manhã no jantar, mas também comeu metade da minha cebola empanada e deu três mordidas no meu hambúrguer.

Decidimos brincar de vinte perguntas, então usamos nossos celulares em vez de sinais porque seria difícil fazer isso e comer ao mesmo tempo. Desde que chegamos, há quarenta e cinco minutos, não pensei nenhuma vez na minha briga com Maggie. Nem pensei em quanto trabalho atrasado eu tenho. Não pensei nem no maldito spoiler de *Game of Thrones*. Quando estou com Sydney, sua presença absorve todas as partes ruins do meu dia, e é muito fácil me concentrar nela e somente nela.

Até Brennan aparecer.

Agora estou concentrado em Brennan, que acaba de se sentar ao lado de Sydney e pegar minha última cebola empanada.

— Oi.

Ele enfia a cebola na boca e eu me recosto enquanto me pergunto o que diabos ele veio fazer aqui.

Não que eu me importe. Mas é o nosso primeiro encontro oficial, e não entendi por que ele está incomodando a gente.

— O que veio fazer aqui? — pergunto com sinais.

Brennan dá de ombros.

— Estava sem ter o que fazer hoje. Fiquei entediado e fui até sua casa, mas você não estava.

— E como soube que a gente estava aqui?

— Pelo aplicativo — explica ele, pegando meu refrigerante e dando um gole.

Olho para ele, indicando que não faço ideia do que está falando.

— Ah, você sabe — diz ele. — Aqueles aplicativos que rastreiam os celulares das pessoas. Rastreio o seu o tempo inteiro.

Como é que é?

— Mas você precisa instalar isso no meu celular.

Brennan assente.

— Fiz isso, tipo, um ano atrás. Sei onde você está o tempo inteiro.

Isso explica muita coisa.

— Isso é estranho, Brennan.

Ele se encosta no assento.

— Não é, não. Você é meu irmão. — Ele olha para Sydney. — Oi. Que bom ver você vestida.

Dou um chute nele por debaixo da mesa, e ele ri, depois cruza os braços e continua falando.

— Está a fim de compor hoje?

Balanço a cabeça.

— Estou jantando com minha namorada.

Os ombros de Brennan se abaixam, e depois ele se encosta de novo. Sydney fica olhando para nós dois.

— Uma música? — pergunta ela. — Quer compor uma música hoje?

Brennan dá de ombros.

— Por que não? Preciso de mais material e estou a fim. O violão está no carro.

Sydney se anima e começa a fazer que sim.

— Por favor, Ridge? Quero ver vocês dois compondo.

Brennan meneia a cabeça em concordância.

— Por favor, Ridge? — pede ele.

O fato de Brennan implorar não me faz mudar de ideia, mas Sydney já me convenceu. Além disso, enquanto conversava com Sydney, algumas letras de músicas começaram a rodopiar na minha mente. É melhor colocar tudo para fora enquanto está fresquinho aqui dentro.

Pago a conta. Em vez de voltar para o apartamento, Brennan aponta para um parque do outro lado da rua. Ele corre até o carro e pega o violão e papel para escrever. Seguimos para o parque e encontramos dois bancos, um de frente do outro. Brennan senta num deles, e eu e Sydney, no outro.

Brennan vira o violão e pressiona o bloco de anotações nele. Passa alguns minutos escrevendo e depois me entrega. Ele compôs a música para um refrão no qual está trabalhando, mas ainda não tem letra. Passo vários minutos analisando. Percebo que Brennan e Sydney estão conversando enquanto examino a música e tento descobrir como acrescentar a primeira frase ao refrão. Ele traduz a primeira parte da conversa, mas depois para quando percebe que não estou prestando atenção nos dois. Acho bom que conversem sem mim. É diferente de quando as pessoas se esquecem de traduzir. É apenas uma conversa que eles estão tendo por saber que preciso de um tempo para me concentrar.

Penso no que conversei com Sydney mais cedo e em como ela expressou o medo de que um dia eu fosse voltar para Maggie porque quero consertar tudo que está de errado na vida dela. Tento encaixar isso em alguns versos, mas não funciona. Fecho os olhos e tento me lembrar das palavras exatas que disse para ela.

"Eu ficaria destruído sem você. E quem me consertaria?"

Leio a frase várias vezes.

"Quem me consertaria?"

É assim que, às vezes, crio a base de uma letra de música. Penso numa pessoa. Lembro alguma conversa que tive com ela ou algum pensamento sobre ela. E depois me pergunto alguma coisa sobre esse pensamento e construo a letra ao redor da resposta.

Então... quem me *consertaria*? A única pessoa que remendaria meu coração despedaçado seria Sydney.

Parto desse pensamento e escrevo o verso.

"É só você que consegue me consertar."

Bato o lápis na página no ritmo da música que Brennan compôs para mim. Brennan pega o violão, observa meu lápis e começa a tocar. Do canto do olho, vejo Sydney colocar os joelhos em cima do banco e abraçá-los enquanto nos observa. Olho para ela por um instante e fico esperando mais algum pensamento inspirar outro verso. O que eu quero que essa música diga para ela?

Escrevo várias frases fora de ordem, e nenhuma delas rima, mas todas me lembram de Sydney. Vou começar com elas e transformar cada uma em verso. Só preciso colocar para fora a ideia básica dos meus pensamentos.

"Desde o início você foi autêntica."

"Você é linda quando fala."

"Eu faço a bagunça e você arruma."

"Vai chegar o momento em que você vai notar. Que só você consegue me consertar."

Olho para cima, e Brennan ainda está tocando e trabalhando na batida da música. Sydney me observa com um sorriso. Não preciso de mais nada para terminar. Vou para o banco de

Brennan e mostro a letra para ele, combinada com seu refrão. Ele começa a fazer alguns ajustes enquanto finalizo.

Quase uma hora depois, a música está completa. Nós dois nunca compusemos tão rápido assim. Brennan ainda não cantou a letra em voz alta para ela, então vou para o banco em que Sydney está e a abraço antes de ele começar a tocar. Ele dedilha o violão, e ela me abraça e encosta a cabeça no meu ombro.

Acordar cedo, dormir de madrugada
É essa a decisão que tomo errada
Você me diz algo e só faço esquecer
Não sou perfeito, longe disso

Saio de casa sempre me atrasando
Penso que está cedo, você fica esperando
A louça está há uma semana para lavar
Mas você fica linda quando começa a falar

Se perguntar por aí, vai perceber
Que só consigo pensar em você
Vai chegar o momento em que você vai notar
Que só você consegue me consertar
Que só você consegue me consertar

Eu bagunço e você começa a arrumar
Você fica engraçada quando é má
Desde o início você trouxe autenticidade
E algo dominou o meu coração de verdade

Se perguntar por aí, vai perceber
Que só consigo pensar em você
Vai chegar o momento em que você vai notar
Que só você consegue me consertar
Que só você consegue me consertar, é

Sem funcionar, sem pensar
E com uma mentirinha te fiz esperar
Demorei um pouco, mas finalmente me encontrei

Se perguntar por aí, vai perceber
Que só consigo pensar em você
Vai chegar o momento em que você vai notar
Que só você consegue me consertar

Se perguntar por aí, vai perceber
Que só consigo pensar em você
Vai chegar o momento em que você vai notar
Que só você que consegue me consertar, é

Quando Brennan termina de tocar, Sydney demora para se mexer. Ela está grudada em mim, segurando minha camisa. Acho que precisa de um instante para assimilar tudo.

Depois que finalmente se afasta do meu peito, vejo lágrimas em seus olhos, que enxuga com os dedos. Brennan e eu ficamos esperando que diga alguma coisa, mas ela apenas balança a cabeça.

— Não me obriguem a falar agora. Não consigo.

Brennan sorri para mim.

— Ela ficou sem palavras. Sua namorada aprovou. — Ele se levanta. — Vou voltar para sua casa e gravar isso no meu celular enquanto ainda está fresquinho na cabeça. Querem uma carona?

Sydney faz que sim e segura minha mão.

— Sim. Mas não vamos ficar na casa de Ridge. Precisamos voltar lá para casa. É importante.

Olho para ela, confuso.

Ela me encara com determinação.

— Ponte, nuvem, espinha. Agora.

Sorrio enquanto ela me puxa na direção do carro de Brennan.

Acho que ela amou a música.

17.

Sydney

Ridge e Brennan saíram do carro, mas continuo sentada no banco do passageiro olhando o carro estacionado ao lado do nosso. É de Hunter. Mas não é Hunter quem está fechando a porta de trás. É Tori. E é por isso que estou paralisada, pois não estava esperando vê-la e não quero mesmo que ela me veja. Tenho certeza de que eu não daria outro murro nela, mas mesmo assim não quero falar com Tori.

Porém, é tarde demais porque Ridge não a reconheceu e abriu a minha porta bem no momento em que ela passou na frente do nosso carro. Ela para de imediato quando nossos olhos se encontram.

Droga.

Seguro a mão de Ridge e saio lentamente do carro. Tori parece que viu um fantasma. Mas ela não sai correndo como eu gostaria. Em vez disso, coloca as sacolas de compras em cima do capô do carro e se vira para mim com os braços caídos na lateral do corpo.

— Oi — ela cumprimenta.

Dá para perceber que quer conversar. E não estou a fim de ser babaca com ela.

Olho para Ridge.

— Pode ir — digo com sinais. — Dois minutos.

Ridge olha de Tori para mim. Ele assente, se afasta e passa a andar no mesmo ritmo de Brennan, em direção ao apartamento.

Tori está bonita. Ela sempre foi bonita. Começo a remexer no meu rabo de cavalo e afasto uma mecha de cabelo do rosto.

— É seu namorado? — pergunta ela.

Olho para o topo da escada. Ridge está entrando de costas, nos observando com preocupação. Sorrio para tranquilizá-lo antes de ele fechar a porta. Volto a prestar atenção em Tori e cruzo os braços por cima do peito.

— É, sim.

A expressão de Tori se enche de compreensão.

— É o cara da varanda, não é? Aquele para quem você estava escrevendo letras?

De repente, me sinto meio protetora em relação a tudo que está acontecendo na minha vida. Não quero revelar nada para Tori. Nem sei por que estou aqui fora. É que parecia que ela queria muito conversar comigo. Vai ver ela também quer superar tudo que aconteceu entre a gente.

Olho para trás dela, para o carro de Hunter. Tem uma placa de "Vende-se" nas janelas laterais e de trás.

— Hunter está vendendo o carro?

Tori olha para o carro por cima do ombro.

— Pois é. Parece que foi algum estrago por causa de água ou algo assim. Faz um tempo que está com um cheiro estranho.

Cubro a boca com a mão para que ela não me veja sorrir. Quando tenho certeza de que vou conseguir me segurar, mexo a mão e seguro a alça da minha bolsa.

— Que pena. Sei que ele adora esse carro.

O telefone de Tori toca e ela olha para ele, atende e se vira um pouco para o lado. Quase como se não quisesse que eu escutasse a conversa.

— O que foi? — sussurra ela. Ela atende como se estivesse irritada com a pessoa que ligou. Depois, olha para seu apartamento.

— Ainda tenho que levar o resto das sacolas. Me dá um segundo.

Ela desliga e guarda o celular no bolso. Vai até o capô do carro e começa a pegar as sacolas de compras. Para na minha frente com duas sacolas em cada mão, com os braços nas laterais do corpo.

— Então, hum... — Ela para, inspira brevemente e depois expira também com rapidez. — Topa marcar um café algum dia? Eu adoraria saber das novidades. Saber mais do seu namorado novo.

Eu a encaro por um instante e me pergunto por que ela achou que eu toparia. Percebo que também fui uma Tori durante um momento da minha amizade com Ridge. No entanto, por mais zangada que eu esteja com Hunter e por mais que Maggie tenha ficado zangada com Ridge, pouquíssimas traições devem magoar mais do que a traição da sua melhor amiga. Era com ela que eu compartilhava minha vida. Meu lar. Todos os meus segredos. E, durante todo o tempo em que moramos juntas, ela estava me traindo diariamente.

Não quero tomar café com ela. Não quero nem mesmo ficar aqui fora conversando com ela, agindo como se ela não tivesse partido meu coração dez vezes mais do que Hunter.

Balanço a cabeça.

— Não acho uma boa ideia. — Passo por trás do seu carro para não precisar me aproximar dela. Antes de andar na direção da escada, olho para ela. — Você me magoou de verdade, Tori. Mais do que Hunter jamais seria capaz. Mas mesmo assim acho que merece um homem que se dê ao trabalho de descer para ajudar você a carregar as compras.

Eu me afasto e subo a escada correndo para me afastar dela, do carro fedorento e da triste realidade de que ela ainda não é feliz. Será que um dia vai ser?

Entro no apartamento, e Brennan está no sofá com o violão. Ele aponta a cabeça na direção do quarto de Ridge. Quando abro a porta, ele está deitado de bruços na cama, dormindo abraçado a um travesseiro. Vou até ele. Sei que suas últimas vinte e quatro horas foram bem longas, então não o acordo. Deixo-o descansar.

Brennan está na mesa tocando a música que acabaram de compor. Vou até a cozinha e me sirvo uma taça de vinho. Só tem o suficiente para uma taça. Bridgette e eu praticamente acabamos com o estoque. Ridge provavelmente vai começar a guardar o vinho no frasco de algum limpa-vidros.

— Sydney?

Eu me viro para Brennan, que está abraçando o violão com o queixo apoiado nele.

— Estou morrendo de fome. Pode fazer um queijo quente para mim?

Dou uma risada assim que a pergunta sai da sua boca. Mas então percebo que ele está falando sério.

— Está me pedindo para fazer um sanduíche para você?

— O dia foi longo e não sei cozinhar. Ridge sempre faz comida quando estou aqui.

— Meu Deus, quantos anos você tem? Doze?

— Se inverter os números, vai ter sua resposta.

Reviro os olhos e abro a geladeira para pegar o queijo.

— Não acredito que vou fazer um sanduíche para você. Parece que estou decepcionando todas as mulheres que já lutaram pela nossa igualdade.

— Você só estaria contrariando o feminismo se estivesse fazendo um sanduíche para o seu namorado. Sou só um amigo, então não conta.

— Bem, não seremos amigos se achar que pode pedir que eu faça comida para você sempre que vier na casa do seu irmão.

Brennan sorri e se vira para o violão de novo. Ele dedilha num ritmo que desconheço. Depois, começa a cantar.

Cheddar, suíço, parmesão. Não tem nada melhor, não.
Joga esse queijo na baguete. Gosto até mais do que um boquete.
Queijo quente,

Queijo quente,
Queijo quente da Sydney.
Blake. Não da Austrália.

Começo a rir da sua capacidade incrível de improvisar, apesar de a música ter sido terrível. Está na cara que ele é tão talentoso quanto Ridge. Apenas suprime isso por algum motivo.

Ele põe o violão na mesa e vai até o balcão. Pega um papel toalha e o coloca na sua frente. Imagino que esse é o tanto que vai me ajudar na preparação do sanduíche.

— Você tem alguma dificuldade para compor? Ou só finge que não consegue por se sentir culpado?

— Por que eu sentiria culpa? — pergunta Brennan, sentando-se na frente do balcão.

— É só um palpite, mas acho que você odeia ter nascido com a capacidade de escutar, já que Ridge não escuta. Então finge precisar dele mais do que realmente precisa porque o ama.

Viro o sanduíche. Brennan não responde de imediato, então sei que acertei.

— Ridge também acha isso?

Eu me viro para ele.

— Acho que não. Acredito que ele adora compor para você. Não estou pedindo que pare de fingir que não sabe compor tão bem quanto ele. Só estou dizendo que entendo por que você faz isso.

Brennan sorri, aliviado.

— Você é inteligente, Sydney. Devia pensar em fazer algo a mais para sua vida, além de alimentar homens famintos.

Dou uma risada e levanto o sanduíche com a espátula. Coloco-o no papel toalha na frente dele.

— Tem razão. Eu me demito.

Ele dá uma mordida bem na hora que a porta do apartamento se abre. Bridgette entra com seu uniforme do Hooters e a testa franzida, segurando uma sacola. Ela nos vê na cozinha e assente com a cabeça, depois vai pro quarto e bate a porta.

— Ela acabou de te dar oi com a cabeça? — pergunta Brennan. — Quanta gentileza, ela nem te mostrou o dedo do meio. Ela não te odeia mais?

— Nada. Agora somos praticamente melhores amigas.

Começo a arrumar a cozinha, mas Bridgette grita meu nome do banheiro dela. Brennan ergue a sobrancelha, como se estivesse preocupado comigo. Vou até o banheiro e escuto a maior agitação. Quando abro a porta, ela agarra meu pulso, me puxa para dentro e bate a porta. Depois, se vira para o balcão e começa a despejar o conteúdo da sacola dentro da pia.

Arregalo os olhos ao ver cinco caixas fechadas de testes de gravidez. Bridgette começa a rasgar uma embalagem e me entrega outra.

— Anda logo — pede ela. — Preciso resolver isso antes que eu pire!

Ela tira o teste da caixa e pega outra para abrir.

— Acho que um já basta para dizer se você está grávida.

Ela balança a cabeça.

— Preciso ter certeza de que não estou grávida, senão só vou dormir depois de menstruar umas doze vezes.

Abro duas caixas e ela abre mais uma, pega um copo do lado da pia e o lava. Ela abaixa o short e se senta na privada.

— Chegou a ler as instruções? Pode fazer xixi num recipiente que não foi desinfetado?

Ela me ignora e começa a fazer xixi no copo. Depois de terminar, ela coloca no balcão.

— Mergulhe o teste! — ordena ela.

Fico encarando o xixi e balanço a cabeça.

— Não estou a fim.

Ela dá descarga, veste o short e me afasta para eu sair do caminho. Mergulha os cinco testes de uma vez e fica segurando. Depois, tira todos e os coloca numa toalha.

Está tudo acontecendo tão rápido que acho que nem tive tempo de assimilar que estamos prestes a descobrir se Bridgette vai ser mãe ou não. Se Warren vai ser pai.

— Vocês pensam em ter filhos? — pergunto.

Bridgette balança a cabeça com firmeza.

— Nem fodendo. Se eu estiver grávida, pode ficar com o bebê.

Não quero. Minha ideia de inferno é ter um filho que é uma mistura de Warren com Bridgette.

— Bridgette! — grita Warren logo antes de a porta do apartamento bater. Bridgette se contrai. A porta do banheiro é escancarada, e de repente acho que eu não devia mais estar aqui.

— Você não pode me mandar uma mensagem dessas durante meu grupo de estudos e depois me ignorar quando te ligo!

Warren... em um grupo *de estudos*? Dou uma risada, mas isso faz os dois me fulminarem com o olhar.

— Foi mal. É que não consigo imaginar Warren num grupo de estudos.

Ele revira os olhos.

— É um projeto em grupo obrigatório. — Ele se volta de novo para Bridgette. — Por que você acha que está grávida? Você está tomando pílula.

— Picles — diz ela, como se fosse uma boa explicação. — Roubei três picles do prato dos meus clientes hoje, e odeio picles. Mas agora só consigo pensar em picles!

Ela se vira para os testes de gravidez e pega um, mas ainda não deu tempo suficiente.

— *Picles?* — pergunta Warren, embasbacado. — Meu Deus. Achei que fosse algo sério. Mas você só teve desejo de comer uma porra de um picles.

Warren está pensando no picles, mas ainda não tirei da cabeça a ideia de Warren participando de um grupo de estudos.

— Quando você vai se formar? — pergunto a ele.

— Daqui a dois meses.

— Ótimo — diz Bridgette. — Porque se eu estiver grávida, você precisa arranjar um trabalho de verdade para poder criar esse bebê.

— Você não está grávida, Bridgette — afirma Warren, revirando os olhos. — Você teve desejo de comer picles. Você é muito dramática.

Depois de toda essa conversa, faço questão de me proteger em dobro com Ridge de agora em diante. Tomo a pílula todo santo dia, mas não usamos camisinha uma ou duas vezes. Mas isso nunca mais vai acontecer.

Bridgette pega um dos testes e pressiona a mão na testa.

— Ah, merda.

Ela se vira e joga o teste para Warren. O teste bate na bochecha dele, e Warren se atrapalha ao tentar segurá-lo.

— Deu positivo? — pergunto.

Bridgette faz que sim e passa a mão no rosto.

— Tem um tracinho! Merda, merda, merda, tem mesmo um tracinho visível! Porra!

Olho para uma das caixas.

— Um tracinho só significa que está funcionando. Não significa que você está grávida.

Warren está segurando o teste entre os dedos e o solta em cima da toalha.

— Tem seu xixi nisso aqui.

Bridgette revira os olhos.

— Não me diga, Sherlock. É um teste de gravidez.

— Você *jogou* isso em mim. Tem xixi no meu rosto.

Ele pega uma toalha de mão e a molha na torneira.

— Você não está grávida — tranquilizo-a. — Não é um sinal de positivo.

Ela pega outro e fica olhando, encostada no balcão.

— Você acha mesmo?

Ela pega uma das caixas, lê e suspira aliviada. Derrama a urina na pia.

— Por que não derramou na privada? — pergunta Warren com uma expressão de nojo, logo ele que comeu um pedaço de queijo depois que Bridgette tentou usá-lo no banho.

— Não sei — responde Bridgette, olhando a pia. Ela abre a água para lavar tudo. — Estou estressada, não estava pensando.

Warren passa na minha frente e abraça Bridgette. Ele afasta o cabelo dela carinhosamente.

— Não vou engravidar você, Bridgette. Depois do nosso primeiro susto, passei a cobrir o meu Jimmy Choo com a maior firmeza.

Eu estava prestes a sair do banheiro para que eles ficassem a sós, mas congelo ao escutar Warren chamar seu pênis de Jimmy Choo.

— Jimmy Choo?

Warren me olha pelo reflexo do espelho.

— Isso, esse é o nome dele. Ridge não chama o pênis dele de nenhum nome irado?

— Nome irado? — indago. — Jimmy Choo é uma marca de sapatos de luxo.

— Não — nega Warren. — Jimmy Choo é um charuto cubano bem raro. Não é, Bridgette? — pergunta ele, olhando para ela. — Foi você que deu esse nome para ele.

Bridgette tenta ficar séria, mas cai na gargalhada. Ela passa por mim e sai correndo até a sala, mas Warren vai logo atrás.

— Você me disse que Jimmy Choo era um charuto enorme!

Os dois acabam indo para o sofá, com Warren em cima dela. Eles estão rindo, e é a primeira vez que vejo os dois sendo carinhosos um com o outro.

É perturbador saber que uma ameaça de gravidez é o que faz com que eles sejam um casal melhor.

Warren beija a bochecha dela e depois diz:

— Amanhã a gente devia comemorar com um café da manhã. — Ele se senta e olha para mim e para Brennan. — Todos nós. Eu pago.

Bridgette afasta Warren e se levanta.

— Eu vou se conseguir acordar.

Warren vai atrás dela no quarto.

— Gata, você nem vai dormir essa noite.

A porta se fecha.

Olho para Brennan. Ele desvia o olhar da porta para mim. Nós dois balançamos a cabeça.

— Vou para casa — diz ele e se levanta para guardar o violão. Pega as chaves e vai até a porta. — Valeu pelo sanduíche, Sydney. Foi mal eu ser tão mimado. É culpa do Ridge por ter me mimado por tanto tempo.

— É até bom saber disso. Se foi o Ridge quem mimou você, então não vou precisar terminar o namoro caso ele queira que eu faça um sanduíche para ele.

Brennan ri.

— Não termine com ele, por favor. Deve ser a primeira vez que alguma coisa torna a vida de Ridge mais fácil.

Ele fecha a porta ao sair, mas sorrio com suas palavras. Ele não precisava dizer aquilo, mas o fato de ter dito me faz pensar que Brennan e Ridge são mais parecidos do que eu imaginava. Ambos são atenciosos.

Assim que Brennan vai embora, tranco a porta. Ouço uma batida atrás de mim, então me viro e paro por alguns segundos para descobrir de onde está vindo.

É no quarto de Warren e Bridgette.

Ah. *Eca.* Eca, eca, eca.

Vou correndo para o quarto, fecho a porta e me deito com Ridge. Não queria passar a noite aqui. Ainda tenho trabalho para terminar durante o fim de semana e preciso muito de um tempo sozinha para conseguir fazer tudo. Ridge me distrai demais.

— Syd — diz Ridge, rolando para perto de mim. Seus olhos estão fechados, parece adormecido. — Não... fique com medo... a galinha.

Ele diz a última palavra com um sinal. Está falando e fazendo sinais enquanto dorme. Sorrio por causa das palavras sem sentido. Será que ele falava dormindo antes de começar a verbalizar? Ou isso é algo novo?

Beijo sua bochecha e coloco seu braço em cima de mim enquanto me acomodo no seu corpo. Fico esperando que fale de novo, o que não acontece. Ele só continua dormindo.

* * *

Às sete, eu já estava acordada, mas Ridge não. Ele despertou no meio da noite, tirou a calça jeans e os sapatos, mas logo voltou a dormir.

Eu estava preparando café quando Warren saiu do quarto e pediu que eu parasse.

— Convidei vocês para o café da manhã, lembra?

Em seguida, ele foi acordar Ridge, que falou que precisava de mais duas horas de sono.

— Deixe ele dormir — falei. — Vou trocar de roupa e aí a gente pode sair.

Warren, no entanto, me impediu, dizendo que íamos comer num lugar onde precisaríamos usar pijama.

Não faço ideia de aonde vamos, mas Bridgette quis dormir até mais tarde, então apenas eu e Warren iremos tomar o café da manhã de pijama para comemorar o teste de gravidez negativo de Bridgette. *Sem* Bridgette.

Nada estranho isso, imagina.

— É um restaurante novo? — pergunto para Warren. — É por isso que não conheço?

Ele havia me dito que o lugar se chamava Café da Fuga, mas nunca ouvi falar.

— Não vamos a nenhum restaurante.

Eu o encaro do banco de carona enquanto ele para na entrada de um hotel e dirige até a lateral do prédio.

— Espere aqui — pede ele, saindo do carro e levando a chave.

Fico sentada e observo quando ele para na entrada do hotel. Começo a mandar uma mensagem para Ridge perguntando no que diabos me meti, mas, antes que eu consiga terminar de digitar, um executivo sai pela porta lateral sem nem perceber que Warren mantinha a porta aberta para ele. Warren acena para que eu saia do carro, então obedeço e entro com ele, balançando a cabeça. Finalmente entendi por que pediu que eu me mantivesse de pijama. É porque ele quer que a gente finja que somos hóspedes.

— Tá falando sério, Warren? Vamos entrar escondidos num hotel para comer o café da manhã de graça?

Ele sorri.

— Ah, mas não é um café da manhã qualquer. Aqui eles fazem waffles com o formato do Texas.

Não acredito que é isso que ele considera convidar alguém para tomar o café da manhã.

— Isso é roubo — sussurro enquanto vamos para o salão do desjejum.

Ele pega um prato, me entrega e pega outro para si mesmo.

— Talvez. Mas não vai pegar mal para você porque fui eu que a trouxe aqui.

Nós no servimos e nos sentamos numa área perto da janela longe da recepção. Nos primeiros dez minutos, Warren fala da universidade, já que fiquei tão intrigada com a ideia de ele realmente participar de um grupo de estudos. Ele vai se formar em administração, o que também me intriga e até mesmo me choca. Não consigo imaginá-lo sendo responsável por outras pessoas, mas acho que ele administra muito bem a Sounds of Cedar.

Acho que subestimei Warren. Ele trabalha, estuda em tempo integral, tem uma banda local de sucesso e consegue deixar Bridgette um tanto feliz. Acho que é só por causa do seu vício em pornografia e da sua incapacidade de ajudar na faxina que tenho a impressão de que ele tem muito o que amadurecer.

Quando terminamos, Warren pega uma bandeja, coloca vários muffins e sucos e depois a traz para a nossa mesa.

— Para Ridge e Bridgette — explica ele, cobrindo os muffins com um guardanapo.

— Você vem muito aqui? Parece ser experiente na arte de roubar café da manhã.

— Não muito. Frequento alguns hotéis pela cidade, mas tento variar. Não quero que a recepção suspeite de nada.

Dou uma risada e tomo o resto do suco.

— Ridge nunca topou. Você sabe como ele é, está sempre tentando fazer o que é certo. Mas Maggie veio comigo algumas vezes. Ela gostou de correr o risco de alguém descobrir a gente. Na verdade, é por causa dela que chamo de café da fuga. Uma vez precisamos fugir quando o funcionário começou a conferir os números dos quartos e os sobrenomes de todo mundo.

Olho para baixo quando ele diz o nome de Maggie, sem querer escutar o quanto é amigo dela. Não que eu me importe com a amizade dos dois, só não quero saber nada a respeito. Muito menos a essa hora da manhã.

Ele percebe minha reação, inclina-se para a frente e cruza os braços por cima da mesa. Depois, inclina a cabeça, pensativo.

— A nossa amizade realmente te incomoda, né?

Balanço a cabeça.

— Não tanto quanto você deve imaginar. O que me incomoda é o quanto Ridge se estressa com isso.

— Pois é, então imagina o quanto Maggie não deve se estressar com isso.

Reviro os olhos. Sei o quanto ela se aborrece com isso. Mas o fato de ela se chatear mais do que eu não significa que não possa me estressar.

— Já falei para Ridge que preciso de um tempinho para me acostumar, só isso.

Warren ri baixinho.

— Bem, acho bom dar uma acelerada aí porque já falei que ele nunca vai terminar com ela.

Eu me lembro muito bem daquela noite. Não preciso que Warren mencione isso de novo. Ridge e eu estávamos nos abraçando no corredor quando Warren entrou no apartamento e não gostou do que viu. Ridge ainda estava namorando Maggie. Ele não sabia que Warren estava em casa, mas antes de Warren ir para o quarto, ele fez questão de me dizer o que achava da nossa situação. As palavras exatas foram: "Só vou dizer isso uma vez, e você precisa me escutar. Ele nunca vai terminar com ela, Sydney."

Eu me encosto no assento e fico na defensiva, sempre faço isso quando Warren fala do meu namoro com Ridge. Ele sempre parece ir longe demais, apesar de eu achar que tenho sido mais do que compreensiva e solícita em relação à amizade de Ridge e Maggie.

— Pois é, você me disse isso — concordo. — Mas se enganou, porque eles terminaram.

Warren se levanta e começa a juntar o lixo da mesa, depois dá de ombros.

— Eles terminaram, claro. Mas não falei que eles nunca terminariam o namoro. Falei que ele nunca terminaria *com ela*. E ele não vai fazer isso. Então talvez você devesse lembrar que já sabia disso em vez de tentar se convencer de que precisa de um tempo para se acostumar com a ideia de que ela sempre vai fazer parte da vida dele. Você sabia disso muito antes de ter um relacionamento com Ridge.

Eu o encaro, perplexa, enquanto ele vai até a lixeira. Ele volta para a mesa e se senta. Esqueço como ele consegue ser idiota com todo mundo de uma maneira tão casual. Lembro das palavras, mas agora elas têm um significado totalmente diferente.

"Ele nunca vai terminar com ela, Sydney."

Passei esse tempo todo achando que Warren queria dizer que Ridge nunca terminaria o namoro com ela. Na verdade,

Warren só queria dizer que Maggie sempre faria parte da vida de Ridge.

— Sabe o que facilitaria um pouco tudo isso? — pergunta Warren.

Balanço a cabeça, confusa.

Ele olha para mim atentamente.

— Você.

Como é?

— Eu? Como posso facilitar alguma coisa? Caso não tenha percebido, tenho me esforçado muito para ter a paciência de uma santa.

Ele assente.

— Não estou falando da sua paciência — diz ele, inclinando-se para a frente. — Você precisa ser paciente. Mas o que você *não* fez foi se desculpar. Fez algo bem errado com uma garota que é muito importante para Ridge. E, apesar de ela dizer que não culpa você pelo que aconteceu, você devia se desculpar mesmo assim. Não acho que alguém deva se desculpar só por causa da reação da pessoa magoada. O certo é alguém se desculpar por ter feito algo errado.

Ele bate as mãos na mesa como se a conversa tivesse acabado, se levanta e pega a bandeja de comida que preparou para Ridge e Bridgette.

Sinto um frio na barriga quando penso em encarar Maggie depois de tudo que aconteceu. E, apesar de eu não me achar responsável por todo o ressentimento que ela e Ridge acumularam um pelo outro ao longo dos anos, sou responsável pelo fato de eu ter feito o papel de Tori em algum momento e nunca ter pedido desculpas a Maggie.

— Vamos — diz Warren, me ajudando a levantar e acabando com o meu estupor. — Há coisas piores na vida do que ter um namorado com o coração do tamanho de um elefante.

* * *

Fico em silêncio durante a volta. Warren nem tenta conversar. Quando chegamos ao apartamento, Ridge ainda está dormindo. Escrevo um bilhete e deixo ao seu lado na cama.

Não quis te acordar porque você merece dormir. Tenho muito trabalho pra fazer hoje, então devo passar aqui amanhã depois do expediente.

Te amo.
Sydney.

Eu me sinto mal por mentir porque não é isso que vou fazer. Vou passar em casa para trocar de roupa.

Está mais do que na hora de ir até San Antonio.

18.

Maggie

Minha mãe era uma mulher dramática. Tudo girava em torno dela, mesmo quando não tinha nada a ver com a história. Era o tipo de pessoa que, quando alguém contava uma experiência ruim, ela a relacionava a algo da própria vida para que a tragédia também fosse dela. Imagine como era ter uma filha com fibrose cística. Foi o momento de absorver toda a compaixão — de fazer todos sentirem pena dela e da maneira como a filha tinha adoecido. Minha doença se tornou um problema maior para ela do que para mim.

Mas isso não durou muito tempo. Quando eu tinha 3 anos, ela aceitou um cargo temporário em Paris, na empresa em que trabalhava. Ela me deixou com meus avós porque Paris seria "frio demais" para mim, e seria "difícil demais" começar em um país novo tendo uma filha doente. Meu pai nunca fez parte da minha vida, então isso também nunca foi uma opção. Mas minha mãe sempre me prometeu que um dia me levaria para morar com ela em Paris.

Quando meus avós tiveram minha mãe, eles não eram tão jovens, e quando eu nasci minha mãe tinha 30 e tantos anos. Meus avós estavam chegando ao ponto de mal conseguirem cuidar de si mesmos, imagine de uma criança. Mas o emprego temporário da minha mãe virou permanente, e todo ano, quando nos visitava, ela prometia que me levaria quando fosse o momento certo. Mas suas visitas de Natal sempre acabavam depois do réveillon, quando ela voltava para Paris sozinha.

Talvez ela realmente tivesse a intenção de me levar, mas, depois de passar duas semanas comigo na casa dos meus avós no fim do ano, ela se lembrasse do tamanho da responsabilidade que eu seria na sua vida. Eu achava que era porque não me amava, mas lembro que, no ano em que completei 9 anos, percebi que o que ela não amava em mim era minha doença. Não era eu.

Comecei a pensar que, se eu conseguisse convencê-la de que eu seria capaz de me cuidar sozinha, ela me levaria e finalmente ficaríamos juntas. Nas semanas que antecederam o Natal desse ano, redobrei o cuidado. Tomei todas as vitaminas que encontrei para não me resfriar com nenhum dos meus colegas da escola. Usei meu colete mais que o necessário. Fiz questão de dormir oito horas todas as noites. E apesar de ter nevado naquele ano em Austin pela primeira vez, não quis ir para a rua com medo de me gripar e ir parar no hospital durante a visita da minha mãe.

Quando ela chegou na semana antes do Natal, tive muito cuidado para não tossir nem tomar remédios na frente dela. Fiz de tudo para dar a impressão de que eu era uma criança animada e saudável. Assim ela seria obrigada a me ver como a criança que eu sempre quis ser e me levaria para Paris. Mas isso não aconteceu porque, na manhã do Natal, a escutei conversando com minha avó, que pedia que minha mãe voltasse a morar nos Estados Unidos. Ela estava preocupada com o que aconteceria comigo quando morressem, na velhice. "O que Maggie vai fazer sem você quando não estivermos mais aqui? Você precisa voltar para os Estados Unidos e cultivar uma relação melhor com ela."

Nunca vou esquecer a resposta da minha mãe.

"Você está preocupada com coisas que talvez nunca aconteçam, mãe. Acho mais provável Maggie morrer da doença que vocês de velhice."

Fiquei tão arrasada com a resposta que voltei pro quarto e me recusei a falar com ela durante o resto da sua visita. Na verdade, aquela foi a última vez que falei com ela. Minha mãe encurtou a viagem e voltou um dia depois do Natal.

Ela se apagou aos poucos da minha vida depois disso. Ligava para minha avó para saber como eu estava mais ou menos todo mês, mas nunca mais passou o Natal conosco. Eu dizia para minha avó que não queria vê-la. Quando eu tinha 14 anos, minha mãe morreu. Numa viagem de trem da França para Bruxelas, a trabalho, ela sofreu um ataque cardíaco fulminante. Só perceberam três estações depois do seu destino.

Quando soube de sua morte, fui para o meu quarto e chorei. Mas não por ter morrido. Chorei porque, por mais dramática que fosse, ela jamais tentou conquistar o meu perdão. Acreditava que seria mais fácil viver sem mim se eu estivesse com raiva dela que com saudade dela.

Dois anos depois da sua morte, minha avó faleceu. Foi a coisa mais difícil que já tive que enfrentar. Ainda não superei totalmente a morte dela. Ela me amava mais do que qualquer outra pessoa tinha me amado na minha vida. Então, quando morreu, senti a perda absoluta daquele amor.

E, agora, meu avô — a última pessoa que me criou — foi colocado num asilo por conta da piora recente em sua saúde. Uma pneumonia que ele não tem força suficiente para vencer. Ele deve partir a qualquer momento, e por causa da minha fibrose cística e da natureza da doença dele, não posso me despedir. É provável que aconteça ainda nesta semana e, assim como minha avó temia, todos terão morrido e vou ficar completamente sozinha.

Minha mãe se enganou quando falou que eu morreria antes deles. Vou viver mais do que os três.

Sei que a experiência com minha mãe atrapalha todas as outras relações. Acho difícil entender como alguém me amaria, apesar da minha doença, se minha própria mãe não conseguiu.

Mas Ridge me amou. Ele estava disposto a ficar comigo até o final. Mas acho que esse era o problema. Ridge e eu não teríamos ficado juntos por tantos anos se não fosse pela minha doença. Éramos diferentes demais. Então acho que vou me

ressentir das pessoas que estão nas extremidades do espectro —
das que são egoístas demais para cuidar de mim e das que são
altruístas demais para não fazer. Por algum motivo, parece que
perdi uma parte de mim mesma para essa doença.

Eu acordo pensando nessa doença. Passo o dia inteiro pensando nela. Durmo pensando nela. Tenho até pesadelos com
ela. Por mais que eu afirme que não sou minha doença, em
algum momento ela acabou me consumindo.

Às vezes consigo escapar dessa teia, mas na maioria dos
dias não. Foi por isso que nunca quis que Ridge viesse morar
comigo. Posso até mentir para mim mesma e para ele, alegando
que era porque eu queria ser independente. A verdade é que
eu não queria que ele visse o meu lado mais sombrio. O meu
lado que desiste mais do que luta. Que se ressente mais do que
agradece. Que quer enfrentar tudo isso com dignidade, quando,
na verdade, eu mal consigo aceitar a doença.

Tenho certeza de que todo mundo que luta para sobreviver
diariamente tem momentos em que desiste. Mas, para mim,
não são apenas momentos. Ultimamente, eles se tornaram o
meu cotidiano.

Queria poder voltar para terça-feira. Ela foi ótima. Naquele
dia, acordei querendo conquistar o mundo. E, à noite, era mais
ou menos isso que tinha acontecido.

Mas depois veio a manhã de quarta, quando exagerei e
obriguei Jake a ir embora. E depois a sexta, quando finalmente
engoli meu orgulho mas fui até o hospital, submersa na minha
própria humilhação. E depois a noite da sexta, quando eu só
queria esquecer os altos e baixos dos últimos dias, mas a discussão que tivemos foi o ponto mais baixo da semana.

E se a noite de sexta foi o ponto mais baixo, a manhã de
sábado foi o fundo do poço.

Ou talvez seja hoje. Não sei. Eu diria que estão no mesmo páreo.

Não consigo me concentrar na universidade. Ainda faltam
dois meses, e, às vezes, acho que Ridge tinha razão. Eu me

esforcei muito para começar a trabalhar no meu doutorado e finalmente sentir que conquistei algo. Mas talvez eu devesse ter concentrado toda a minha energia em algo que valesse mais a pena, como fazer amizades e criar uma vida para mim mesma que não estivesse ligada à universidade nem à doença.

Eu me esforcei para provar algo somente para mim mesma. No fim das contas, tudo que tenho é um diploma, e só eu me importo com ele.

Queria uma pílula mágica para sair dessa deprê. Sei que, para Warren, a pílula deveria ser um pedido de desculpa. Ele me mandou uma mensagem pela manhã se desculpando por ter dito a Ridge que eu estava chateada, mas depois me criticou por eu ter postado a foto de Ridge na minha cama e me cobrando um pedido de desculpa.

Não respondi. Não estava a fim de lidar com Warren, o Moralista. Juro que toda vez que ele enxerga algo amassado nessa história, ele pega seu ferro de passar, tenta ajeitar tudo e acaba queimando todos nós. Ele é como aquelas balas de gelatina — é amargo e depois doce. Ou doce e depois amargo. Com Warren, não tem meio-termo. Ele é completamente transparente, e às vezes isso não é uma coisa boa.

Mas nunca precisei me preocupar com o que Warren pensa nem com a possibilidade de magoá-lo. Ele é impenetrável, mas acho que, por ele ser assim, presume que todos também são. Por mais que eu goste dele, não é o suficiente para que eu responda suas mensagens de hoje de manhã com algo que não seja: Ainda não quero falar sobre isso. Te respondo amanhã.

Eu sabia que se não lhe dissesse que estava tudo bem comigo, ele apareceria aqui em casa para ter certeza de que nada tinha acontecido. E foi exatamente por isso que respondi sua mensagem.

Mas... pelo jeito, não deu certo. A campainha está tocando. Mas acho pouco provável que seja Warren. Aposto que é a proprietária da casa. Desde que avisei que voltaria para Austin para começar meu doutorado, todo domingo ela vem me trazer uma fatia de bolo de banana. Acredito que venha conferir se ainda estou morando aqui e que não destruí a casa, mas pouco importa, seja por enxerimento ou bondade. O bolo é uma delícia.

Abro a porta e me obrigo a sorrir, mas não funciona. Não é o bolo de banana.

É Sydney.

Estou tão confusa. Confiro se Ridge também veio, mas ele não está aqui. Nem o carro dele. Olho para ela.

— Vim sozinha — diz ela.

Por que Sydney viria até minha casa sozinha? Olho-a dos pés à cabeça, analisando a calça jeans e camiseta, os chinelos, o cabelo loiro e volumo preso num rabo de cavalo. Não sei por que ela veio, mas se alguma garota fosse aparecer na casa da ex do seu namorado, ela não iria com uma aparência tão casual, mesmo que fosse só para pedir uma xícara de açúcar. As mulheres gostam de causar ciúme. Especialmente naquelas que transaram com os caras por quem estão apaixonadas. A maioria das mulheres usaria sua roupa mais bonita, maquiagem perfeita e cabelo impecável.

Ver Sydney na porta da minha casa é tão chocante que fico com vontade de batê-la na cara dela, mas depois que percebo que seu objetivo não é me causar inveja, recuo e sinalizo para que ela entre.

Só tem um motivo para ela estar aqui.

— Você veio por causa do Instagram?

Só pode ser isso. Ela nunca veio aqui. Na verdade, não falo com ela desde que li todas as mensagens que os dois trocaram.

Sydney balança a cabeça e seus olhos percorrem a sala, observando a casa. Ela não me parece nervosa, mas entra com tanto cuidado que fica parecendo um tanto vulnerável. Será que Ridge sabe que ela está aqui? Ele não é o tipo de pessoa que deixa a namorada comprar suas brigas. E Sydney não me parece ser o tipo de pessoa que compraria as brigas dele.

Então veio aqui para comprar uma briga que é somente dela.

— Me desculpe por ter aparecido assim sem avisar — diz ela. — Pensei em mandar uma mensagem, mas fiquei com medo de que você dissesse para eu não vir.

Ela tem razão, mas não admito em voz alta. Observo-a por um instante, me viro e vou até a cozinha.

— Quer beber alguma coisa? — pergunto, olhando para ela. Ela faz que sim.

— Pode ser água.

Pego duas garrafas na geladeira e gesticulo para que ela venha até a mesa da sala de jantar. Algo me diz que a mesa é mais apropriada para essa conversa do que o sofá. Nós nos sentamos frente a frente. Sydney coloca o celular e as chaves de lado e abre a garrafa. Ela dá um longo gole, tampa a garrafa e a abraça enquanto se inclina sobre a mesa.

— O que veio fazer aqui?

Não quis ser ríspida, mas isso tudo é tão estranho.

Ela umedece os lábios, e imagino que esteja nervosa.

— Eu vim me desculpar — diz ela inexpressivamente.

Semicerro os olhos tentando entender. Passei a noite brigando com o namorado dela, postei uma foto no Instagram num momento de estupidez e egoísmo, e ela diz que veio até aqui para se desculpar? Deve ser alguma pegadinha.

— Se desculpar pelo quê?

Ela expira rapidamente, mas mantém o contato visual comigo.

— Por ter beijado Ridge quando eu sabia que ele estava namorando você. Nunca pedi desculpa por isso. Fiz a maior merda, me desculpe.

Balanço a cabeça, ainda sem entender por que ela veio de Austin até aqui por causa de um pedido de desculpa de que não preciso.

— Nunca esperei que você se desculpasse, Sydney. Não era você que tinha um relacionamento comigo. Era o Ridge.

A boca de Sydney se contrai um pouco, como se ela estivesse aliviada por eu não estar zangada, mas ela sabe que um sorriso de alívio seria demais. Então, ela faz que sim.

— Mesmo assim. Você não merece o que aconteceu. Sei como é ser traída por alguém que você ama. Uma vez, dei um murro na cara de uma menina porque ela transou com meu namorado, e você nem gritou comigo quando me apaixonei pelo seu.

Valorizo o fato de ela reconhecer isso.

— Foi difícil saber de quem eu sentia raiva depois de ler todas aquelas mensagens — admito. — Vocês pareciam estar se esforçando tanto para fazer a coisa certa. Mas pelo que Ridge me contou sobre seu último relacionamento, foi muito diferente do que o que aconteceu entre vocês dois. Sua amiga e seu namorado colocaram seus sentimentos em último lugar quando ficaram juntos, mas parece que você e Ridge, pelo menos, tentaram colocar os meus sentimentos em primeiro.

Sydney faz que sim.

— Ele se importa com você — diz ela, quase sussurrando. — Ele se preocupa muito. Mesmo assim...

Ela toma outro gole de água.

Suas palavras me deixam ainda mais arrependida em relação ao que aconteceu entre mim e Ridge nesse final de semana. Sei que ele se preocupa. E sei que é por minha culpa que ainda se preocupa comigo. Não apenas porque não me cuido tanto quanto ele gostaria, mas porque fui eu que o coloquei nessa situação em primeiro lugar. Permiti o nosso relacionamento começar mesmo sabendo que, se não desse certo, uma parte dele sempre ficaria do meu lado porque esse é o tipo de pessoa que ele é. Ele nunca se afastaria totalmente de mim por livre escolha e se sentiria bem com essa decisão. E isso deve afetar Sydney de alguma maneira — ela deve saber que só vai se livrar de mim quando eu pôr um fim em nossa amizade. Mas é impossível eu sair totalmente da vida de Ridge quando ainda temos um amigo em comum.

Eu me inclino e cruzo os braços por cima da mesa, puxando a manga da minha blusa enquanto a encaro.

— É por isso que você veio? — pergunto, olhando para Sydney. — Para dizer que quer que eu saia da vida dele?

Fico esperando que ela confirme agora que sei por que ela dirigiu até aqui. Ela precisava se certificar antes de me pedir educadamente para nunca mais falar com Ridge. Mas ela não confirma nada. Nem balança a cabeça. Ela simplesmente fica me encarando como se estivesse tentando formular uma resposta que não me ofenda.

— Ridge vai se preocupar com você de todo jeito, não importa se esteja na sua vida ou não. Eu vim até aqui para me certificar que você está bem. E se você não estiver, quero fazer tudo que eu puder para ajudar. Porque se você estiver bem, Ridge não vai se preocupar tanto. E então eu não vou precisar me preocupar com Ridge.

Não sei o que dizer. Nem sei se devo ficar ofendida ou não. Ela veio até aqui não por estar preocupada *comigo*, mas com Ridge. Parte de mim quer que ela vá embora, mas a outra parte se sente aliviada por ela ter dito isso. Porque se ela fingisse que estava preocupada comigo, eu não acreditaria. Ela está agindo um pouco como Warren — sendo tão transparente que, às vezes, dói.

Sydney exala fortemente e diz:

— Passei muito tempo tentando me colocar no seu lugar e pensando no que eu faria se fosse você. — Ela não me encara enquanto fala; mexe no rótulo da garrafa de água e evita o contato visual. — Acho que eu cuidaria melhor da minha saúde. Ou não tomaria decisões irresponsáveis como sair do hospital antes de ter alta. Mas é fácil dizer quando não sou eu que estou passando por isso. Nem consigo imaginar as coisas que você precisa enfrentar, Maggie. Não sei como é ter que tomar vários remédios por dia nem visitar mais o médico do que meus próprios pais. Não preciso me preocupar com germes sempre que saio de casa, nem toda vez que alguém encosta em mim. Não organizo a minha agenda inteira em função dos tratamentos que sou obrigada a fazer só para poder respirar. Não baseio todas as decisões da minha vida pensando na probabilidade que tenho de morrer nos próximos dez anos. E não posso presumir que, se eu estivesse no seu lugar, eu não criticaria Ridge por se importar demais comigo. A única coisa que o une a mim é o amor dele. Não tem nada além disso que nos una, então consigo entender por que você ficaria ressentida com ele. Ele tentou proteger, mas você só queria que ele ignorasse sua doença para que também pudesse ignorá-la.

Ela finalmente desvia o olhar da garrafa, e juro que tem lágrimas nos olhos.

— Sei que não te conheço muito bem — diz Sydney. — Mas sei que Ridge não ficaria tão chateado quanto está agora se ele não enxergasse mil qualidades em você. Espero que uma dessas qualidades seja sua capacidade de deixar de lado seu orgulho e perceber que devia se desculpar, uma vez que ele saiu daqui no sábado se sentindo daquele jeito. Ridge merece pelo menos isso depois do tanto que ele amou você, Maggie.

Ela enxuga uma lágrima. Abro a boca para responder, mas nada sai. Estou perplexa, acho. Não esperava que ela tivesse vindo aqui por querer que eu fale com Ridge.

— Você pode achar que não precisa dele, e talvez seja verdade — continua ela. — Talvez não precise mesmo. Mas Ridge precisa de você. Precisa saber que você está recebendo cuidados e que está em segurança, porque se ele não se sentir tranquilo em relação a isso, vai acabar sendo consumido pela preocupação e pela culpa. E respondendo a sua pergunta... não, não quero que você saia da vida dele. Você chegou primeiro na história. Era você, Warren e Ridge. Mas agora que também faço parte dela, todos nós precisamos descobrir uma maneira de nos encaixar.

Ainda não sei o que dizer. Tomo um gole de água e depois enrosco a tampa lentamente, encarando-a e evitando seus olhos lacrimosos. Tento entender tudo que ela acabou de dizer sem demorar demais na resposta.

— Quanta coisa — digo. — Preciso de um instante.

Sydney assente. Ficamos sentadas em silêncio por alguns momentos enquanto assimilo tudo. Enquanto assimilo ela. Não a entendo. Como uma pessoa pode ser tão compreensiva? Seria muito mais fácil ela estar falando com Ridge agora e o convencendo de que não o valorizo e que ele já fez o suficiente por mim. Porém, ela está aqui. Muito provavelmente sem ele saber. Ela não está querendo me tirar da história, uma história a que eu sinceramente não pertenço mais. Ela está querendo se encaixar numa história que já existe. Aceitar seus participantes. *Ser incluída nela.*

— Você é uma pessoa melhor do que eu — digo finalmente.

— Agora entendo por que ele se apaixonou por você.

Sydney sorri um pouco.

— Ele já se apaixonou por você também, Maggie. E aposto que ele teve um milhão de motivos para se apaixonar.

Eu a observo e me pergunto se isso é mesmo verdade. Sempre achei que tivesse se apaixonado por causa da minha doença. Até falei isso para ele uma vez. Minhas palavras exatas foram: "acho que minha doença é o que você mais ama em mim". Falei isso aqui nesta sala, quando terminamos tudo.

Mas talvez não fosse verdade. Talvez ele me amasse por quem eu sou, e por isso realmente quisesse o meu melhor por minha causa, e não por causa da sua própria personalidade.

Meu Deus, como minha mãe fodeu com a minha vida. Mas acho que era previsível. Quando sua própria mãe não consegue amar você, como é possível acreditar que outra pessoa seria capaz disso?

Sydney tem razão. Ridge merece muito mais respeito do que tenho demonstrado. Ele também merece essa garota que está na minha frente, porque essa situação podia ter tomado muitos rumos diferentes, mas Sydney escolheu o mais íntegro. Quando uma pessoa faz isso, ela estimula quem está ao seu redor a fazer o mesmo.

Talvez o início seja constrangedor e estranho, mas fico feliz por ela fazer parte da nossa história agora.

19.

Ridge

Estou andando pelo apartamento pisando em ovos, com medo de abrir portas, de comer algo da geladeira, de dormir. É a vez de Warren fazer alguma pegadinha comigo. Fico esperando que ela aconteça a qualquer momento, seja com algo que como ou bebo. Mas nunca acontece. E isso me deixa ainda mais paranoico.

Talvez o fato de ele não fazer nenhuma pegadinha comigo *seja* a pegadinha.

Não, ele não é tão inteligente assim.

Pensei em dormir na casa de Sydney hoje só para poder me livrar dessa paranoia, mas ela vai trabalhar na biblioteca até tarde, então só vai chegar em casa depois da meia-noite. E no dia seguinte, tem aula às 8h.

Não a vejo desde o sábado. Ou domingo, na verdade, mas eu estava dormindo tão profundamente que nem me lembro de tê-la visto tomar café da manhã nem de quando ela me escreveu o bilhete. Mas já é terça e estou com uma crise de abstinência de Sydney.

No entanto, finalmente me adiantei no trabalho. E mandei para Brennan a letra de uma música novinha em folha. Agora estou pesquisando novas pegadinhas para fazer com Warren. Acho que sempre preciso ficar um passo à frente dele. Mas o melhor que encontro são as pegadinhas com post-its, mas nos recusamos a nos rebaixar a esse ponto. E já tentamos todo o resto.

Estou vendo no YouTube uma compilação de vídeos de colegas de apartamento fazendo pegadinhas um no outro quando sinto meu celular vibrar na cama.

Sydney: Cansei de devolver os livros para as estantes. Já devia existir algum robô pra fazer isso.

Ridge: Mas aí você perderia seu emprego.

Sydney: A não ser que eu fosse engenheira. Aí eu controlaria o robô.

Ridge: Talvez devesse mudar de curso então.

Sydney: O que você está fazendo?

Ridge: Pesquisando novas pegadinhas pra fazer com Warren. Estou sem nenhuma ideia. Tem alguma?

Sydney: Devia colocar cinco gatinhos numa caixa e deixar no quarto dele. Porque comprar um gatinho pro seu amigo é legal, mas comprar cinco é terrível.

Ridge: Não sei se isso seria engraçado pra mim, porque ele provavelmente ficaria com os cinco e eu acabaria tendo que pagar uma taxa para o condomínio por cada animal no apartamento.

Sydney: Verdade, essa ideia foi péssima.

Ridge: Estou vendo que nada mudou. Continuo sendo o rei das pegadinhas.

Sydney: Sei, você acabou de dizer que não consegue pensar em nenhuma nova.

Ridge: Verdade. Ei, você vai ter uma folga essa noite?

Sydney: Acabei de tirar às 18h :/

Ridge: Que droga. Então a gente se vê amanhã à tarde. Quer que eu vá pra sua casa?

Sydney: Quero, por favor. Quero você todo pra mim.

Ridge: Então eu serei seu. Amo você. Até amanhã.

Sydney: Amo você.

Fecho as nossas mensagens e abro uma de Bridgette que acabei de receber enquanto me despedia de Sydney. Bridgette só me manda mensagem quando tem algo quebrado no apartamento. Mas agora é diferente. A mensagem só diz: "tem alguém na porta". Como se ela estivesse ocupada demais para se levantar e abrir. Mas ela nunca abre a porta mesmo. Eu me pergunto se não é porque não sente que aqui é sua casa.

Vou até o armário, pego uma camiseta e a visto enquanto ando até a porta. Espio no olho mágico enquanto viro a maçaneta, mas paro assim que reconheço Maggie. Ela está em pé diante da porta, abraçando o próprio corpo enquanto o vento faz seu cabelo esvoaçar.

Os próximos segundos são um pouco bizarros para mim. Eu a observo por um instante e me pergunto o que ela quer, mas sem pressa para abrir a porta. Eu me viro. Preciso de um momento para pensar no que fazer. É a primeira vez que ela vem aqui na condição de ex-namorada. Nunca abri a porta para ela sem beijá-la em seguida. Nunca abri a porta para ela sem puxá-la para o quarto. Não tenho nenhuma vontade de fazer isso, nem acho que eu esteja perdendo algo por não ter mais essa rotina. Eu me sinto... diferente, só isso.

Eu me viro e abro a porta bem na hora em que ela desiste e começa a andar na direção da escada. Ela me olha, para com o pé no primeiro degrau e se vira lentamente para mim. Está com uma expressão tranquila, não está me olhando como se não me suportasse — como me olhou no último fim de semana. Ela ergue a mão e afasta o cabelo do rosto, esperando que eu a convide para entrar. Depois, olha os próprios pés por alguns segundos com um jeito meio humilde. Quando nossos olhos se encontram de novo, recuo e mantenho a porta aberta. Ela entra no apartamento olhando os pés.

Tiro o telefone do bolso enquanto Maggie para no meio da sala. Não quero que isso se transforme em algo que não é, então mando uma mensagem para Sydney.

Ridge: Maggie acabou de chegar aqui sem avisar. Não sei por que ela veio, mas só queria que você soubesse disso.

Guardo o celular no bolso e olho para Maggie. Ela aponta para a geladeira e pergunta se pode beber algo. É estranho, porque antes ela nunca teria perguntado. Teria simplesmente ido e se servido. Eu assinto.

— Claro.

Ela abre a porta da geladeira e fica encarando o interior dela. É então que percebo que não tem nenhum Dr. Pepper para ela. Eu costumava deixar a geladeira cheia de Dr. Pepper para quando ela chegasse, mas faz meses que ela não me visita. Parei de comprar Dr. Pepper quando terminamos. No início, foi estranho não pegar a embalagem com 12 latas sempre que eu ia no mercado, mas não penso mais nisso. Agora, só faço questão de ter água e chá.

Ela pega duas garrafas de água e me entrega uma.

— Obrigado — digo.

Ela aponta para a mesa da cozinha e diz com sinais:

— Tem um minuto?

Faço que sim, mas percebi que meu celular não vibrou no meu bolso. Ou Sydney ainda não leu minha mensagem ou está chateada porque Maggie está aqui. Espero que seja a primeira opção. Estou certo que sim. Sydney é a pessoa mais sensata que já conheci. Mesmo que ela estivesse chateada com a presença de Maggie, ela me responderia.

Agora nós dois estamos à mesa, me sento à cabeceira e ela à minha direita. Ela tira a jaqueta e une as mãos na frente do corpo, apoiando os cotovelos na mesa. Fica encarando as mãos e inspira para se acalmar. Seus olhos se viram para mim quando começa a falar em sinais.

— Eu queria ter vindo antes, mas meu avô faleceu dois dias atrás. No domingo à noite.

Expiro imediatamente e seguro sua mão. Aperto-a e depois me aproximo para abraçá-la. Estou me sentindo o maior babaca. Eu sabia que ele estava doente. O que aconteceu entre a gente no sábado não importa, eu devia ter perguntado como estava seu avô. Ele morreu dois dias atrás e eu não fazia ideia. Por que ela não contou para Warren, pelo menos?

Eu me afasto para perguntar se ela está bem, mas ela se antecipa.

— Estou bem — diz ela com sinais. — Você sabe que isso já era esperado. Minha tia veio do Tennessee e ajudou a organizar tudo hoje. Não vamos fazer nenhuma cerimônia fúnebre.

Seus olhos estão vermelhos e um pouco inchados, como se ela já tivesse chorado o bastante.

— Mas não é por isso que estou aqui. Eu estava em Austin e quis vir aqui porque... — Ela para e toma um gole para se recompor. Mudar de assunto da morte do avô para algo totalmente diferente é algo brusco. Ela me parece um pouco abalada, então espero um instante. Ela enxuga a boca com a manga e me olha de novo. — Estou aqui porque tem muita coisa que quero dizer e preciso colocar tudo para fora antes de ser interrompida, tá? Você sabe o quanto acho difícil me desculpar.

Ela veio aqui para *se desculpar*? Caramba. Não esperava isso de maneira alguma, afinal ela tem razão: é muito difícil para ela se desculpar. É uma das coisas que ela e Sydney têm de diferente, e é complicado me acostumar a isso. Sydney desculpa e pede desculpa rapidamente, enquanto Maggie sempre precisa de um período de adaptação.

Como agora. Ela demora um minuto inteiro só para se adaptar ao que está prestes a me dizer.

— Uma vez você me disse que usar implantes fazia você se lembrar o tempo todo da sua surdez. E que quando não usava, você nem pensava nela — diz ela em sinais. — É isso que sempre senti em relação à minha doença, Ridge. São tantos médicos, hospitais, remédios, meu colete... Tudo me lembra, o tempo todo, de que tenho essa doença, mas não penso nela quando consigo evitar essas coisas. E é bom ter alguns momentos de normalidade, às vezes. E o começo do nosso relacionamento me deu esses momentos de normalidade que eu adoro. A gente estava começando a namorar e ficávamos juntos o tempo todo. Mas depois de um tempo, você percebeu que eu faltava aos meus tratamentos ou consultas para ficar com você.

Ela para um instante, como se precisasse de muita coragem para dizer o que está tentando dizer. E precisa mesmo. Então espero pacientemente e não a interrompo, como prometi.

— Depois de um tempo, você começou a se preocupar comigo — diz ela. — Você assumiu a minha agenda para garantir que eu seria pontual em todas as consultas. E me mandava várias mensagens avisando que estava na hora do meu tratamento. Uma vez peguei você no flagra contando meus comprimidos para se certificar de que eu estava tomando a dose certa. E sei que tudo isso foi para o meu bem, porque você me amava. Mas então comecei a associar você a todas as coisas que eu queria evitar, como consultas e tratamentos respiratórios. — Ela me olha nos olhos. — Você se tornou mais uma lembrança constante de que eu estava vivendo com essa doença. E eu não soube lidar com isso.

Uma lágrima escorre do seu olho, e ela a enxuga com a manga.

— Sei que, às vezes, eu não demostrava, mas eu sempre valorizei o que você fazia. E valorizo. Muito. Mas é muito confuso para mim porque eu também estava ressentida com você. Meu ressentimento tinha a ver apenas comigo, não tinha nada a ver com você. Sei que tudo que você fazia era porque queria o melhor para mim. Sei que me amava. Tudo que falei naquele dia saíram de uma parte de mim da qual não me orgulho. E... — Seus lábios estão tremendo, e as lágrimas começam a escorrer pelas bochechas. — Desculpa, Ridge. Me desculpa mesmo, por tudo.

Expiro de maneira rápida e trêmula.

Preciso me levantar.

Fico de pé, vou até a cozinha, pego um guardanapo e levo até ela. Mas não consigo me sentar. Eu não estava esperando isso, nem sei o que responder. Às vezes, não digo a coisa certa e ela fica chateada. Já está chateada o suficiente. Coloco as mãos na nuca e ando de um lado para o outro da sala. Paro quando sinto meu celular vibrar e o pego.

Sydney: Obrigada por avisar. Tenha paciência com ela, Ridge. Tenho certeza de que ela precisou de muita coragem pra ir até aí.

Fico encarando a mensagem de Sydney e balanço a cabeça, me perguntando como diabos ela está sendo mais compreensiva com a minha situação do que eu mesmo. Sinceramente, não sei por que ela vai se formar em Música. Seu verdadeiro talento é a psicologia.

Guardo o celular e olho para Maggie, que continua sentada à mesa, secando os olhos lacrimosos. Deve ter sido difícil para ela. Sydney tem razão. Vir até aqui e depois dizer tudo que ela acabou de dizer é algo que requer muita coragem.

Volto para a cadeira, estendo o braço e pego sua mão. Seguro-a entre as minhas.

— Me desculpe também — digo, apertando sua mão para que ela sinta a sinceridade do que eu disse. — Eu devia ter agido com você mais como um namorado e menos como um... ditador.

A palavra que escolhi faz Maggie rir em meio às lágrimas. Ela balança a cabeça.

— Você não era um ditador — diz ela em sinais. — Talvez só meio autoritário.

Rio com ela. Algo que nunca achei que fosse acontecer de novo depois da manhã de sábado.

Maggie olha em outra direção. Ergo o olhar e vejo Bridgette. Ela está indo trabalhar, mas para ao ver Maggie sentada do meu lado. Ela olha para Maggie, depois, para mim. Então semicerra os olhos.

— Canalha.

Ela vai até a porta, e tenho certeza de que bate depois de sair. Olho para Maggie, que está encarando a porta.

— O que foi aquilo?

Dou de ombros.

— Agora se preocupa com Sydney. Tem sido... interessante.

Maggie ergue a sobrancelha.

— Talvez você devesse mandar uma mensagem para Sydney e avisar que estou aqui. Antes que Bridgette faça isso.

Sorrio.

— Já mandei.

Maggie assente com um ar de entendida.

— Claro — diz ela com um sinal. Agora ela está sorrindo e não tem mais lágrimas nos seus olhos. Ela beberica a água e se encosta na cadeira. — Então... ela é a mulher da sua vida?

Demoro um instante para responder porque é estranho. Não quero que Maggie ache que tinha algo de errado com ela, mas com Sydney é diferente. Tem algo a mais. É melhor e mais intenso, e é algo que desejo como nunca desejei nada na vida. Mas como dizer isso para Maggie sem ser insensível em relação ao que a gente teve? Concordo lentamente e respondo com sinais.

— Ela com certeza é a última mulher da minha vida.

Maggie assente, e vejo uma tristeza nos seus olhos. Odeio isso. Mas não posso fazer nada para mudar as coisas. Elas estão da maneira como deveriam estar neste momento, mesmo que Maggie às vezes lamente.

— Queria que existisse um manual para a vida — diz ela. — Ver o que você e Sydney têm me faz perceber o quanto fui idiota quando rejeitei um cara incrível. Tenho quase certeza de que arruinei aquela chance para sempre.

Eu me mexo na cadeira ao escutar essas palavras. Nem sei o que dizer. Ela estava achando que vir até aqui criaria uma oportunidade de voltar comigo? Se for isso, estou lidando com essa conversa como se ela fosse algo totalmente diferente do que é.

— Maggie, eu... *a gente* não vai voltar nunca a ter um relacionamento.

Maggie semicerra os olhos e me encara como fazia quando eu agia como um idiota.

— Não estou falando de *você*, Ridge. — Ela dá uma risada. — Estou falando do gostoso do meu médico e instrutor de paraquedismo.

Inclino a cabeça, me sentindo tanto aliviado quanto envergonhado.

— Ah. Tá. Que constrangedor.

Ela começa a rir de novo e aponta para nós dois.

— Você achou que... quando falei de um cara incrível... achou imediatamente que eu me referia a você?

Agora ela está rindo mais ainda. Estou tentando não sorrir, mas não consigo. Adoro ver Maggie rindo, e adoro ainda mais o fato de ela estar falando de outra pessoa.

Isso é ótimo.

Maggie se levanta.

— Warren vai estar aqui no sábado?

— Vai, imagino que sim — respondo, também me levantando. — Por quê?

— Queria que a gente conversasse, todos nós. Acho que precisamos criar um plano para o futuro.

— Claro. Seria ótimo fazer isso. Você se incomoda se Sydney participar?

Maggie veste a jaqueta.

— Ela já colocou isso na própria agenda — diz Maggie, piscando para mim.

Hum, agora fiquei confuso.

— Você falou com Sydney?

Maggie assente.

— Por algum motivo, ela achou que precisava me pedir desculpa. E... eu também precisava me desculpar. Nossa conversa foi boa. — Maggie vai até a porta, mas para antes de abrir. — Ela é muito... diplomática.

Eu assinto, mas ainda estou confuso sem saber quando elas tiveram essa conversa. Ou o motivo por que eu não soube disso.

— Pois é — digo. — Ela é mesmo diplomática.

— Não deixe Bridgette estragá-la — diz ela. — Até sábado.

— Até sábado. — Seguro a porta para ela. — E, Maggie... sinto muito pelo seu avô.

Ela sorri.

— Obrigada.

Fico observando enquanto ela desce a escada e vai até o carro. Assim que se afasta, não fecho a porta. Vou correndo até o balcão, pego a chave do carro e coloco o tênis.

Vou direto para a biblioteca.

* * *

Avisto Sydney no fundo da biblioteca. Ela está do lado de um carrinho, segurando um marcador permanente e riscando itens de uma lista enquanto devolve os livros às prateleiras. Como está de costas para mim, fico a observando enquanto ela trabalha. A biblioteca está quase vazia, então acho que ninguém vai perceber que estou a encarando. Simplesmente não consigo entender quando ou como ela e Maggie conversaram. Ou por quê. Pego meu celular e mando uma mensagem.

Ridge: Você conversou com Maggie e nem me contou?

Enquanto ela lê, observo sua reação. Sydney congela e olha a tela, depois esfrega a testa. Em seguida, se encosta na prateleira e inspira profundamente.

Sydney: Foi. Devia ter te contado. Só queria que vocês dois tivessem a chance de conversar antes de eu mencionar o assunto. Mas fui na casa dela no domingo. Não foi para fazer drama, juro. Eu queria dizer algumas coisas pra ela, só isso. Me desculpa, Ridge.

Olho de novo para ela, e agora o corpo todo está tenso. Parece preocupada, massageando a nuca e com os olhos presos ao telefone aguardando minha resposta.

Tiro uma foto sua e envio para ela. Sydney demora um pouco para receber, mas se vira assim que a imagem chega. Nossos olhares se encontram.

Balanço a cabeça muito levemente, mas não por estar chateado de alguma maneira. Mas porque eu meio que não consigo acreditar que essa mulher realmente foi até a casa da minha ex porque queria melhorar a nossa situação.

Nunca senti tanta gratidão por alguém ou algo na minha vida inteira.

Começo a me aproximar. Ela se afasta da estante quando chego mais perto e fica parada, com o corpo rígido, esperando meu próximo movimento. Quando a alcanço, não digo nada nem faço nenhum sinal. Não preciso. Ela sabe exatamente o que estou pensando porque Sydney só precisa estar perto de mim para que a gente se comunique. Ela me olha, eu retribuo o olhar, e, como se estivéssemos numa sintonia perfeita, ela dá dois passos para trás e eu, dois para a frente. Ficamos escondidos entre duas paredes de livros.

Te amo.

Não digo em voz alta nem com sinais. Só consigo sentir essas palavras, mas ela as escuta.

Ergo as mãos e acaricio suas bochechas. Tento tocar Sydney com a mesma delicadeza com que me toca. Contorno seus lábios com a ponta dos dedos, admirando sua boca e toda palavra meiga que sai dela. Com as mãos em seu pescoço, pressiono levemente sua garganta. Sinto sua pulsação acelerar sob meus dedos.

Encosto minha testa na de Sydney e fecho os olhos. Tudo que eu quero sentir é seu batimento cardíaco em meus dedos. Sua respiração nos meus lábios. Paro um instante para fazer essas coisas enquanto agradeço silenciosamente a ela, mantendo nossa testa unida.

Queria que não estivéssemos em público. Queria agradecer a ela de muitas outras maneiras e sem usar uma única palavra.

Com as mãos em sua garganta, pressiono meu corpo no seu, encostando-a na estante logo atrás. Mantenho seu rosto inclinado na direção do meu enquanto nossa boca se aproxima, mal tocando minha boca na sua. Sinto sua respiração rápida nos meus lábios, então paro e a absorvo mais um pouco antes de colocar minha língua na sua boca, acelerando sua respiração. Sua boca está mais morna e convidativa do que nunca.

Ela leva as mãos até meu peito, batendo o papel e o marcador na minha camiseta enquanto se equilibra. O papel cai. Ela inclina a cabeça na direção da minha ainda mais e abre a boca mais um pouco, querendo mais do nosso beijo. Curvo minha mão direita atrás da sua cabeça e fecho minha boca na frente da dela, inspirando.

Eu a beijo. Eu a amo.

Eu a amo. Eu a beijo.

Eu a beijo.

Estou mais do que apaixonado por ela.

Nunca fiz nada tão difícil quanto me afastar da boca de Sydney. Ela está agarrando minha camiseta de punhos cerrados. Seus olhos continuam fechados quando me afasto, então a encaro, convencido de que o karma sabe o que está fazendo no fim das contas. Talvez todas as merdas da minha vida tenham acontecido por um motivo. Minha vida não seria equilibrada se eu tivesse tido uma linda infância e depois crescesse e tivesse a vida que sei que vou ter com Sydney. Acho que minha infância foi necessária para que houvesse equilíbrio e eu pudesse seguir com Sydney. Ela é tão boa e tão perfeita que talvez eu tenha experimentado o sofrimento primeiro para depois merecer uma recompensa tão grande assim.

Levo minhas mãos até as suas, que ainda estão agarrando minha camiseta. O papel que Sydney segurava caiu no chão há muito tempo, mas o marcador permanente continua entre seus dedos. Eu o seguro e ela abre os olhos no momento em que coloco os dedos na gola da sua blusa. Depois, eu a puxo para baixo, deixando à mostra a pele em cima do seu coração. Tiro a tampa do marcador com os dentes e o pressiono no seu peito. Escrevo três letras bem em cima do seu coração.

MEU

Tampo o marcador e a beijo uma última vez antes de me virar e ir embora.

Nunca nos comunicamos tanto e nunca falamos tão pouco.

20.

Sydney

Estou sentada no carro com Ridge, olhando pela janela. Minha mão direita toca levemente a palavra que ele escreveu em cima do meu coração. *Meu*. Está um pouco apagado porque já faz quatro dias que isso aconteceu, mas ainda bem que foi com marcador permanente, e tenho evitado esfregar a área durante o banho para que não saia.

Quando ele saiu da biblioteca naquela noite, precisei me sentar na mesma hora. Estava tão sem fôlego que quase desmaiei. Ele não levou mais que cinco minutos lá, mas foram os cinco minutos mais intensos da minha vida. Tanto que foi preciso convencer meu colega de trabalho a cobrir o resto do meu turno. Fui direto para a casa de Ridge terminar o que ele começou. Aqueles cinco minutos intensos na biblioteca se transformaram em duas horas intensas na cama dele.

Depois daquilo, passamos juntos três das últimas quatro noites.

Ele me contou toda a conversa que teve com Maggie. Odeio que o fato de que o avô dela tenha falecido apenas algumas horas depois que saí da casa dela no domingo. Mas saber que ela vem lidando com tudo aquilo e mesmo assim separou um tempo para visitar Ridge e pedir desculpa para ele me faz valorizar ainda mais sua atitude. E realmente fez muita diferença para Ridge. É como se ele tivesse tirado um peso dos ombros depois da conversa dos dois. Os últimos quatro dias com ele foram os melhores que passei com ele desde que nos conhecemos.

No início, quando a gente estava começando a se conhecer melhor, toda conversa que tínhamos envolvia alguma culpa que ele sentia por causa da Maggie. E depois da briga dos dois na semana passada, toda conversa que tivemos envolveu alguma preocupação com ela. Agora, no entanto, parece que finalmente estamos sozinhos de verdade. De alguma maneira, inserir Maggie mais a fundo na nossa vida parece ter diminuído a presença dela no nosso relacionamento. Não devia fazer sentido, mas faz. Focar mais na amizade dos dois do que no fato de que ela é a ex dele vai acabar sendo melhor para a nossa relação.

Espero que Bridgette não demore para perceber isso. Porque neste momento ela não parece muito contente. Warren e Bridgette estão no banco de trás enquanto Ridge dirige. Bridgette não falou absolutamente nada durante o trajeto até a casa de Maggie porque ela e Warren brigaram logo antes de a gente sair. Ela quis ir conosco, mas ele disse que não, afinal, ela não sabe ser simpática com Maggie. E isso a deixou zangada. Os dois foram para o quarto brigar enquanto Ridge e eu esperávamos no sofá.

Na verdade, esperamos nos agarrando no sofá, então não ligamos muito para a duração da briga. Mas, pelo jeito, ela ainda não terminou porque estamos estacionando na frente da casa de Maggie e tudo que Bridgette disse desde Austin foi: "preciso fazer xixi". Ela acabou de falar isso enquanto saía do carro e batia a porta.

Bridgette não é uma pessoa muito sensata. Mas comecei a gostar muito dela e até mesmo a compreendê-la. Ela demonstra todas as suas emoções. Mas como são muitas, é como se ela jogasse todas elas na cara da gente, uma depois da outra.

Ninguém precisa bater à porta porque Maggie a abre assim que a gente chega. Warren entra primeiro e a abraça. Bridgette passa direto por ela, mas Ridge a abraça rapidamente. Faço o mesmo. Prefiro começar isso tudo me sentindo bem.

— Que cheiro bom — diz Ridge em sinais enquanto joga as chaves no balcão.

— É lasanha — informa Maggie. — Estou lendo um livro em que os personagens fazem lasanha toda vez em que precisam conversar sobre alguma coisa. Achei que hoje combinaria. — Maggie me olha enquanto vai até a cozinha. — Você gosta de ler, Sydney?

— Amo — digo, tirando meu cardigã. Eu o coloco no encosto de uma das cadeiras. — Mas não tenho muito tempo para leitura. O que é triste, pois trabalho numa biblioteca.

Bridgette vai até o banheiro e Warren se joga dramaticamente no sofá, afundando o rosto numa almofada.

— Podem me matar — murmura ele.

— Problemas no paraíso? — pergunta Maggie.

Warren ergue o olhar.

— Paraíso? Desde quando eu e Bridgette moramos no paraíso?

— Problemas no Sheol? — corrige Maggie.

Warren senta-se no sofá.

— Nem sei o que isso significa.

— É um sinônimo de inferno.

— Ah — diz Warren. — Você sabe que é melhor não falar nenhuma palavra muito grande para mim.

— Ela só tem cinco letras.

Fico observando a conversa dos dois, prestando atenção em cada um. Depois me concentro em Ridge quando ele para bem na minha frente.

— Está com sede? — pergunta ele.

Faço que sim. Ele vai até a cozinha, abre o armário e começa a procurar algo para a gente beber. É estranho ver Ridge fazendo as coisas como se estivesse na própria cozinha. Isso me faz perceber que, de certa maneira, essa cozinha era mesmo dele. Não tenho como saber quanto tempo ele passava aqui. Acho que este é apenas um dos momentos um tanto constrangedores aos quais terei de me acostumar. Ele me traz um copo de água e se senta ao lado de Warren.

Entro na cozinha.

— Quer uma ajudinha? — pergunto para Maggie.

Ela balança a cabeça e abre a geladeira para guardar a salada.

— Não, obrigada. Já está tudo pronto, menos a lasanha. — Ela olha para Ridge e Warren. — Vocês topam ir para a mesa e aí a gente resolve logo o que tem pra ser resolvido antes de comer?

Warren bate as palmas das mãos na sua calça jeans.

— Topo — diz ele, levantando-se com um pulo.

Nós quatro vamos até a mesa da cozinha enquanto Bridgette sai do banheiro. Maggie se acomoda à cabeceira da mesa. Estou sentada do lado de Ridge, e há uma cadeira vazia ao lado de Warren, mas Bridgette prefere ocupar a cadeira da outra cabeceira e deixar um lugar vago entre Warren e ela. Ele balança a cabeça, ignorando-a.

Maggie abre uma pasta, endireita a postura e começa a traduzir em sinais tudo que está falando. Gosto de vê-la fazendo sinais. Não sei por que acho um pouquinho mais fácil acompanhá-la do que Ridge ou Warren. Talvez seja porque suas mãos são mais delicadas, mas me parece que ela faz os movimentos mais devagar e — se é que faz sentido — pronunciando melhor.

Ela olha para todos nós.

— Obrigada por terem topado fazer isso. — E volta sua atenção para mim. — E obrigada a *você* — diz ela, sem ser específica.

Eu assinto, mas ela devia estar agradecendo a Warren. Foi ele quem me deu um puxão de orelha que me fez, finalmente, procurar Maggie.

— Tomei algumas decisões e queria falar primeiro sobre isso porque elas vão afetar o próximo ano da minha vida. E, portanto, o próximo ano de vocês também. — Ela aponta a cabeça para o corredor. Todos nós olhamos para lá, e só então noto as caixas de mudança. — Meu estágio acabou, minha tese também, então decidi voltar a morar em Austin. A proprietária daqui me informou que conseguiu alugar a casa para outra pessoa, então preciso sair até o fim do mês.

Aproveito a pausa para interromper com uma pergunta.

— Sua médica não é daqui de San Antonio?

Maggie balança a cabeça.

— Ela atende aqui uma vez na semana. Mas sua base de trabalho é em Austin, então para mim vai ser até mais fácil desse jeito.

— Já achou apartamento? — pergunta Warren. — Faltam apenas alguns dias para o mês acabar.

Maggie assente de novo.

— Achei, mas só vai estar disponível no dia 5 de abril. Os locatários acabaram de sair, então eles precisam pintar e colocar carpete.

— É no mesmo condomínio da última vez? — pergunta Warren.

Maggie olha rapidamente de Warren para Ridge. Tem alguma coisa a mais nessa história, apesar de ela balançar a cabeça e responder.

— Não tinha nada disponível lá. O novo fica na zona norte de Austin.

Warren se inclina para a frente e a olha de uma maneira que não entendo. Ridge suspira pesadamente. Estou perdida.

— O que foi? — pergunto. — Qual é o problema na zona norte de Austin?

Maggie me olha.

— Fica muito longe de vocês. Ridge e eu... quando eu tinha meu apartamento em Austin... nós dois escolhemos condomínios perto do hospital e da minha médica. Isso facilitava as coisas.

— Já viu no nosso condomínio? — pergunta Warren. — Sei que tem apartamentos disponíveis lá.

Bridgette ameaça protestar. Ela pigarreia e coloca a bolsa na mesa. Ela tira uma lixa, encosta na cadeira e começa a lixar as unhas.

Olho para Maggie, que está me encarando. Ela balança a cabeça e responde:

— Não, mas acho que na zona norte está bom. Faz um ano que estou aqui em San Antonio e tudo correu bem.

— Eu não diria que lá é bom — diz Warren.

— Você sabe o que quis dizer, Warren. Não passei por nenhuma emergência que teria me feito morrer sem vocês do meu lado. Acho que vai ficar tudo bem se eu estiver somente do outro lado da cidade.

Ridge balança a cabeça.

— Você teria morrido se Sydney não tivesse encontrado você. Só porque deu sorte não quer dizer que essa foi a decisão certa.

— Concordo — diz Warren. — Você mora na zona norte de San Antonio. A gente mora na zona sul de Austin. Demoramos quarenta e cinco minutos da sua casa para a nossa. Mas se você se mudar para a zona norte de Austin, com o trânsito, vamos demorar mais de uma hora para chegar lá. Você pode até estar se mudando para a mesma cidade que nós, mas vamos demorar ainda mais para chegar na sua casa.

Maggie suspira. Ela olha para baixo e abranda um pouco a voz.

— Não consigo pagar por nenhuma outra opção no momento. Os apartamentos disponíveis perto do hospital são caros demais para mim.

— Por que não procura um emprego? — pergunta Bridgette.

Todos nós nos viramos para Bridgette. Acho que ninguém esperava que ela fosse dizer alguma coisa. Ela mantém a lixa encostada na unha do dedo, encarando Maggie.

— É difícil conseguir emprego quando tenho que ir ao hospital regularmente — diz Maggie. — Precisei solicitar o auxílio-doença três anos atrás só para conseguir pagar o aluguel.

Ela está com um jeito um pouco defensivo, mas dá para entender. Bridgette não parece medir suas palavras com Maggie. Ou com ninguém, na verdade.

Bridgette dá de ombros e volta a lixar as unhas.

— Como já falei, chegou a perguntar se tem algo no nosso condomínio? — pergunta Warren.

Mais uma vez, Maggie volta a prestar atenção em mim quando esse assunto é mencionado. Olho para Ridge e ele retribui. Nós lemos o pensamento um do outro sem dizer nada.

Eu assinto, apesar de a ideia soar absurda quando paro e penso mais sobre ela. Mas por algum motivo, não acho que seja um absurdo. Ela morar no mesmo condomínio que Ridge e Warren facilitaria a vida de todos. E realmente não acho que Ridge ou Maggie queiram reviver alguma coisa. Para minha própria surpresa, não me sinto nem um pouco ameaçada com essa ideia. Talvez eu esteja sendo ingênua, mas preciso seguir minha intuição. E minha intuição está me dizendo que é melhor ela ficar perto deles.

— Não me incomodo com a ideia de você morar no mesmo condomínio que Ridge, se for isso que está te impedindo — digo. — Meu ex-namorado se mudou para aquele condomínio com minha ex melhor amiga quando passei a morar com Ridge e Warren no ano passado. Dá para ver a sala dos dois da varanda de Ridge. Não existe nada mais estranho do que isso, vá por mim.

Maggie sorri, agradecida, depois olha para Bridgette do outro lado da mesa. Ridge coloca o braço no encosto da minha cadeira, inclina-se e beija rapidamente o lado da minha cabeça. Amo esses agradecimentos silenciosos dele.

Bridgette olha para cima, diretamente para Maggie. Ela não parece nada feliz e olha para Warren, inclinando-se para a frente.

— Porra, Warren, por que não a chama logo para morar num dos outros quartos do apartamento? Assim vamos poder ser uma grande família feliz.

Warren revira os olhos.

— Para com isso, Bridgette.

— Não. Pense bem. Eu me mudei para lá e você começou a transar comigo. Sydney se mudou para lá e Ridge começou a se envolver com ela. Acho mais do que justo Maggie ter a vez dela.

Fecho os olhos e abaixo a cabeça, balançando-a. Por que Bridgette precisou falar disso? Encaro Maggie, que está fulminando Bridgette com o olhar.

— Acho que está se esquecendo de que já fiquei com os dois, Bridgette. Não preciso ter a minha vez, mas valeu pela preocupação.

— Ah, vai à merda — rebate Bridgette.

E então... a situação só piorou. Nem sei se Ridge sabe o que acabou de acontecer. Assim que a frase sai da boca de Bridgette, Maggie empurra a cadeira calmamente para trás e se levanta. Ela vai até seu quarto e fecha a porta. As duas levaram isso longe demais, demais mesmo. Mantenho a cabeça entre as mãos, e tudo que consigo dizer é:

— Bridgette. Por quê?

Bridgette me olha como se eu a tivesse traído. Ela gesticula na direção do quarto de Maggie.

— Como pode aceitar isso? Ela está sendo ingrata e sempre foi, e agora vai morar no mesmo condomínio que a gente e ainda distorceu os fatos para que a ideia parecesse sua!

Por um segundo, considero o que ela falou. Mas apenas por um segundo. Depois, eu me levanto e vou até o quarto de Maggie. Acho mesmo que Bridgette está com uma imagem errada dela. Não vejo como Ridge amaria alguém ingrata e manipuladora. Não mesmo.

Abro a porta do quarto de Maggie, que está sentada de pernas cruzadas na cama, enxugando uma lágrima. Eu me sento ao seu lado. Maggie ergue a cabeça e me olha com uma expressão de culpa.

— Me desculpe. Foi meio brega fazer isso. Mas Bridgette está errada, não estou tentando dominar a vida de vocês — sussurra ela. Pela sua voz, percebo que ela está prestes a chorar mais. — Por mim, eu seria tão independente deles que poderia morar a horas de distância. Mas estou tentando cooperar mais, Sydney. Estou tentando respeitar mais o tempo deles.

Nisso eu acredito. Acho que Maggie acharia muito melhor morar num lugar onde pudesse se sentir mais relaxada.

— Acredito em você. E concordo — digo. — Estamos aqui porque Warren e Ridge serão seus principais cuidadores quando você adoecer. Precisamos desconsiderar os sentimentos de Bridgette. E os meus. E, sinceramente, até mesmo os seus.

Acho que o que importa é facilitar a situação para Warren e Ridge, e se você morasse no mesmo condomínio, isso com certeza aconteceria.

Maggie faz que sim.

— Eu sei. Mas não quero criar nenhum problema no relacionamento de Warren e Bridgette. No fim das contas, acho que a decisão deve ser sua e de Bridgette, mas acho que ela nunca vai topar. E, sinceramente, eu entendo.

Ela tem razão. Tem que ser algo que todos nós aceitemos. Viro a cabeça para a porta e grito:

— Bridgette!

Escuto a cadeira sendo arrastada e depois passos fortes se aproximando do quarto de Maggie. Bridgette finalmente abre a porta, mas se encosta na soleira e cruza os braços.

Encosto na cama.

— Vem para cá, Bridgette.

— Estou bem aqui.

Olho para ela como se estivesse olhando para uma criança embirrada.

— Vem para cá agora mesmo.

Bridgette anda pesadamente até a cama e se joga. Está sendo tão dramática quanto Warren ao se jogar no sofá de Maggie mais cedo. Sinto vontade de rir das grandes semelhanças dos dois. Bridgette me encara e evita fazer contato visual com Maggie.

Eu me encosto na cabeceira da cama e inclino a cabeça enquanto olho para ela.

— O que está sentindo, Bridgette?

Ela revira os olhos e se apoia no cotovelo.

— Bem, dra. Blake — diz ela sarcasticamente. — Sinto que a ex dos nossos namorados está prestes a se mudar para o mesmo condomínio que a gente, e não gosto disso.

— E você acha que eu gosto? — pergunta Maggie.

Bridgette olha para ela. Elas não gostam nem um pouco uma da outra. Nem um pouco.

— Há quanto tempo vocês duas se conhecem? — questiono.

— Ela foi morar com Ridge e Warren alguns meses antes de você — diz Maggie, falando dela como se ela nem estivesse na cama. — E tentei ser legal com ela no início, mas você deve imaginar o que aconteceu.

— Acho que nós três precisamos encher a cara juntas — sugiro.

Funcionou comigo e com Bridgette. Talvez dê certo com Bridgette e Maggie também.

Maggie me olha como se eu tivesse enlouquecido.

— Seria um pesadelo.

Bridgette assente, concordando.

— Nenhuma bebida alcoólica apagaria os anos de história que ela tem com Warren.

Maggie ri e passa a falar diretamente com Bridgette.

— Acha mesmo que existe alguma chance de eu ficar a fim de Warren de novo? Isso é o maior absurdo.

Bridgette deita de costas e olha para o teto.

— Não estou preocupada com você se apaixonar por ele. Estou preocupada com ele se apaixonando por você. Você é muito bonita, e Warren é uma pessoa superficial.

Maggie e eu nos olhamos. E depois caímos na gargalhada. Balanço a cabeça, totalmente surpresa com a insegurança de Bridgette.

— Você não tem noção do quanto é gata, né? Mesmo que Warren fosse a pessoa mais superficial do mundo, ele seria louco por você.

— Não quero te elogiar porque você me trata mal — diz Maggie para Bridgette. — Mas Sydney tem razão. Nunca olhou para a própria bunda? Parece duas batatas Pringles se abraçando.

O que diabos isso significa? O comentário de Maggie faz Bridgette rir, apesar de ela tentar disfarçar.

— Pô, e você ainda trabalha no Hooters — diz Maggie. — Se eu aparecesse lá, eles me recusariam achando que sou um menino de 12 anos.

Bridgette vira a cabeça para Maggie.

— Pode continuar... — diz ela, querendo que a gente continue com os elogios.

Reviro os olhos e estendo as pernas para chutar a coxa dela de brincadeira.

— Warren ama você. Esqueça essas suas inseguranças estranhas. Sorte sua você ter um homem com um coração tão grande que quer cuidar de uma das suas melhores amigas.

Maggie assente.

— É verdade. Ele é uma boa pessoa. Ele é muito superficial, um tanto arrogante e o maior pervertido, mas é uma boa pessoa.

Bridgette grunhe e se senta na cama. Ela olha para mim e depois para Maggie. Ela não diz que aceita Maggie se mudar para o mesmo condomínio, mas parou de reclamar, então vou considerar que já é uma vitória. Ela se levanta, anda na direção da porta e para na frente do espelho de Maggie. Ela se vira e se olha por cima do ombro, agarrando a bunda com as mãos.

— Acha mesmo que parecem duas Pringles se abraçando?

Maggie estende o braço para trás, pega um travesseiro e o arremessa em Bridgette. Bridgette dá um tapinha na própria bunda e sai do quarto.

Maggie se deixa cair na cama e grunhe no colchão. Depois, ela se senta e me olha com a cabeça inclinada.

— Valeu. Nunca sei lidar com ela. Morro de medo dela.

Eu balanço a cabeça.

— Eu também.

Por mais que hoje eu me dê bem com Bridgette, ainda tenho pavor da raiva dela.

Maggie levanta e retorna à sala. Vou logo atrás. Depois que estamos todos de volta à mesa, ela empurra o caderno na sua frente. Olho para Ridge, e ele sorri para mim.

— *Te amo* — articula ele com os lábios.

Ele me diz isso o tempo inteiro, então não sei por que corei desta vez.

— Tem dois apartamentos disponíveis lá — diz Warren, deslizando o celular para Maggie. — Um no primeiro andar e um no térreo. O do térreo fica na outra lateral do condomínio, mas acho melhor você ficar no térreo mesmo.

Maggie olha o celular.

— Só vai ficar disponível no dia 3. Posso ligar para reservar, e depois passo uns dias num hotel até ficar pronto.

— Não jogue dinheiro fora — diz Bridgette. — São apenas alguns dias. Pode ficar no meu antigo quarto. Ou no de Brennan. Os dois estão desocupados.

Ela está lixando as unhas de novo, mas suas palavras foram muito importantes. É o mais perto que ela consegue chegar de um pedido de desculpa, sem dizer para Maggie: "me desculpe, fui grosseira com você".

Ridge me olha, aperta minha mão por debaixo da mesa e depois me manda uma mensagem.

> Ridge: Enquanto ela estiver no nosso apartamento, eu fico na sua casa se você topar.

Faço que sim. Eu provavelmente teria pedido isso, mesmo que ele não tivesse sugerido.

A essa altura, nem sei se eu discordaria da ideia de ela passar alguns dias lá. Faz tempo que a situação envolvendo as pessoas nesta mesa deixou de ser normal. Uma vez, Warren me disse: "Bem-vinda ao lugar mais estranho onde você vai morar na vida."

Agora entendo. Nem moro mais com eles, mas o apartamento com aquela porta giratória desafia todos os limites existentes.

Warren empurra a cadeira para trás, se levanta e senta ao lado de Bridgette. Ele estende o braço e arremessa a lixa longe. Ele puxa a cadeira dela para perto e a beija.

E Bridgette até o permite beijá-la por cinco segundos inteiros. É encantador e extremamente constrangedor ao mesmo tempo.

Maggie revira os olhos e empurra a pasta para Ridge.

— Fiz uma lista de meios-termos. Tem coisas que ainda quero fazer e preciso que você aceite isso. Em troca, prometo que vou me cuidar melhor. Mas só vai poder ser mandão comigo depois que eu tiver um tempinho para me acostumar. Sou péssima nisso e vou demorar um tempo para aprimorar minha personalidade.

Ridge analisa a lista por um instante, olha para ela e faz sinais que não conheço. Maggie assente.

— Vou, sim. Vou pular de bungee jump e você não pode me proibir. Precisamos chegar a um meio-termo.

Ridge suspira e empurra a lista de volta para Maggie.

— Tá bom. Mas você vai se inscrever em algum grupo de apoio.

Maggie ri, mas Ridge não.

— Isso não é meio-termo. É tortura — reclama ela.

Ridge dá de ombros.

— Precisamos chegar a um meio-termo — diz ele. — Se você odiar, pode parar. Mas acho que faria bem para você. Acredito que nenhum de nós sabe exatamente pelo que você está passando. Imagino que te faria bem conversar com pessoas que sabem como é isso.

Maggie grunhe e abaixa a cabeça, batendo-a na madeira da mesa três vezes. Ela empurra a cadeira para trás e me olha.

— Você vai comigo — diz ela, indo até a cozinha.

— Para o seu grupo de apoio? — pergunto, confusa.

Não sei por que, de repente, sou eu que vou ser torturada nessa história de meio-termo.

— Não — interfere Maggie. — Não para o grupo de apoio. Os grupos de apoio da fibrose cística são apenas pela internet. Você vai pular de bungee jump comigo.

Bungee jump. *Hmmm.* A ex do meu namorado quer que eu me jogue de uma ponte. É meio irônico se você parar para pensar. Olho para Ridge e sorrio. Eu sempre quis pular de bungee jump. Ele só balança a cabeça e sorri para mim, como se tivesse desistido.

— Eu sempre quis saber uma coisa — diz Bridgette, olhando para Maggie. Warren foi pegar a lixa de Bridgette. — Por que você não pode receber um transplante de pulmão? Isso não curaria a doença?

Eu também tinha essa curiosidade, mas não havia mencionado o assunto com Ridge ainda.

— Não é tão fácil — explica Warren, devolvendo a lixa para Bridgette. — A fibrose cística não afeta apenas os pulmões; pulmões novos não curariam totalmente a doença.

— Além disso, ainda não cheguei a esse estágio — diz Maggie. — Para receber pulmões novos, o seu prognóstico tem que ser péssimo, mas, ao mesmo tempo, você não pode estar doente demais para receber o transplante. Felizmente, estou bastante saudável no momento para me candidatar. Estou numa situação delicada. Seria bom ter pulmões novos, mas não quero me candidatar ao transplante. Para isso, minha saúde precisaria piorar primeiro. E um transplante pode prolongar a vida da pessoa por alguns anos, mas também pode encurtá-la muito. Não é algo que eu quero a curto prazo, para ser sincera.

— Mas tem novos avanços acontecendo todos os dias — acrescenta Warren. — E é por isso que só vamos considerar o curto prazo hoje, sem fazer nenhum plano de longo prazo. Se planejarmos algo distante demais, podemos acabar desestimulando outras possibilidades. Maggie não quer atrapalhar nossa vida e não queremos atrapalhar a dela, então no momento o melhor cenário é simplesmente enfrentar os próximos meses com as ferramentas que temos.

Ridge faz que sim, mas depois responde para Warren.

— Às vezes, parece que seu cérebro tem uma bateria de reserva. Ela fica desligada na maior parte do tempo, mas quando é ligada seu cérebro dispara.

Warren sorri para ele.

— Nossa. Valeu, Ridge.

Maggie ri.

— Não sei se foi um elogio, Warren.

— Claro que foi — diz Warren.

Acho que foi tanto um insulto quanto um elogio, o que me faz rir.

Passamos a próxima meia hora comendo a lasanha preparada por Maggie e analisando os outros meios-termos. Bridgette não diz muita coisa, mas também não é grosseira, o que já é um grande avanço em comparação a quando chegamos.

Após nos despedirmos de Maggie, Ridge segura minha mão e me leva para o banco de trás do carro. Por ter vindo dirigindo, agora ele obriga Warren a dirigir de volta. Por mim tudo bem, vou adorar ficar no banco de trás com Ridge durante o percurso.

Ele estende o braço e entrelaça os dedos nos meus enquanto o carro se movimenta. Ele pega o celular e me escreve uma mensagem com uma única mão.

Ridge: Você faz mágica com Bridgette. Não sei como consegue.

Sydney: Ela não é tão complicada assim. Acho que ela está sempre na defensiva porque ninguém se esforça pra transpor esse lado defensivo dela.

Ridge: Exatamente. O fato de você ter se esforçado importa.

Sydney: Warren fez a mesma coisa.

Ridge: Só porque ele queria transar com ela. Acho que ele não esperava se apaixonar. Foi uma surpresa pra todo mundo. Especialmente para ele.

Sydney: Seus amigos são peculiares. Gosto deles.

Ridge: Agora eles também são seus amigos.

Ele aperta minha mão depois que leio sua mensagem. Em seguida, ele estende o braço, desafivela meu cinto e me puxa para perto. Depois de acomodada, ele afivela o cinto do meio em mim e me puxa para perto de novo.

— Agora melhorou — diz ele e me abraça.

Seu dedo roça meu ombro, e sua mão desce o suficiente para tocar as letras, agora apagadas, que foram escritas por ele no meu coração. Ele pressiona a boca na minha orelha.

— Meu — diz ele baixinho.

Sorrio e coloco minha mão no seu coração.

— Meu — sussurro.

Ridge pressiona a boca na minha, e sorrio durante o beijo inteiro. Não consigo evitar. Ao se afastar, ele se encosta na porta e me puxa ainda mais para perto. Coloco as pernas em cima do banco e depois dobro os joelhos enquanto me aconchego nele.

Isso parece certo. Finalmente. Antes era tão errado, mas agora me parece que não tem mais nada de errado. Devo isso em grande parte à disposição de Maggie de perdoar, seguir em frente e até mesmo me aceitar na sua vida depois de tudo que aconteceu.

Tanta coisa mudou no último ano. Quando fiz 22 anos, achei que seria o pior ano da minha vida. Mas não fazia ideia de que um rapaz com seu violão numa varanda mudaria tudo isso.

Agora estou aqui nos braços dele, sem conseguir nem querer parar de sorrir porque o coração dele é meu.

MEU.

21.

Ridge

Fica bem difícil dizer para Warren tudo que ele está fazendo de errado quando minhas mãos estão ocupadas com o colchão que estamos carregando na escada e enquanto ele está de fone de ouvido. Seria terrível ver Warren manobrando um barco ou dando ré em um trailer se ele não consegue nem subir a porcaria da escada levando um colchão.

Também não entendo por que estamos carregando o colchão de Maggie para o andar superior. O apartamento dela vai ficar pronto em quatro dias, nós temos um sofá, e ninguém está usando a cama de Brennan. Mas não vou discutir, uma vez que ela vai ficar no meu apartamento, prefiro que seja no quarto mais longe do meu só para que não seja tão constrangedor, mesmo que eu vá dormir na casa de Sydney esta semana.

Warren para a três degraus do topo da escada para poder descansar. Ele apoia o braço na grade e tira o fone.

— É só isso que precisamos levar, né? O resto vai ficar no caminhão de mudança?

Assinto e faço um sinal indicando para ele pegar o colchão de novo. Ele revira os olhos e segura de outra maneira, empurrando-o para mim.

O novo apartamento de Maggie fica do outro lado do condomínio. Perto do antigo apartamento de Sydney, na verdade. Maggie tentou desistir várias vezes e encontrar outro lugar para morar. Ela acha um exagero morar tão perto da gente. Mas, sinceramente, assim vai ser melhor para todos. Ela adoece muito. No último ano precisei dormir a maior parte das minhas noites em San Antonio. Mesmo que ela estivesse a apenas alguns quilômetros, em outro condomínio, eu ou Warren teríamos de dormir lá quando ela adoecesse. Ela se sente tão fraca que é impossível se levantar da cama.

Morando no mesmo condomínio, tudo vai ficar mais fácil. Não vou precisar passar noites constrangedoras no mesmo apartamento que ela. Maggie vai estar tão perto que Warren e eu poderemos conferir, de hora em hora, se ela está bem. Sinceramente, acho que foi por isso que Sydney aceitou bem essa ideia. Ela já viu como Maggie fica quando tem crise; incapacitada até mesmo de pegar um copo de água sozinha. Sem falar nos remédios, em conferir se ela está fazendo seus tratamentos respiratórios enquanto está fraca e se recuperando de alguma doença, bem como checar seu nível de glicose algumas vezes ao dia. Se ela não estivesse no mesmo condomínio, seria necessário pegar o carro para ir até ela, mas também não poderíamos deixá-la sozinha. Mas, no mesmo condomínio, o meu tempo e a minha presença não serão tão necessários e, no fim das contas, Maggie vai se sentir mais independente. E é isso que ela quer.

Vamos deixar tudo no caminhão. Um dos colegas de trabalho de Warren também faz um turno na empresa de transporte onde o alugamos. Conseguimos ficar com o veículo durante a semana pagando apenas dezenove dólares por dia. Ele vai ficar no estacionamento com as coisas de Maggie até ela se mudar para o novo apartamento.

Maggie ainda está no caminhão separando o que vai precisar nos próximos dias. Sydney foi buscar Bridgette no trabalho. Warren e eu finalmente chegamos no quarto e soltamos o colchão no chão. Warren está ofegante, com as mãos nos quadris. Ele me olha.

— Por que você não está ofegante?

— A gente subiu um andar. Só um. E eu malho.

— Não, você não malha.

— Malho, sim. No meu quarto. Todos os dias.

Ele me fulmina com o olhar como se eu admitir que malho todos os dias fosse uma espécie de traição. Depois volta a atenção ao colchão.

— Você acha isso estranho?

Olho para o colchão de Maggie, que finalmente está no mesmo apartamento que eu. Eu odiava quando ela não topava morar comigo, e agora que ela está fazendo isso por alguns dias, não tem nenhuma parte de mim que quer que isso aconteça como desejei antes. Estou achando estranho. Durante todos aqueles anos, presumi que eu e Maggie acabaríamos morando juntos e nos casando. Nunca pensei que minha vida passaria por uma reviravolta, mas agora não consigo imaginá-la de outra maneira.

Então, sim. Respondendo à pergunta de Warren, eu acho *mesmo* estranho. Mas só é estranho porque parece que tudo está dando certo. Estou esperando que alguém faça uma besteira. Não sei se vai ser Maggie, Bridgette ou Warren. Mas duvido que seja Sydney. Ela tem lidado com isso melhor do que ninguém, apesar de ser quem mais tem motivos para não agir assim.

— E se Sydney e Bridgette morassem juntas e convidassem um cara com quem as duas já ficaram para morar com elas? Acha que a gente aceitaria?

Dou de ombros.

— Acho que depende da situação.

— Não depende, não — diz Warren em sinais. — Você ficaria puto e odiaria. Você se comportaria como um babaca reclamão, eu também, e aí todo mundo terminaria o namoro.

Não gosto de pensar que seria assim.

— Mais um motivo para a gente demonstrar o quanto valorizamos a compreensão delas.

Warren chuta uma folha de cima do colchão de Maggie e depois se abaixa para pegá-lo.

— Ontem à noite eu demonstrei para Bridgette o quanto eu a valorizo.

Ele sorri, e essa é minha deixa para descer de novo até o caminhão.

Enquanto estou na escada, recebo uma mensagem. Olho o celular e paro quando vejo que é de Sydney. É uma mensagem em grupo para Warren e para mim.

Sydney: Estou no drive-thru do Dairy Queen aqui perto. Querem sorvete?

Warren: Um cachorro de uma perna só nada em círculos? Quero um de Reese's.

Ridge: Quero um de M&M's.

Olho o caminhão no estacionamento e vejo Maggie subir a rampa e desaparecer dentro dele. É um dos momentos estranhos com os quais vamos ter que aprender a lidar. Preciso lembrar Sydney que Maggie está aqui e que talvez ela também queira um sorvete. Mas me parece estranho pedir que Sydney a inclua. Provavelmente não é mais estranho do que tudo que aconteceu nas últimas duas semanas do nosso relacionamento. Parte de mim não sabe o que dizer para Maggie e também não sei se devo perguntar se quer sorvete, pois ela não deve ingerir muito açúcar. Mas não quero mencionar a saúde dela agora. Estou tentando manter distância na esperança de que ela se cuide melhor e assuma o controle.

Bem no meio do meu conflito interno, Maggie manda uma mensagem para o grupo.

Maggie: Quero um Dr. Pepper Diet grande. Valeu!

Nem percebi que Sydney a tinha incluído no grupo. Mas claro que ela fez isso. Toda vez que essa situação começa a ficar constrangedora, Sydney consegue amenizar o constrangimento antes que ele realmente se estabeleça.

Vou até o caminhão e vejo Maggie bem no fundo, mexendo na gaveta da sua cômoda. Ela está jogando coisas para cima, procurando algo. Ela encontra o que procura, uma camiseta, e a guarda numa mala. Quando olha para cima, me vê na entrada do caminhão.

— Pode pegar essa mala e levar lá para cima?

Assinto e ela responde com sinais.

— Obrigada.

Ela sai do caminhão e vai direto para a escada que leva ao apartamento. Quando vou pegar a mala em cima da cômoda, vejo um pedaço de papel no chão. Eu me abaixo para pegar. Não quero ser enxerido, então o coloco em cima da cômoda, mas noto que é uma lista. No topo, vejo *Coisas que eu quero fazer*, mas o resto da frase está riscado e tem algo escrito por cima. Pego o papel, sabendo que provavelmente não deveria fazer isso.

Três dos nove itens foram riscados: saltar de paraquedas, dirigir um carro de corrida e transar com alguém só por uma noite.

Sei que ela saltou de paraquedas, mas quando foi que ela dirigiu um carro de corrida? E quando foi que ela...

Deixa pra lá. Não é da minha conta.

Leio o resto dos itens da lista e lembro que ela costumava falar dessas coisas para mim. Sempre odiei o fato de ela ter tantas coisas que estava decidida a fazer, porque sempre achei que eu precisava ser a voz da razão, e isso a deixava mal-humorada.

Eu me encosto na cômoda e encaro a lista. Uma vez, a gente planejou uma viagem para a Europa. Foi logo depois que terminei meu segundo ano da universidade, uns quatro anos atrás. Fiquei apavorado com a ideia porque dez horas num ambiente tão fechado durante o voo internacional bastariam para colocar sua saúde em risco. Sem falar nas mudanças no nível de oxigênio e no ar, e o fato de que estaríamos em uma área turística e em um país com hospitais que desconheciam o histórico de saúde dela. Fiz o que pude para que desistisse, mas ela conseguiu o que queria e, sinceramente, dá para entender que ela queria ver o mundo. E eu não pretendia ser seu único obstáculo.

Porém, no fim das contas, não fui seu obstáculo para sua viagem, mas uma infecção pulmonar que a deixou no hospital por dezessete dias. Eu nunca a tinha visto tão doente, e durante o período que ficou no hospital, me senti aliviado por não estarmos na Europa.

Nunca mais considerei a ideia de uma viagem internacional. Talvez devesse ter considerado. Percebo isso agora que sei o quanto ela se ressentia da minha cautela. É compreensível. A vida dela não é a minha, e, embora meu único objetivo fosse prolongar sua vida, tudo que ela queria era uma vida mais intensa.

Noto um movimento pelo canto do olho, então me viro e vejo Sydney subindo a rampa carregando dois sorvetes. Ela está usando uma das minhas camisetas do Sounds of Cedar, com um ombro à mostra por ter ficado grande demais. Se dependesse de mim, ela vestiria minhas camisetas todos os dias pelo resto da nossa vida. Adoro esse visual despojado.

Ela sorri e me entrega um dos sorvetes. Depois, tira a colher do seu e a lambe, fechando a boca ao redor da colher.

Sorrio.

— Acho que gosto mais do seu, e não sei nem que sabor você pediu.

Ela sorri, fica nas pontas dos dedos e me beija rapidamente.

— Oreo — responde ela, e depois coloca a colher no sorvete e aponta a cabeça para o papel que ainda estou segurando. — O que é isso?

Olho para a lista e me pergunto se devo contar para ela, já que o papel não é meu.

— É a lista de coisas que Maggie quer fazer antes de morrer. Estava no chão.

Eu o coloco na cômoda e pego a mala.

— Obrigado pelo sorvete.

Beijo sua bochecha e me afasto. Quando me viro para ver se ela está me seguindo, percebo que não está.

Ela está segurando o papel.

22.

Sydney

Quando eu tinha 8 anos, fizemos uma viagem de carro para a Califórnia. Meu pai parou no Parque Nacional das Cavernas de Carlsbad a tempo de vermos o voo dos morcegos. Fiquei morrendo de medo e odiei todos os segundos daquilo.

Quando eu tinha 11 anos, passamos duas semanas conhecendo a Europa de trem. Vimos a Torre Eiffel, fomos para Roma, visitamos Londres. Tenho na porta da geladeira a foto que meu pai tirou de mim e minha mãe na frente do Big Ben.

Fui para Vegas uma vez com Tori. Foi no meu aniversário de 21 anos, e passamos só uma noite lá porque não tínhamos dinheiro para mais do que isso, mas Hunter ficou chateado por eu ter viajado no meu aniversário.

Já fiz várias coisas da lista de Maggie, e apesar de eu ter gostado das minhas viagens, eu certamente deveria ter dado mais valor a elas. Nunca pensei em listar as coisas que quero fazer antes de morrer ou no que eu colocaria nela. Não planejo nada tão distante assim.

Mas é exatamente essa a questão. Maggie também não faz isso. Mas o que é distante para ela e o que é distante para mim são duas coisas totalmente diferentes.

Coloco o sorvete em cima da cômoda e olho o número sete da lista. *Pular de bungee jump.*

Nunca pulei de bungee jump. Nem sei se isso estaria na minha lista de coisas para fazer antes de morrer, mas o fato de que está na lista de Maggie e de que ela me convidou para ir junto dá um significado totalmente diferente à nossa ida.

Dobro a lista, pego meu sorvete, saio do caminhão e subo para o apartamento. Ridge está na cozinha com Warren. Estão encostados no balcão, terminando de tomar o sorvete. Bridgette deve estar tomando banho porque estava com cheiro de asinhas de frango. Vou até o quarto de Maggie, que está ajoelhada e mexendo na mala. Ela olha para cima e me vê parada na porta.

— Posso entrar?

Ela faz que sim, então entro e me sento no colchão. Coloco meu copo ao lado e pego a lista dela.

— Achei isso aqui — digo, mostrando para ela.

Como está perto de mim, estende o braço, pega o papel. Depois o examina e faz uma careta como se aquilo fosse tão inútil quanto lixo e o joga no colchão.

— Eu era muito sonhadora — diz ela e volta a prestar atenção na mala.

— Talvez você me julgue mal — digo. — Mas já fui a Paris e não devia admitir isso, mas a Torre Eiffel parece apenas uma torre de transmissão supergrande. É meio que uma decepção.

Maggie ri.

— Pois é, é melhor não dizer isso para mais ninguém. — Ela fecha a mala e vai para a cama, deitando de bruços. Ela pega a lista e começa a analisá-la. — Fiz três dessas coisas num dia só.

Lembro quando saltou de paraquedas porque faz pouco tempo. Então isso quer dizer... que também faz pouco tempo que ficou com alguém só por uma noite. Fico curiosa, mas não sei se já me sinto à vontade para perguntar sobre sua vida sexual.

— A maioria das coisas que escrevi são bem improváveis. Eu adoeço com muita facilidade para poder fazer uma viagem internacional.

Olho o item que fala de Las Vegas.

— Por que quer perder cinco mil em vez de ganhar cinco mil?

Ela deita de costas e me olha.

— Se eu tivesse cinco mil para perder, isso significaria que eu seria rica. Ser rica é um item meio instintivo da minha lista.

Dou uma risada.

— Está planejando fazer mais alguma coisa da lista além de pular de bungee jump?

Ela balança a cabeça.

— Viajar é muito difícil para mim. Já tentei algumas vezes e nunca consegui ir muito longe. Tenho muitos equipamentos médicos. Preciso me preocupar com muitos remédios. Não é tão divertido para mim, mas não tinha percebido isso quando escrevi a lista.

Odeio isso por ela. Fico com vontade de alterar alguns desses itens só para ela conseguir realizar mais objetivos.

— Por quanto tempo consegue viajar sem se sentir incomodada?

Ela dá de ombros.

— Consigo passar o dia fora. E provavelmente conseguiria passar umas duas noites fora, mas já conheço todos os lugares aqui perto. Por quê?

— Só um segundo. — Eu me levanto, vou até a sala e pego uma caneta e um caderno na mesa. Volto para o quarto e percebo que Ridge e Warren estão me observando. Eu me viro e sorrio para os dois antes de me acomodar na cama de Maggie. Coloco a lista em cima do caderno. — Acho que se a gente fizer umas pequenas mudanças, dá para fazer todas essas coisas aqui.

Maggie se apoia no cotovelo, curiosa com o que estou fazendo.

— Que tipo de mudança?

Vejo os itens da lista. Paro nas Cavernas de Carlsbad.

— O que te interessa mais em Carlsbad? As cavernas ou os morcegos?

— As cavernas — diz ela. — Já vi morcegos voando aqui em Austin umas dez vezes.

— Ok — digo, abrindo um parêntese do lado de Cavernas de Carlsbad. — Você podia ir conhecer a Inner Space Cavern, em Georgetown. Não deve ser tão legal quanto Carlsbad, mas é uma caverna.

Maggie encara o papel por um instante. Não sei se ela acha que fui longe demais ao rabiscar a lista. Quando penso em devolvê-la e pedir desculpas, Maggie se aproxima e aponta para a Torre Eiffel.

— Tem uma imitação da Torre Eiffel em Paris, no Texas.

Sorrio quando ela diz isso, pois significa que estamos em sintonia. Escrevo "Torre Eiffel em Paris, no Texas" do lado do número nove.

Analiso a lista de novo com a caneta e paro no número três. *Ver a aurora boreal.*

— Já ouviu falar das luzes de Marfa no oeste do Texas?

Maggie balança a cabeça.

— Duvido que seja a mesma coisa, mas ouvi falar que dá para acampar lá e assistir.

— Interessante — diz Maggie. — Pode anotar aí. — Escrevo luzes de Marfa entre parênteses do lado de aurora boreal. Ela aponta para o número quatro. *Comer espaguete na Itália.* — Não tem uma cidade do Texas chamada Italy?

— Tem, mas é bem pequena. Nem sei se tem restaurante italiano lá, mas fica perto de Corsicana, então dá para pedir um espaguete para viagem e levar para um parque da cidade de Italy.

Maggie ri.

— Parece bem patético, mas com certeza daria para fazer isso.

— O que mais? — pergunto, lendo a lista. Aparentemente ela já dirigiu um carro de corrida e já transou com alguém só por uma noite, um assunto que evitamos mencionar com sucesso. A única coisa que ainda não alteramos foi Las Vegas. Aponto para o item com a caneta. — Tem cassinos nos arredores de Paris, no Texas. Tecnicamente, você pode simplesmente ir até lá depois de visitar a imitação da Torre Eiffel. E talvez você devesse... — Risco dois zeros. — Perder apenas 50 dólares em vez de 5 mil.

— Tem cassinos em Oklahoma? — pergunta ela.

— São imensos.

Maggie pega a lista e a analisa. Ela sorri enquanto a lê, depois puxa o caderno e a caneta das minhas mãos. Ela coloca a lista em cima do caderno. No topo dela, tem escrito "Coisas que quero fazer. Talvez algum dia desses..."

Maggie risca uma parte do título, que então passa a ser "Coisas que quero fazer. Talvez agora."

23.

Maggie

Levei a maior bronca hoje.

Foi a primeira vez que encontrei minha médica desde que ela saiu do meu quarto no hospital — logo antes de eu escapar de lá. Passei a primeira metade da minha consulta me desculpando e prometendo que levaria tudo mais a sério de agora em diante. A segunda metade da consulta foi com diferentes especialistas. Quando a pessoa tem fibrose cística, sua equipe inteira vai até você em um único local, pois não é seguro ficar aguardando nas diferentes salas de espera de cada especialista. E não consegui me beneficiar tanto disso enquanto estava em San Antonio. Realmente acho que vai ser mais fácil manter minha saúde agora que voltei para Austin. Só preciso parar de deixar minha frustração com essa doença falar mais alto do que minha força de vontade. O que é difícil, pois fico frustrada com muita facilidade.

Passei a maior parte do dia fora, mas quando chego ao apartamento, fico surpresa ao ver o carro de Ridge. Ele tem passado boa parte da semana na casa de Sydney. Hoje é sexta-feira, e era para minha mudança ser no dia seguinte, mas ela foi adiada para o domingo. Tenho certeza de que Ridge vai adorar ter sua própria cama de volta.

Ou não. Duvido que ele esteja chateado por ter que passar tanto tempo na casa da Sydney.

Quando abro a porta da sala de estar, os dois estão no sofá. Ridge está segurando um livro, com os pés apoiados na mesa de centro. Sydney está encostada nele, olhando as palavras nas páginas enquanto ele lê em voz alta.

Ridge está lendo. Em voz alta.

Fico encarando os dois por um momento. Ele tem dificuldade com uma palavra, e Sydney faz com que ele olhe para ela para poder mostrar o som. Ela está ajudando Ridge a pronunciar as palavras em voz alta. É um momento tão íntimo que eu preferia estar em qualquer outro lugar quando fecho a porta e atraio a atenção de Sydney. Ela olha para cima e endireita a postura, afastando-se um pouco de Ridge. Eu percebo. E ele também, pois para de ler e acompanha o olhar de Sydney até me ver.

— Olá — digo e sorrio, depois coloco a bolsa no balcão.

— Oi — retribui Sydney. — Como foi a consulta?

Dou de ombros.

— Em geral, foi boa. Mas passei a maior parte dela levando bronca. — Tiro uma garrafa de água da geladeira e depois vou para meu quarto provisório. — Mas eu mereci.

Já no quarto, fecho a porta. Eu me jogo no colchão porque é a única coisa que tem ali. Não tem cômoda, nem TV, nem cadeira. Sou apenas eu e um colchão e uma sala de estar onde me sinto um pouco constrangida.

Não porque Ridge está lá com Sydney. Sinceramente, não me incomodo em ver os dois juntos. Só estou incomodada com isso porque ver os dois me faz pensar em Jake, e sinto uma pontada de inveja por não ser eu e Jake que estamos aconchegados em um sofá. Sinto que Ridge e Sydney combinam assim como eu e Jake combinamos. Ou como *teríamos* combinado.

Quando paro e penso, é interessante o quanto eu e Ridge éramos errados um para o outro. E não era, de maneira alguma, porque eu e ele temos algo de errado como indivíduos. Nós apenas não estimulávamos o que cada um tinha de melhor. É o que Sydney faz com ele. Basta ver que ele está sentado num sofá lendo para ela. E ele está fazendo isso porque quer aperfeiçoar sua voz de fala. É um lado dele que eu nunca fiz aflorar. Eu nem sequer estimulava isso. Nós conversávamos sobre os motivos pelos quais ele não verbalizava, mas ele sempre deixava o assunto de lado e dizia que não gostava. Nunca tentei chegar mais a fundo nisso.

Eu me lembro do dia em que eu estava no hospital e descobri todas as mensagens entre ele e Sydney. Não li todas na hora porque sinceramente não estava a fim. Fiquei magoada e um pouco chocada. Mas depois que cheguei em casa, li todas as palavras. Mais de uma vez. E a conversa que mais me magoou foi quando Ridge explicou para Sydney de onde vinha o nome Sounds of Cedar.

Aquilo me magoou muito porque percebi que, durante todos os anos do nosso relacionamento, eu jamais tinha perguntado a Ridge de onde aquele nome tinha vindo. E, por causa disso, eu nunca soube o quanto ele tinha feito por Brennan quando os dois eram mais jovens.

Em um certo momento, desejei não ter lido muita coisa do que li. Com todas as mensagens do iMessage e do Facebook, passei horas lendo. Mas ler tudo aquilo também deixou algo bem claro para mim: Ridge era muito mais do que eu conhecia. Teve coisas que ele compartilhou com Sydney logo após conhecê-la que ele nunca tinha contado para mim em seis anos. E não foi porque Ridge estava escondendo algo de mim a seu próprio respeito ou sobre seu passado. Ele não estava mentindo. Eram apenas coisas sobre as quais nunca conversamos muito a fundo para descobrir. Percebi que talvez a gente não dividisse esse tipo de coisa porque elas nos eram sagradas. E a pessoa só compartilha aquilo que é muito sagrado com alguém que atinge um nível mais profundo dela.

Não atingi esse nível de Ridge que Sydney atingiu. E Ridge não atingiu esse nível em mim.

Por fim, acabei decidindo terminar nosso relacionamento por causa dessa ligação entre os dois. Não porque ela tinha acontecido... mas porque Ridge e eu nunca tivemos nada assim.

Uma pessoa deveria despertar a melhor versão do outro. Eu não fiz a melhor versão de Ridge despertar. Ele não fez a melhor versão de mim despertar. Mas quando vi Sydney no sofá com ele agora, ajudando-o... ela realmente é capaz de despertar a melhor versão dele.

Percebi que ela se afastou um pouco ao perceber que eu tinha chegado. Fico incomodada por ela achar que precisa fazer isso. Quero que ela saiba que eles não precisam se sentir obrigados a esconder que são carinhosos só por minha causa. Na verdade, de uma maneira estranha, até gosto de ver o quanto eles dois se gostam. Assim fico mais tranquila por saber que tomei a decisão correta quando não deixei Ridge usar minha doença como uma desculpa para ficar comigo.

Eu me levanto e volto para a sala. A única coisa que vai aliviar o constrangimento que sentimos quando estamos todos juntos é passarmos mais tempo juntos num mesmo lugar. Eu ficar escondida no meu quarto não vai ajudar em nada.

Infelizmente, Ridge não está mais no sofá com Sydney quando volto para a sala. Ela está na cozinha, mexendo num armário. Ridge não está mais lá.

Vou até o balcão e me sento na frente dele, observando Sydney.

— O que vocês vão fazer amanhã? — pergunto a ela.

Ela se vira com a mão no coração.

— Que susto. — Ela ri e fecha o armário. — Acho que todos nós estávamos planejando te ajudar com a mudança amanhã, mas agora que ela será no domingo, acho que estamos com o dia livre.

— Como assim, *todos nós*? Warren também tirou o dia de folga?

Ela faz que sim.

— Bridgette também. Mas não acho que ela vá realmente ajudar com a mudança.

Dou uma risada.

— Eu ficaria chocada se isso acontecesse.

— Verdade. Por que a pergunta? — questiona Sydney. — Estava pensando em alguma coisa?

Dou de ombros.

— Nada específico. Só pensei que... não sei. Talvez fosse bom se todos nós passássemos mais tempo juntos. Agora que... bem...

Sydney faz que sim, como se estivesse pensando a mesma coisa.

— Agora que a dinâmica mudou e que está tudo super-constrangedor?

— É, isso.

Sydney ri e depois se encosta no balcão, pensando.

— Talvez a gente pudesse fazer aquela história da caverna. Em Georgetown.

— Estava pensando mais num almoço — admito. — Não estou esperando que vocês passem o sábado inteiro comigo.

— Mas as cavernas parecem bem legais.

Inclino a cabeça, procurando algum sinal que mostre que ela está apenas sendo educada. Às vezes, ela me parece tão legal e compreensiva que suspeito. Mas sinto apenas que o que ela faz é autêntico. Talvez algumas pessoas não se rebaixem tanto por causa de ciúmes quanto as outras. E, como se Sydney estivesse sentindo a minha suspeita, ela continua falando.

— Você se lembra da noite da festa de aniversário do Warren?

Eu assinto.

— A noite em que eu achei seu sutiã bonitinho e fiz a besteira de querer que Ridge visse?

Sydney se acanha um pouco.

— Isso — confirma ela. Ela olha para as próprias mãos, unidas no balcão à sua frente. — Eu me diverti muito naquela noite, Maggie. Me diverti mesmo. Naquela época, achei que nós duas íamos acabar sendo amigas, e fiquei animada porque eu estava precisando muito de uma amiga depois do que Tori fez comigo. Mas aí eu meio que arruinei essa oportunidade quando desobedeci ao código feminino e beijei seu namorado. — Ela me olha. — Sempre odiei o fato de eu ter arruinado o que eu realmente acho que poderia ter sido uma bela amizade entre a gente. E agora, meses depois, aqui estamos de novo. E por algum motivo, você está me oferecendo um ramo de oliveira. Então, sim, vou adorar esse almoço amanhã. Mas também queria muito ver as cavernas, então se você conseguir estender *toda* a oliveira, acho que seria divertido.

Ela parece nervosa enquanto espera minha resposta. Não a faço esperar muito porque não quero que ela se sinta nervosa. Nem constrangida, culpada, ou qualquer outra coisa que ela não mereça sentir. Sorrio para ela.

— Você não arruinou nada quando desobedeceu ao código feminino, Sydney.

Minhas palavras fazem ela sorrir.

— Mas aposto que você nunca mais vai trazer nenhum cara para perto de mim. E eu entenderia totalmente.

— Não quero saber de mais nenhum cara — digo, rindo. — Especialmente depois do que fiz com o último.

Sydney ergue a sobrancelha, curiosa. De repente, percebo que falei mais do que devia. Não quero falar de Jake, mas pela maneira como Sydney está me olhando, ela quer saber os detalhes.

— O sexo por uma noite foi com ele?

Eu assinto. Sinceramente, fiquei surpresa quando ela não me perguntou sobre esse assunto quanto estava modificando minha lista uns dias atrás.

— Isso. O nome dele é Jake. Eu surtei com ele.

— Por quê?

— Ele fez café da manhã para mim.

Sydney me olha fingindo estar horrorizada.

— Meu Deus, que *absurdo* — diz ela.

Rio do seu sarcasmo e depois cubro o rosto com as mãos.

— Eu sei. Eu *sei*, Sydney. E tentei corrigir a situação alguns dias depois, mas aí fui parar no hospital e descobri que ele tem um filho e não sei... naquele momento me pareceu burrice tentar ir atrás dele.

— Por quê? Você odeia crianças?

— Não, de maneira alguma. Eu estava no quarto do hospital e escutei ele conversando com o filho ao celular, e naquele momento tudo me pareceu tão real. Como se não fosse apenas ele... que é realmente incrível e inteligente e engraçado... que ia entrar na minha vida, mas o filho dele também, que me pareceu um menino incrível, e aí simplesmente... bateu um medo.

— De quê?

Suspiro. É uma boa pergunta, porque nem eu sei por que o afastei de mim.

— Acho que meus medos falaram mais alto em algum momento. Falei para mim mesma que não queria partir seu coração nem me tornar um fardo para ele. Mas, sinceramente, o meu maior medo é que ele parta o meu coração. Quando percebi o quanto gostava dele, notei que talvez a maioria das pessoas não seja tão dedicada quanto Ridge, que a maioria delas não estaria disposta a aguentar tudo que um relacionamento comigo envolveria. Fiquei apavorada com a ideia de ele me deixar, então fiz isso primeiro. Talvez eu não quisesse que as coisas com ele terminassem mal. Não sei. Todos os dias questiono a decisão que tomei.

Sydney me olha em silêncio por um instante.

— Se você soubesse que o seu relacionamento com Ridge terminaria, você voltaria no tempo para não passar aqueles seis anos com ele?

Não preciso nem de um segundo para responder. Balanço a cabeça.

— Não. Claro que não.

Sydney dá de ombros com um ar de entendida.

— Se as coisas terminassem mal entre você e esse tal de Jake, duvido que você fosse se arrepender do tempo que passou com ele também. Nossa vida não devia girar em torno de possíveis fins. Ela devia girar em torno das experiências que *levam* a esses fins.

Ficamos em silêncio por um tempo.

Suas palavras ficam na minha cabeça. Grudam em mim. São absorvidas pela minha pele.

Ela tem razão. E por mais que meu objetivo tenha sido tentar viver minha vida sem focar no fim dela, sempre acabo voltando a isso. Especialmente quando o assunto é Jake. Não sei por que tenho dito a mim mesma que não consigo fazer as duas coisas — viver o mais plenamente possível e me permitir viver outro relacionamento. Não é como se eu pudesse ter apenas uma dessas coisas.

— Talvez devesse dar outra chance a ele — sugere Sydney.

Jogo a cabeça para trás e suspiro.

— Coitado — digo. — Já mudei tanto de ideia em relação a ele que ele vai ficar louco.

Sydney ri.

— Bom, é só garantir que a partir de agora você não vai mudar mais de ideia.

Respiro fundo e me levanto.

— Ok. Vou ligar para ele.

Sydney sorri, e eu, tento controlar meu nervosismo enquanto volto para o quarto. Pego o celular e abro os contatos. Minha mão começa a tremer quando seleciono o nome dele. Eu me encosto na porta e fecho os olhos depois de pressionar seu nome e colocar no viva-voz.

Chama duas vezes, e depois cai na caixa postal.

Ele acabou de ignorar minha ligação.

É um golpe fulminante, mas devo merecer. Fico esperando a voz dele.

— Oi, você ligou para o dr. Jacob Griffin. Por favor, deixe uma mensagem detalhada que eu retorno a ligação assim que puder.

Espero o bipe. E depois gaguejo tudo.

— Oi, Jake. É Maggie. Carson. Hum... me liga se você puder. Ou se quiser, na verdade. Se não quiser, eu entendo. É que... é isso. Tá. Tchau.

Assim que desligo, solto um grunhido e me jogo no meu colchão. Não dá para acreditar que ele ignorou a ligação. Mas, ao mesmo tempo, dá sim. E a única coisa que poderia fazer com que ele mudasse de ideia é uma mensagem nervosa e vergonhosa que ele deve estar escutando.

Fico sentindo pena de mim por alguns instantes, então me obrigo a levantar e voltar para a sala. Sydney ainda está no balcão, mas agora com Ridge. Ele está mostrando alguma coisa no celular, mas Sydney olha para mim assim que saio do quarto. Acabo com a curiosidade dela.

— Ele ignorou a ligação.

Ela parece confusa.

— Ah. Talvez ele esteja ocupado, não?

Balanço a cabeça, me jogo no sofá e encaro o teto.

— Ou talvez ele tenha percebido o quanto sou pirada depois que o expulsei da minha casa sem nem deixar ele terminar de preparar o bacon.

— Verdade, talvez seja isso também — diz Sydney.

Cubro o rosto com o braço e tento pensar em todos os motivos pelos quais ele não merece todo esse meu remorso.

Não consigo pensar em nada.

* * *

Já se passaram duas horas. Tomei banho, vesti meu pijama e olhei o celular cinco mil vezes. Ridge saiu para comprar o jantar. Bridgette e Warren já estão de volta, e os dois estão sentados do meu lado no sofá. Warren está no meio, e Bridgette, do lado de Warren. Estou jogando Toy Blast no celular, mas não por estar interessada no jogo. Estou obcecada pela tela do meu celular, só isso. Estou esperando. Torcendo.

— *Libidos lésbicas?* — pergunta Warren.

— Passou longe — diz Bridgette.

Olho para ele e me pergunto por que diabos ele está dizendo nomes estranhos, provavelmente de filmes pornográficos. Ele está lendo uma lista no celular.

— *Boazudas em Bali?*

Bridgette até ri desse.

— Se eu tivesse a oportunidade de filmar um pornô em Bali, eu não trabalharia no Hooters.

Warren se vira para ela.

— Espera aí — diz ele. — Faz quanto tempo que trabalha no Hooters? Existe algum pornô relacionado ao Hooters?

Ok, agora estou encarando os dois. *Do que diabos eles estão falando?*

Sydney está estudando na mesa da cozinha. Ela deve ter imaginado que estou confusa e me dá uma explicação.

— Bridgette beijou uma garota num pornô, e não quer contar para Warren o nome do filme. E agora essa é a missão da vida dele.

Caramba.

— Isso explica muita coisa — digo.

Warren me olha.

— Quantos pornôs você acha que são filmados a cada ano?

Dou de ombros.

— Não faço a mínima ideia.

— É filme pra cacete. É essa a quantidade.

Eu assinto e volto a prestar atenção no Toy Blast. Não quero nem pensar na quantidade de pornô que Warren se sente obrigado a ver.

Alguém bate rapidamente à porta. Brennan entra e eu me levanto, animada por vê-lo. Acho que não o vejo desde a festa de aniversário de Warren.

— Maggie? — Ele me abraça na mesma hora, depois me afasta levemente. — O que está fazendo aqui?

Gesticulo na direção do antigo quarto de Bridgette.

— Estou passando uns dias aqui até meu apartamento ficar pronto.

Ele balança a cabeça.

— Apartamento? Onde? *Aqui?* — A confusão dele é genuína. Fico surpresa que Ridge não tenha contado nada para ele. Brennan olha por cima da mesa e vê Sydney. Depois solta meus ombros e recua um passo enquanto me olha. Em seguida, ele dá uma checada na sala. — Cadê o Ridge?

— Ele foi comprar o nosso jantar — diz Warren. — Tacos. Hmmm.

Volto para o meu lugar no sofá e confiro o celular para ver se não tem nenhuma ligação perdida, apesar de ele não estar no silencioso. Nada. Olho para Brennan, que, confuso, coça a cabeça. Ele está literalmente coçando a cabeça, o que me faz rir.

— Você vai morar no mesmo condomínio que Ridge? — pergunta ele e depois olha para Sydney. — E você aceitou isso? — Ele olha de novo para mim. — O que está rolando?

Observo Sydney, que está se segurando para não sorrir.

— Isso se chama maturidade, Brennan — diz Sydney.

— *Seios sensuais?* — pergunta Warren para Bridgette. Todos nós olhamos para ele, que dá de ombros inocentemente. — Ei, não sou eu que sou maduro. Nem olhem para mim.

Ridge chega com os tacos, e Brennan se esquece imediatamente da novidade que acabou de confundi-lo. Warren se levanta, esquecendo totalmente os pornôs.

Tacos amenizam praticamente qualquer problema. Agora me convenci disso.

Estou preparando meu prato quando meu telefone começa a tocar.

— Meu Deus — sussurro.

Sydney está parada do meu lado.

— Meu Deus — diz ela.

Vou correndo até a sala. O nome de Jake está brilhando na tela. Encaro Sydney com os olhos arregalados.

— É ele.

— Atende! — grita ela.

— Quem é? — pergunta Bridgette.

— Um cara de quem Maggie está a fim. Ela achou que ele não ia ligar de volta.

Olho para Bridgette, que agora está me encarando ansiosamente.

— Vai, atende aí — diz ela, gesticulando na direção do meu celular, parecendo irritada comigo.

— Maggie, atende! — exclama Sydney.

Fico feliz de ver que ela parece tão nervosa quanto eu.

Ignoro meu nervosismo, pigarreio e deslizo o dedo na tela. Vou até meu quarto e fecho a porta.

— Alô?

Pigarreei logo no início, mas não fez diferença. Minha voz saiu tremendo de nervosismo.

— Oi.

Encosto a cabeça na porta ao escutar sua voz. Sinto-a em todas as partes de mim.

— Desculpa ter ignorado sua ligação — diz ele. — Eu estava numa reunião e esqueci de colocar o celular no silencioso.

Sua confissão me faz sorrir. Pelo menos não foi porque ficou irritado com a minha ligação.

— Não tem problema — digo. — Como você está?

Ele suspira.

— Bem. Estou bem. E você?

— Também. Eu me mudei para Austin faz alguns dias, então ando meio ocupada.

— Você se mudou? — pergunta ele, pois não estava esperando essa resposta. — Que... pena.

Vou até o colchão e me sento.

— Não é uma pena, na verdade. Não fico com ninguém que tenha o mesmo CEP que eu, então isso é algo bom. Assim as coisas não me sobrecarregam.

Ele ri.

— Maggie, estou ocupado demais para sobrecarregar alguém, mesmo que a gente morasse na mesma rua.

— Você sempre me sobrecarrega, pelo menos um pouco, Jake. A gente já transou. Você está longe de ser uma decepção.

Espero ele rir, mas ele não faz isso. Com a voz baixa, ele responde:

— Que bom que me ligou.

— Também acho.

Eu me deito e pressiono a mão na minha barriga. Acho que a última vez que fiquei tão nervosa assim, falando com um rapaz foi... nunca. Não consigo assimilar tudo que a voz dele está fazendo com a minha barriga, então apenas a pressiono como se isso de alguma maneira fosse acalmar a tempestade que está se formando dentro de mim.

— Não posso falar muito — diz ele. — Ainda estou no trabalho. Mas preciso dizer uma coisa antes de desligar.

Exalo silenciosamente enquanto me preparo para o impacto de sua rejeição.

— Ok — sussurro.

Ele suspira pesadamente.

— Tenho a impressão de que você não sabe o que quer. Você topa sair comigo, mas durante o encontro diz que não quer me ver de novo. No entanto, temos uma noite inteira de sexo, que foi incrível. Depois você me expulsa na manhã seguinte, antes mesmo que eu termine de preparar o café da manhã. Alguns dias depois, você aparece no meu consultório, mas me rejeita no mesmo dia no hospital. Agora deixou uma mensagem na minha caixa postal. A única coisa que estou pedindo é um pouco de coerência. Mesmo que essa coerência signifique que a gente não vai se falar mais. Eu só... eu preciso de coerência.

Fecho os olhos e assinto. Ele tem razão. Ele tem tanta razão que fico surpresa por ele ter me ligado de volta.

— Eu respeito isso. E posso fazer isso, sim.

Ele permanece calado. Gosto do silêncio. É quase como se eu conseguisse senti-lo melhor no silêncio. Passamos quase meio minuto sem dizer nada.

— Tive vontade de ligar para você todos os dias.

Suas palavras me fazem mais franzir o rosto do que sorrir, pois sei exatamente do que ele está falando. E não gosto de tê-lo feito se sentir assim.

— Eu quis te pedir desculpa todos os dias.

— Não precisa se desculpar por nada — diz ele. — Você estava segura de que não queria um relacionamento com ninguém. Quando me conheceu, a gente se divertiu tanto na nossa noite juntos que você ficou confusa com seus próprios sentimentos. Gosto de ser o cara que atrapalhou um pouco o seu plano.

Dou uma risada.

— Você está enxergando a minha total indecisão de uma maneira peculiar. Gostei.

— Imaginei que fosse gostar. Olha, preciso desligar — diz ele. — Quer que eu te ligue mais tarde?

— Na verdade... tem planos para amanhã?

— Tenho uma palestra amanhã no hospital. De oito às dez. Depois estou livre.

— Vai ter o dia inteiro livre?

— O dia inteiro — diz ele.

Acho que nunca convidei nenhum rapaz para sair comigo. Deve ser a primeira vez que faço isso.

— Vou com alguns amigos para Georgetown amanhã. Para a Inner Space Cavern. Pode vir com a gente se quiser. Ou podemos fazer alguma coisa depois se você achar estranho visitar uma caverna com uma galera que nem conhece.

— Não vai ser estranho se você estiver lá. Posso chegar em Austin antes do meio-dia.

Estou sorrindo como uma idiota.

— Está bem. Vou te mandar o endereço por mensagem.

— Ok — diz ele. Quase consigo escutar o sorriso em sua voz também. — Até amanhã, srta. Quinhentos.

Fico encarando o celular depois que ele desliga e passo o dedo no meu próprio sorriso. Como ele me faz sentir tantas coisas mesmo pelo telefone?

Todos me olham quando chego na sala. Sydney para de mastigar. Depois de tirar dois tacos da sacola na cozinha, eu digo:

— Acho que vamos ter que ir em dois carros amanhã, para caber todo mundo.

É tudo que eu digo, mas quando olho para Sydney vejo que ela está sorrindo.

Bridgette também, mas o sorriso dela é um pouco mais sinistro.

— Acho que vai ser legal. Assim Warren vai ter um brinquedinho novo para se divertir.

Olho para Warren. E depois para Bridgette. Jake vai ter que passar o dia com esses dois amanhã. O dia inteiro.

Onde é que eu estava com a cabeça?

24.

Ridge

A semana foi boa. *Finalmente.* Passei as últimas noites na casa de Sydney e sinceramente... não quero ir embora. Adoro dormir do lado dela. Adoro acordar com ela. Adoro ficar sem fazer absolutamente nada com ela. Mas também sei que estamos num relacionamento muito recente que já parece estar avançando a uma velocidade rápida demais, então não precisamos morar juntos.

Essa será minha última noite aqui antes de eu voltar para casa. Estou desanimado porque preferia ficar aqui com Syd a estar num apartamento com Warren e Bridgette. Mas é isso que vai acontecer, pois não quero acelerar ainda mais nossa relação. Quando formos morar juntos, vamos viver unidos para sempre. Quero esperar que Sydney viva um pouco sozinha antes de se comprometer com algo desse tipo.

Termino de escovar os dentes e vou até a sala. Sydney está no sofá com o computador no colo. Ela me vê chegar e abre espaço do seu lado. Como uma dança fluida, eu me sento, ela se ajeita e entramos muito naturalmente nas posiçoes prediletas no sofá. Eu fico meio deitado e meio sentado, encostado no braço do sofá, e ela deita com as costas no meu peito e meu braço ao seu redor.

Assim não conseguimos nos comunicar muito bem pois não estamos de frente um para o outro, então costumamos conversar por mensagens. Ela no laptop, eu no celular. Mas parece algo natural. E gosto quando a gente fica assim à noite, com ela escutando música no laptop com o fone de ouvido enquanto conversamos. Gosto quando ela escuta música. Gosto de ver seus pés balançando com a música. Gosto de sentir sua voz no meu peito quando ela canta algum trecho. Agora mesmo ela está cantando enquanto mexe no iTunes no computador. Ela colocou o novo álbum da Sounds of Cedar, que foi lançado como um álbum indie algumas semanas depois que Sydney foi morar com a gente, então não tem nenhuma das músicas que ela me ajudou a compor. As que compus com Sydney ainda não foram lançadas oficialmente.

Isso não quer dizer que não há no álbum alguma que tenha sido inspirada nela. Ela só não sabe disso. Fico olhando enquanto ela abre o aplicativo de mensagens e digita uma para mim.

Sydney: Posso perguntar uma coisa?

Ridge: Eu não disse uma vez pra nunca me perguntar se você pode perguntar uma coisa?

Sydney: Acabei de chamar você de babaca em voz alta.

Dou uma risada.

Sydney: A música chamada "Cego". Compôs inspirado na Maggie?

Olho do celular para ela. Ela inclina a cabeça e me encara, com os olhos cheios de uma curiosidade genuína. Faço que sim e fito meu celular, sem querer conversar sobre as músicas que escrevi sobre Maggie.

Ridge: Sim.

Sydney: Ela ficou zangada?

Ridge: Acho que não. Por quê?

Sydney: Por causa da letra. Especificamente a parte que diz "Cem motivos para o sofrimento e só um que minha mente não consegue esquecer. Quando foi que fiquei cego porque cuido de você?"

Sydney: Achei que, se ela escutasse isso, ela entenderia o que você quis dizer e talvez ficasse magoada.

Às vezes, acho que Sydney entende minhas letras melhor do que eu.

Ridge: Se Maggie interpretou essa letra literalmente, ela nunca demonstrou. Escrevo com muita sinceridade. Você sabe disso. Mas acho que Maggie não sabe. Ela achava que nem tudo que eu escrevia era sobre meus sentimentos. Apesar de ser, de uma forma ou outra.

Sydney: Será que isso vai ser um problema entre a gente? Porque vou analisar cada palavrinha de cada letra. Só pra você saber.

Dou uma risada com o comentário dela.

Ridge: Essa é a beleza das letras de algumas músicas. Elas podem ser interpretadas de muitas maneiras diferentes. Eu poderia compor sem você nem saber que foi a inspiração para ela.

Ela balança a cabeça.

Sydney: Eu perceberia.

Sorrio. Porque ela está errada.

Ridge: Coloque a terceira música do álbum, chamada "Por um Instante".

Sydney aperta o play e depois me manda uma mensagem.

Sydney: Eu sei essa música de cor.

Ridge: E acha que sabe sobre o que ela fala?

Sydney: Sim. É sobre você querer escapar por um instante com a Maggie. Tipo, talvez a música seja sobre a doença dela e sobre você querer afastá-la de tudo isso.

Ridge: Errou. A música foi inspirada em você.

Ela para e inclina a cabeça, me olhando. Ela parece confusa, e com razão. A música foi lançada logo depois que ela passou a morar comigo, então ela deve ter pensado que nenhuma dessas músicas tinha a ver com ela. Seus dedos começam a digitar no teclado sua resposta.

Sydney: Como essa música pode ser sobre mim? Você teria que ter escrito antes mesmo de eu ir morar com você. O álbum já estava sendo editado quando me mudei pra lá.

Ridge: Tecnicamente, a música não é sobre você. Ela foi só inspirada em você. A música é mais sobre mim e sobre como, às vezes, ficar lá na varanda, tocando música para a garota do outro lado do pátio, era a minha fuga. Era o instante dos meus dias em que eu não me sentia tão estressado. Ou preocupado. Eu não te conhecia. Você não me conhecia. Mas um ajudava o outro a escapar do nosso mundo por um instante todas as noites.

Sydney pausa a música imediatamente e a coloca no começo de novo. Ela encontra a letra no Google e lê enquanto a música toca.

POR UM INSTANTE

Só você sabe o que está a desejar
Se você me contar, poderei realizar
Ah, por um instante
Ah, por um instante

Tem algo que muda quando o sol começa a brilhar
Minha mente preocupada começa a clarear
As coisas ficam bem e me sinto fora do comum
Esta noite, eu e você seremos um
Ah, por um instante
Ah, por um instante

Você sabe, por um instante
Ah, por um instante

Por um instante me sinto bem sozinho
Por um instante estou a caminho
Por um instante me sinto flutuar
Por um instante aqui eu posso ficar

Por um instante vou ficar legal
Por um instante vou ficar lá fora
Por um instante vou ficar bem
Vou ficar bem
Por um instante
Por um instante
Por um instante

Quando a música termina, ela leva a mão até os olhos, imagino que para enxugar uma lágrima. Acaricio seu cabelo com os dedos enquanto ela digita.

Sydney: Por que nunca me contou que essa música é sobre a gente?

Inspiro o ar e expiro, afastando a mão do seu cabelo para poder responder.

Ridge: Foi a primeira música que foi inspirada em você enquanto eu ainda estava com Maggie. Era tudo inocente entre a gente porque naquela época nunca tínhamos falado um com o outro, mas aquele sentimento me fez sentir culpado mesmo assim. Essa música era a minha verdade, e acho que tentei esconder isso até de mim mesmo.

Sydney: Entendo. De certa maneira, fico triste por você quando escuto essa música. É como se você estivesse precisando dar um tempo da sua vida.

Ridge: Quase todo mundo precisa dar um tempo da vida real de vez em quando. Eu estava satisfeito com a minha vida antes de conhecer você. Sabe disso.

Sydney: E ainda está satisfeito com sua vida?

Ridge: Não. Antes de conhecer você, eu estava satisfeito. Mas agora estou loucamente feliz com a minha vida.

Eu me aproximo e beijo o cabelo de Sydney. Ela se inclina para trás, me dando acesso aos seus lábios, mas de cabeça para baixo. Dou um beijo nela, e ela ri na minha boca antes de levantar a cabeça e voltar a prestar atenção no teclado.

Sydney: Meu pai costumava dizer que "uma vida medíocre é uma vida desperdiçada". Eu odiava quando ele dizia isso porque era só pra deixar claro para mim que ele não achava que eu devia me tornar professora de música. Mas agora acho que entendo. Vou ficar satisfeita sendo professora de música. Mas ele queria que eu fosse apaixonada pela minha carreira. Sempre achei que isso fosse suficiente, isso de só ficar satisfeita. Mas agora estou com medo de que não seja.

Ridge: Está pensando em se formar em outra coisa?

Sydney assente, mas não digita sua resposta.

Ridge: Em quê?

Sydney: Tenho pensado recentemente em psicologia. Ou alguma forma de terapia. Mas estou tão avançada no meu curso que praticamente teria que começar tudo de novo.

Ridge: As paixões das pessoas mudam. Acontece. Acho que se você realmente se enxerga fazendo outro tipo de trabalho, sem ser professora de música, é melhor que isso aconteça agora do que daqui a dez anos. E... só pra constar... acho que você seria uma psicóloga incrível. Você é ótima com música, claro. Mas você é incrível com pessoas. E poderia até juntar os dois cursos e trabalhar com musicoterapia.

Sydney: Obrigada. Mas não sei. Me parece tão intimidante começar tudo de novo. Especialmente porque eu precisaria fazer mestrado. Ou seja, eu teria dificuldades financeiras por mais cinco anos. E isso seria um problema pra você também, se a gente for morar junto um dia. Não vou ter muito dinheiro pra ajudar a pagar as contas. É muita coisa pra pensar. Se eu continuar no meu curso, vou me formar em menos de um ano.

Ridge: Não precisamos de muito dinheiro pra sobreviver. Acho mais importante fazer o que seu coração está dizendo que deve ser feito. E se estiver fazendo o que realmente quer fazer, vou fazer de tudo para ajudar até o final. Não importa se é daqui a um ano como professora ou daqui a dez anos, depois de um doutorado.

Sydney: Vou colocar isso no meu arquivo "Coisas que Ridge diz". Caso eu precise consultar no futuro. Porque se eu mudar de curso, vou ficar sem dinheiro nenhum. Vou ficar tão dura que nem vou poder comprar roupas novas. Daqui a cinco anos ainda vou estar usando essa blusa.

Ridge: Mesmo que suas roupas fiquem desbotadas, elas sempre vão parecer novas em você.

Sinto sua risada.

Sydney: Ah, gostei dessa frase. Devia colocar numa música.

Ridge: Vou fazer isso. Prometo.

Ela tira o laptop do colo e se vira, vindo para cima de mim. Depois me beija.

— Quer sorvete? Eu queria algo doce.

Balanço a cabeça.

— Só provar um pouco do seu.

Ela me beija de novo e vai até a cozinha. Eu me ajeito no sofá e envio uma mensagem para Warren.

Ridge: Que horas a gente sai amanhã?

Warren: Não sei. Vou abrir uma mensagem em grupo e perguntar pra Maggie.

Warren: Maggiezinha, que horas a gente vai pra caverna amanhã?

Maggie: Se me chamar assim de novo, vou usar toda a água quente do apartamento. Não sei. Depois do almoço. Jake só vai chegar aqui ao meio-dia.

Ridge: Vamos almoçar durante o trajeto ou comemos antes de sair?

Maggie: Vamos comer no caminho. Vou ficar mal se ele chegar aqui e não tiver almoçado.

Warren: Tá. Almoço. Fome. Saquei. Ridge, você e Syd encontram a gente aqui ou querem que a gente busque vocês?

Ridge: A gente pode encontrar vocês aí.

Maggie: Posso pedir um favor? É mais para Warren.

Warren: VOU SER LEGAL COM ELE! PARE DE SE PREOCUPAR, MAGGIE!

Maggie: Sei que você vai ser legal. Não estou preocupada com isso. Eu me preocupo com você sendo totalmente inconveniente.

Warren: Ah. Isso, sim. É melhor se preocupar com isso mesmo.

Dou uma risada e largo o celular. Sydney está voltando para o sofá com uma colher cheia de sorvete na boca, e não quero pensar em mais nada no momento. Como se estivesse lendo meus pensamentos, ela sorri um pouco e tira a colher da boca.

— Quer uma colherada?

Eu assinto.

Ela não senta ao meu lado no sofá. Mas em cima de mim, segurando a tigela de sorvete entre a gente enquanto ajeita as pernas nas laterais do meu corpo. Ela me serve um pouco de sorvete. Eu engulo, e ela inclina a cabeça e me beija. Sua boca está com gosto de baunilha. Sua língua gelada desliza na minha.

Puxo-a para perto, mas a tigela de sorvete entre a gente é um obstáculo. Pego-a e a coloco na mesa ao lado dela, e depois puxo Sydney para perto de mim. Eu a beijo devagar enquanto faço com que ela se deite no sofá.

Ela está prestes a derreter, como sorvete.

25.

Maggie

Sonhei que Jake chegava com uma namorada. Uma ruiva alta de sotaque francês e salto Louboutin preto.

Quem é que vai conhecer uma caverna usando salto?

Ou... melhor ainda... *quem é que leva uma namorada para um encontro?*

Acordei coberta de suor, mas não sei se foi por Jake ter aparecido com uma namorada no meu sonho ou porque Warren e Bridgette tinham um corpo só e duas cabeças. Esses dois aspectos do meu sonho foram igualmente perturbadores.

Não sei se é por causa do sonho que estou tão abalada ou se é porque ainda preciso explicar para Jake a dinâmica do nosso grupo, mas estou diante da pia do banheiro tentando escovar os dentes, e minha mão está visivelmente tremendo.

Queria poder conversar com Jake antes que ele conhecesse o grupo, mas ele vai chegar em meia hora e não posso ligar minutos antes de dizer, "Ah, só queria avisar que você vai passar o dia com meu ex-namorado. Com meus *dois* ex-namorados, na verdade. Vai ser divertido!"

Eu devia ter cancelado.

Quase fiz isso quando acordei do pesadelo. Até cheguei a digitar uma desculpa explicando o motivo do cancelamento, mas não tive coragem de enviar. Ele perceberia a mentira. Eu já o frustrei vezes demais, e afastá-lo de novo provavelmente significaria que eu nunca mais falaria com ele. Além disso, na nossa última conversa, ele disse que queria coerência. Não quero que a nossa coerência seja a minha rejeição. Quero que ela signifique que estou cumprindo minha palavra. Só preciso de um momento a sós com ele antes de apresentá-lo a Warren ou Ridge. Ele merece saber no que está se metendo.

É isso que vou fazer. Vou dar um jeito de levá-lo para o meu quarto antes das apresentações.

Assim que termino de escovar os dentes, seco a boca na toalha e fico encarando meu reflexo. Tirando o medo total nos meus olhos, tenho a mesma aparência de sempre. Estou guardando a escova na nécessaire quando Bridgette escancara a porta do banheiro. Ela para ao me ver. Eu paro ao vê-la.

Sempre ficamos meio constrangidas quando estamos juntas, mas nunca precisamos usar o mesmo banheiro antes, então o fato de ela estar com sua calcinha minúscula faz o constrangimento bater o recorde. Para mim, pelo menos. Ela não parece incomodada com o fato de que eu a estou vendo quase pelada, porque ela vai direto para a privada e abaixa a calcinha para fazer xixi.

Ela é tão desinibida quanto Warren.

— Então — diz Bridgette, desenrolando o papel higiênico. — Esse cara sabe no que está se metendo?

— Como assim?

Ela faz um círculo com a mão.

— Ah, você sabe. Essa galera toda com quem ele vai passar o dia. Ele sabe do passado do grupo?

Fecho os olhos por um segundo, inspirando calmamente.

— Ainda não — digo, expirando.

Bridgette faz algo que é muito raro para ela. Ela começa a sorrir.

Aliás... ela abre *o maior sorriso*. Um sorriso empolgado que deixa à mostra seus dentes brancos perfeitos. Ela devia sorrir mais. Ela tem um sorriso lindo, apesar de ele ter aparecido num momento estranho.

— Por que você está tão feliz? — pergunto com cuidado.

— É que faz muito tempo que não me sinto tão animada com alguma coisa.

Desvio o olhar sem responder e encaro de novo meu próprio reflexo. Estou pálida. Não sei se é porque estou nervosa ou se meu nível de glicose não está bom. Às vezes é difícil perceber a diferença entre glicose baixa, glicose alta e o início de um ataque de pânico.

Saio do banheiro e vou até a cozinha. Minha bolsa está no balcão, então remexo até achar o meu medidor de glicose. Eu me encosto no balcão enquanto confiro o nível de glicose no meu sangue. Assim que insiro a tira no monitor, a porta do apartamento começa a se abrir.

Ridge e Sydney entram de mãos dadas. Sydney me cumprimenta e Ridge balança a cabeça, depois diz para Sydney, com sinais, que vai tomar uma ducha. No caminho para o quarto, no entanto, ele para ao me ver segurando o kit. Sua testa se franze naturalmente de preocupação.

— Eu estou bem — digo com sinais. — Só queria conferir antes de a gente sair, só para garantir.

Seu rosto é tomado pelo alívio.

— A gente sai em quanto tempo?

Dou de ombros.

— Sem pressa. Jake ainda nem chegou.

Ele assente e vai para o quarto. Sydney coloca a bolsa no balcão, ao lado da minha, e abre o armário para pegar uma embalagem de salgadinhos de tortilha.

Meu nível de glicose está normal. Suspiro aliviada e guardo o kit. Pego o celular e abro minhas mensagens para Jake. Conversamos rapidamente pela manhã. Mandei o endereço do apartamento, e meia hora depois ele respondeu com uma mensagem que dizia, "A conferência acabou, estou a caminho".

Isso já tem quase uma hora. Então ele pode bater à porta a qualquer minuto.

— Você está bem? — pergunta Sydney.

Tiro os olhos do celular. Ela está encostada no balcão e me encarando preocupada enquanto come os salgadinhos.

— Você parece um pouco nervosa — acrescenta ela.

Está tão na cara assim?

— Pareço?

Ela assente delicadamente, como se não quisesse me ofender com o comentário.

Eu nem estava tão nervosa assim quando acordei depois do pesadelo. Mas à medida que as horas passam, meu arrependimento aumenta. Uno as mãos e olho para o quarto de Ridge e o de Warren para conferir se as portas estão fechadas. Olho novamente para Sydney quando percebo que só tem ela aqui perto de mim.

— Peguei meu celular para cancelar pelo menos umas três vezes agora pela manhã. Mas não consegui enviar. Tenho certeza de que é impossível que ele curta o dia de hoje. Nem sei por que o convidei. Fiquei tão eufórica quando ele me ligou de volta que nem pensei direito em nada.

Sydney inclina a cabeça e sorri para me tranquilizar.

— Vai dar tudo certo, Maggie. Está na cara que ele gosta de você, senão ele nem teria topado dirigir até aqui para passar a tarde com pessoas que nem conhece.

— O problema é esse — digo. — Ela gosta *mesmo* de mim. Mas ele gosta de uma versão de mim que é confiante, independente e que fica com alguém só por uma noite. Ele não viu a versão insegura de mim, que está dormindo num colchão no chão do quarto extra do apartamento do ex.

Sydney acena a mão, fazendo pouco-caso do que eu disse.

— É só por mais um dia. Amanhã você vai se mudar, vai voltar a ser independente e ter seu próprio apartamento.

Dou de ombros.

— Mesmo assim. Isso não muda o fato de que me comportei emocionalmente como uma criança nas últimas semanas. —

Deixo a cabeça cair para trás e solto um grunhido. —Tenho mudado tanto de ideia em relação a ele. Jake só deve ter topado vir hoje porque está esperando que eu o impressione e compense todas as vezes em que não fui *nada* impressionante.

Sydney larga a embalagem de salgadinhos. Ela revira os olhos, aproxima-se e coloca as mãos nos meus ombros. Ela me encosta num banco e mantém as mãos nos meus ombros enquanto me obriga a sentar.

— Sabe o que fiz nas duas primeiras semanas morando aqui?

Balanço a cabeça.

— Chorei todos os dias. Chorei porque minha vida era uma merda e porque fui demitida da biblioteca por ter surtado e jogado livros na parede. E claro que depois disso melhorou por um tempo. Mas alguns meses depois, quando saí daqui e fui morar sozinha, passei semanas chorando todos os dias de novo.

Ergo a sobrancelha.

— Por que está me contando isso?

— Porque... — diz ela, soltando meus ombros e endireitando a postura. — Passei meses abalada emocionalmente. Mas toda vez que eu te via, você era a epítome da força. Mesmo no dia em que descobriu sobre mim e Ridge, fiquei muito intimidada pela sua determinação. E... talvez até um pouco impressionada. Mas você parece estar se esquecendo de tudo isso e pensando apenas em alguns dias ruins que teve. — Ela estende os braços, segura minhas mãos e me olha com uma expressão cheia de sinceridade. — Ninguém é a melhor versão de si mesmo o tempo inteiro, Maggie. Mas o que cria a diferença entre confiança e insegurança são os momentos do nosso passado nos quais escolhemos focar. Está focando nos seus piores momentos, quando deveria estar se concentrando nos melhores.

Nunca passei muito tempo com ela, mas quando estamos juntas fico cada vez mais impressionada com o quanto Sydney sempre está certa. Penso bastante no que disse enquanto respiro algumas vezes. Começo a assentir. Eu certamente tive momentos nada marcantes. Ela também. Ridge também. E Warren e Bridgette. E... apesar de ele me parecer perfeito... Jake também teve momentos no seu passado em que não foi perfeito. E tenho certeza de que, se eu soubesse dos seus momentos imperfeitos, não usaria isso contra ele. O que significa que provavelmente está sendo compreensivo em relação à minha indecisão. Caso contrário, não estaria batendo à porta agora.

Meu Deus. Ele está batendo.

— Meu Deus — digo em voz alta.

Sydney olha para a porta e depois para mim.

— Quer que eu abra?

Balanço a cabeça.

— Não. Pode deixar.

Ela espera que eu me levante do banco, mas não faço isso. Fico apenas encarando a porta, imóvel.

— Maggie.

— Eu sei. É que... acho que ainda não estou pronta para que ele conheça vocês. Você poderia...

Ela assente e me puxa para longe do banco.

— Vou sumir daqui — concorda ela. — Vá abrir a porta.

Sydney me dá um rápido empurrão na direção da porta enquanto vai apressadamente para o quarto de Ridge. Jake bate de novo, e fico receosa de que, se eu não abrir logo a porta, Warren acabe saindo do quarto e faça isso. Ou pior ainda... Bridgette.

Esse pensamento me faz agir. Abro a porta e vejo Jake parado bem na minha frente. Ele é mais alto do que eu lembrava. Mais gato. Inspiro ao vê-lo, mas não me dou tempo suficiente para dar uma conferida nele. Seguro sua mão e o puxo para dentro, fazendo-o atravessar a sala. Solto sua mão apenas quando estamos sozinhos na segurança do meu quarto. Eu me viro, fecho a porta e encosto a testa nela. Expiro pela boca, ainda virada para a porta. Estou um pouco mais tranquila agora que saímos da zona de perigo, mas sinto um nervosismo do cacete quando me viro lentamente para ele.

Ele está parado perto de mim, me olhando como se estivesse se segurando para não rir.

Meu Deus, como ele é gato. Ele está vestindo uma calça jeans e uma camiseta azul com o desenho de um coração anatomicamente correto. *Engraçadinho.* Fico encarando sua camiseta por um instante, admirando o quanto ele fica bonito com ela. Depois, olho nos seus olhos e endireito um pouco a postura. Pigarreio.

— Oi — digo.

Ele inclina um pouco a cabeça com uma expressão de curiosidade. Ele deve estar se perguntando por que vim correndo com ele até o quarto como se houvesse zumbis atrás da gente.

— Oi, Maggie.

Percebo todas as perguntas que ele ainda não fez quando ele semicerra os olhos e ergue a sobrancelha.

— Me desculpe. Só queria um minuto sozinha com você antes de te apresentar aos outros.

Ele sorri, e tudo que eu quero é afundar no chão. Não porque o sorriso dele me faz derreter, mas porque estou com muita vergonha da conversa que estou prestes a ter com ele. Estou envergonhada com a bagunça do quarto. Estou envergonhada por ele ser um médico que parece ter a vida inteira sob controle, enquanto a minha atualmente parece a de uma universitária falida morando num quarto de uma república estudantil.

Jake desliza as mãos para dentro dos bolsos de trás da sua calça e dá uma olhada no quarto — no colchão no chão. Ele me olha.

— Esse é o seu quarto?

— Só até amanhã. Todas as minhas coisas estão no caminhão de mudança. Vou me mudar para um apartamento aqui nesse condomínio.

Ele ri um pouco, como se estivesse aliviado por saber que não tenho apenas um colchão patético encostado na parede de um quarto vazio. Ele está a poucos metros de mim, mas ainda assim preciso olhar para cima para encará-lo. Inspiro tremulamente depois de responder. Ele percebe.

— Você parece nervosa — diz ele.

— Estou nervosa — admito.

Ele sorri com a minha sinceridade.

— Eu também.

— Por quê?

Ele dá de ombros.

— Mesmas razões que você, imagino.

Tenho certeza de que não estamos nervosos pelas mesmas razões.

— Ah, por favor — digo, revirando os olhos e rindo. — Você é um cardiologista com um filho já quase adolescente. Eu sou apenas uma universitária que divide o apartamento, que está dormindo num colchão no chão de um quarto vazio. Garanto que não estamos nervosos pelas mesmas razões.

Jake fica me encarando por um instante, pensando nas minhas palavras.

— Está dizendo que se sente inferior a mim?

Balanço a cabeça.

— Só um pouquinho — minto.

Porque me sinto *muito* inferior a ele.

Ele dá uma risada rápida, mas não responde. Apenas dá um passo para trás e olha o quarto de novo, de costas para mim. Sua atenção se volta para o colchão por um instante. Ele me olha por cima do ombro e depois se vira, estendendo a mão.

Olho para sua mão, chamando a minha. Seguro-a, admirando a força quando ele fecha os dedos ao redor dos meus. Ele me puxa em direção ao colchão.

Ele se senta no meio do colchão, encostando-se na parede. Como ainda segura minha mão, me puxa para que eu também me sente. Assim que começo a ajoelhar, ele coloca uma das minhas pernas no seu colo, então fico sentada em cima dele.

Não era o que eu estava esperando.

Nossos olhos estão quase na mesma altura. Como ainda não relaxei o corpo, nessa posição estou um pouco mais alta do que ele. Jake encosta a cabeça na parede e me olha.

— Resolvido — diz ele, sorrindo carinhosamente. — Agora você está na posição de controle, isso deve diminuir um pouco o seu nervosismo.

Ele apoia as mãos na minha cintura. Sinto um pouco da tensão sair dos meus ombros quando percebo o que ele acabou de fazer. Sorrio ao lembrar o quanto ele é paciente e gentil. Ele sorri de volta, e, de repente, parece que estou derretendo de novo, mas não de vergonha. Agora quero derreter porque ele é muito perfeito, o que me faz corar.

Além disso, claro que estou aliviada por ele não ter chegado com uma ruiva francesa de salto. Expiro.

— Obrigada. Isso ajudou.

Ele desvia o olhar, encontra minhas mãos e entrelaça nossos dedos.

— De nada.

Agora que relaxei um pouco, desço um pouco as pernas até nossas coxas se encostarem. Nossos olhares estão na mesma altura, e me sinto ridícula por ter ficado tão nervosa. Esqueci que tudo a respeito dele é relaxante. Desde que nos conhecemos, ele tem sido uma presença calmante. Eu estava morrendo de medo de saltar de paraquedas até ele sentar do meu lado para me ajudar a preencher o formulário. Em poucos minutos, o medo dos meus olhos se amenizou, e agora estou me esforçando para não sorrir. Ele me deixa um tanto boba, mas não quero que perceba.

— Como foi a palestra pela manhã? — pergunto, esperando mudar o assunto para algo relacionado a ele.

Jake ri um pouco.

— Justice me disse que eu não devia agir como médico quando estiver com você. Ele disse que sou chato quando fico falando de assuntos médicos.

Isso está longe de ser verdade.

— Achei que a conversa que a gente teve sobre assuntos médicos foi a melhor parte do nosso encontro. Foi a primeira vez que alguém se interessou tanto pelos detalhes da minha tese.

Jake semicerra os olhos.

— Sério?

Eu assinto.

— Sim, sério. Não devia ouvir conselhos amorosos de um menino de 11 anos.

Jake ri do meu comentário.

— Pois é, acho que tem razão. — Ele acomoda minhas mãos em seu peito enquanto põe as suas nas minhas coxas. — Um palestrante está prestes a publicar um novo artigo no periódico *Journal of Medical Science*. Ele falou sobre sinais de comunicação entre o cérebro e o coração, e o que acontece quando esses sinais são interrompidos.

Pois é, Justice errou feio. Estou louca para ouvir mais sobre isso.

— E?

Jake encosta a cabeça na parede de novo, relaxando um pouco. Ele tira minha mão do seu peito e a coloca entre nós dois.

— Antigamente, os humanos acreditavam que o coração era o centro de todo o processo do pensamento e que o cérebro e o coração não se comunicavam de maneira alguma. — Ele toca no meu pulso com dois dedos afetuosos. — Eles acreditavam nisso porque, quando a pessoa se sente atraída por alguém, o cérebro não reage de uma maneira perceptível para que ela passe a ter ciência dessa atração. Mas o resto do corpo faz isso.

Jake começa a fazer círculos no meu pulso delicadamente. Engulo a seco pesadamente, esperando que ele não perceba como isso está me afetando.

— É o coração que faz a pessoa perceber mais a atração física. Ele acelera. Ele começa a bater mais forte contra o peito.

Ele cria uma pulsação errática toda vez que você está perto da pessoa por quem se sente atraído.

Ficamos em silêncio enquanto ele pressiona seus dedos firmemente no meu pulso vários segundos. Ele sorri um pouco, e sei que é porque minha pulsação mudou bastante desde que começamos essa conversa em particular.

— Parece que a atração não se manifesta no cérebro — diz ele, pressionando a outra mão sobre meu coração. — Parece que ela acontece bem aqui. Bem dentro do seu peito, bem no centro do órgão que se descontrola.

Meu Deus. Ele afasta a mão do meu peito e solta meu pulso. Abaixa as mãos até minha cintura, segurando-a delicadamente.

— Sabemos que o coração não retém nem produz emoções. O coração é apenas um mensageiro que recebe sinais diretamente do cérebro. É quem avisa ao coração quando existe alguma atração. O coração e o cérebro trabalham em sintonia por ambos serem fundamentais, e funcionam como uma equipe. Quando o coração começa a morrer, o cérebro envia uma enxurrada de sinais que acaba causando a morte do coração. E, por sua vez, a falta de oxigênio no coração é o que acaba causando a morte do cérebro. Um órgão não sobrevive sem o outro. — Ele sorri. — Ou é o que a gente achava. Na palestra de hoje, aprendemos que um novo estudo provou que, se a comunicação entre o coração e o cérebro for interrompida nos minutos que antecedem a morte, o animal pode viver até três vezes mais do que aqueles cuja conexão coração-cérebro continua intacta. E se provarem que isso está mesmo certo, isso significa que, quando a conexão química é interrompida entre os dois órgãos, um não sabe imediatamente que o outro começou a morrer porque eles não conseguem se comunicar. Então... se o coração começar a morrer e o cérebro não souber disso, os médicos têm mais tempo de salvar o coração antes que o cérebro comece a parar de funcionar. E vice-versa.

Sinceramente, eu poderia passar o dia inteiro escutando Jake falar assim.

— Está dizendo que o coração e o cérebro podem, na verdade, fazer mal um ao outro?

Ele concorda.

— Isso. É quase como se eles se comunicassem *bem demais*. O estudo sugeriu que, se conseguirmos fazer um órgão não perceber momentaneamente que o outro não está funcionando, talvez seja possível salvar os dois.

— Caramba — digo. — Que... fascinante.

Jake sorri.

— Pois é. Fiquei pensando nisso enquanto dirigia até aqui. Essencialmente, se a gente conseguir descobrir como interromper parte da comunicação entre o coração e o cérebro em situações que *não* sejam de vida e morte, talvez seja possível fazer com que a atração não se manifeste fisicamente numa pessoa.

Balanço a cabeça.

— Mas... por que alguém não gostaria de sentir o efeito total de uma atração?

— Porque — diz ele inexpressivamente —, assim, se um médico sentir uma atração imensa por uma garota que ele conheceu fazendo paraquedismo, a mente dele não vai ficar totalmente distraída em todos os minutos das duas semanas seguintes. Ele vai conseguir se concentrar no trabalho em vez de ficar só pensando nela.

Suas palavras me fazem corar tanto que rapidamente me inclino para a frente e encosto a cabeça no seu ombro para que ele não veja minha reação. Ele ri, e sua mão sobe pelas minhas costas até tocar meu cabelo. Ele dá um beijo leve no lado da minha cabeça.

Depois de um tempo, eu me afasto e olho para ele. Tudo que ele acabou de dizer me dá vontade de abaixar minha cabeça de novo, mas dessa vez quero fazer com que minha boca fique bem encostada na sua. Mas não é o que faço.

Ele inspira e o sorriso nos seus olhos diminui um pouco, sendo substituído por uma expressão mais séria. Suas mãos alisam meus braços.

— Passei no hospital para ver você no sábado, mas não estava mais lá — admite ele.

Fecho os olhos rapidamente. Eu me perguntei se ele tinha voltado ao hospital.

Não quero contar que fui embora antes do que deveria. Mas não quero mentir para ele, nem omitir verdades.

— Saí na sexta à noite. Antes de ter alta. — Olho nos seus olhos, precisando me explicar antes que ele me julgue. — Sei que você é médico e vai me dizer que foi burrice, mas já sei disso. É que eu não aguentava ficar lá nem mais um segundo.

Ele me encara por um momento silencioso, mas não parece zangado nem irritado. Ele apenas balança a cabeça sutilmente.

— Eu entendo. Tenho pacientes que praticamente moram nos hospitais, e sei o quanto isso é desgastante tanto emocional quanto fisicamente. Às vezes, dá vontade de cooperar e dizer para eles saírem correndo, pois sei que não querem estar ali.

Não respondo de imediato porque não estou acostumada com essa reação. Adoro o fato de que ele não me repreendeu. Mas sei que ele tem pacientes com níveis diferentes de frustração, então faz sentido ele tentar compreender e não criticar.

Jake segura meu cabelo e enrosca algumas mechas nos dedos. Ele observa meu cabelo deslizar entre seus dedos. Quando nos olhamos de novo, percebo que ele está prestes a me beijar. Seus olhos focam rapidamente na minha boca. Mas não posso deixar isso acontecer antes de explicar o verdadeiro motivo do meu nervosismo.

— Preciso contar uma coisa — digo. Hesito ao começar, mas ele está prestes a conhecer todo mundo e precisa saber no que está se metendo. Ele me olha pacientemente enquanto prossigo. — Este apartamento é do Ridge. Lembra do meu ex que mencionei no nosso encontro?

Jake não demonstra nenhuma reação, então continuo falando. Desvio o olhar para nossas mãos.

— Ridge e Sydney, a namorada dele, vão com a gente hoje. E também Warren e Bridgette, que também moram aqui. Você já vai conhecê-los. É que... foi por isso que eu quis que viesse no meu quarto antes de conhecê-los. Assim, se o nosso passado for mencionado, você não vai ser pego de surpresa. — Olho nos seus olhos novamente, soltando a respiração. — Isso te incomoda?

Ele não responde na hora. É compreensível, então deixo que ele assimile tudo que falei. É uma situação estranha e eu, provavelmente, não devia tê-lo colocado no meio dessa história.

— Isso *te* incomoda? — pergunta ele, apertando minhas mãos.

Balanço a cabeça.

— Agora somos amigos. Eu adoro a Sydney. Sinto que todos nós estamos onde precisamos estar, mas depois que convidei você para ir com a gente, fiquei paranoica achando que talvez não devesse ter feito isso. Não quero que seja constrangedor.

Jake ergue a mão e a desliza na minha bochecha. Seus dedos roçam a parte de trás da minha cabeça enquanto ele me olha atentamente.

— Se isso não te incomoda, então não me incomoda — diz ele com determinação.

Sua aceitação rápida me faz sorrir aliviada, embora eu não admita que a situação é *muito* constrangedora para mim.

Sydney se enganou. Algumas pessoas conseguem *sim* ser a melhor versão delas mesmas o tempo inteiro.

Esse pensamento faz com que eu me sinta culpada. Tem muita coisa que não contei para Jake. Ele não faz ideia de que Warren e Ridge são basicamente toda a família que tenho. Mas não quero contar muita coisa de uma vez só. Quero fazer isso somente depois que a gente tiver certeza de que o que temos vai durar mais do que apenas hoje. Na verdade, só vou saber se realmente quero isso quando ele tiver uma noção bem clara de quem sou. Mas não sei por onde começar. Ele passou um dos meus melhores dias comigo, mas não me conhece bem ainda. Ele sabe que sou espontânea e indecisa, e o que mais?

— Sou inconstante — começo. — E, às vezes, egoísta. — Sei que devia me calar, mas me parece necessário ser sincera e franca. Ele precisa saber com quem está lidando. Não quero mais um relacionamento em que não sou totalmente aberta e direta.

— Tenho um lado rebelde e estou me esforçando muito para tentar controlá-lo. Às vezes, passo dias inteiros vendo Netflix só de calcinha. Morei sozinha durante boa parte da minha vida adulta, então tomo sorvete direto do pote e bebo o leite direto da caixa. Nunca quis ter filhos. Eu meio que quero ter um gato, mas tenho muito medo da responsabilidade. Adoro musicais e os filmes de Natal do canal Hallmark e odeio o trânsito de Austin com todo o meu coração. E sei que nada disso importa porque a gente nem está namorando, mas achei que devia saber logo tudo sobre mim.

Quando acabo de falar, mordo nervosamente o lábio inferior, esperando ele rir de mim ou sair correndo. Eu entenderia qualquer uma dessas reações.

Ele reage de uma maneira completamente diferente do que eu esperava. Ele suspira, inclina a cabeça um pouco e encosta nossas mãos no seu peito. Seu polegar roça o meu, indo para a frente e para trás.

— Eu absorvo tudo de negativo que acontece no trabalho — diz ele. — Preciso ficar sozinho nos dias que são ruins demais. Às vezes até mesmo sem Justice. E... sou bagunceiro. Não lavo a louça faz quatro dias e não lavo roupas faz duas semanas. A maioria dos médicos é organizada, com casas impecáveis, mas a minha está caótica em boa parte do tempo. E eu provavelmente não deveria admitir isso por ser cardiologista, mas amo fritura. Vi todos os episódios de *Grey's Anatomy*, mas se você repetir isso vou negar. E... só tive duas mulheres na minha vida, então nem sei se sou muito impressionante na cama.

O fato de ele admitir tudo isso me deixa um tanto comovida, mas felizmente a última parte das suas confissões me faz rir.

— Você é impressionante, Jake. Acredite em mim.

Ele ergue a sobrancelha.

— Sou mesmo?

Concordo, sentindo minhas bochechas esquentarem só de pensar a respeito.

— Pode ser mais específica? — provoca ele. — Qual foi a sua parte preferida?

Penso na nossa noite juntos e, sinceramente, tudo foi ótimo. Mas se tenho que escolher um momento preferido, sei exatamente qual foi.

— A segunda vez. Quando você ficou de olhos abertos e me olhando enquanto a gente... — digo, com a voz ficando mais baixa.

Nem consigo terminar a frase.

Jake fica me encarando muito seriamente por um instante. Suas mãos cobrem a minha completamente.

— Essa também foi a minha parte preferida.

Abaixo um pouco a cabeça, desviando o olhar dele. Não porque ainda estou nervosa, mas porque estou me esforçando para não beijá-lo.

Ele estende o braço, desliza a mão até minha nuca e me faz olhar nos seus olhos. A outra mão desliza e me puxa para perto.

— Gostei de muitas partes daquela noite. — Ele sorri enquanto aproxima a boca da minha. — Gostei de tirar sua roupa enquanto a gente estava perto da sua cama — sussurra ele, logo antes de pressionar seus lábios nos meus.

Fecho os olhos e me sinto totalmente desarmada por seu beijo, mas ele se afasta.

— E gostei quando te fiz deitar na cama. — Seus lábios roçam levemente nos meus, enquanto se inclina para a frente e me faz deitar no colchão. Não estou mais na posição de controle, mas não me importo. Sinto meus olhos pesando ao abri-los, e o observo em cima de mim. — E adorei na manhã seguinte quando acordei e você estava tão abraçada comigo que demorei dez minutos para conseguir sair da cama sem te acordar.

Abro a boca um pouco, preparando uma resposta, mas ele não deixa. Então aproxima a cabeça e me beija. Assim que seus lábios fecham contra os meus, recordo de tudo que senti da primeira vez que ele me beijou. Não sei como consegui rejeitá-lo uma vez, muito menos duas.

Às vezes, fico impressionada com minha própria força, porque agora eu não conseguiria escolher nenhuma outra coisa além desse beijo. Pouco me importa se a gente não sair deste quarto hoje, porque a língua dele encontrou a minha, minhas mãos estão deslizando pelo seu cabelo, e *por que ainda não estou no meu próprio apartamento, hein?* Tenho em mente todos os barulhos que eu queria fazer bem agora.

Felizmente, ele para antes que mais partes do nosso corpo resolvam participar da nossa sessão de agarramento, e não apenas nossa boca. Ele me beija delicadamente duas vezes antes de pressionar a bochecha na minha e suspirar fortemente no meu cabelo.

Suspiro também, percebendo que vamos ter que sair do quarto em algum momento.

— Acho que está na hora de conhecer o pessoal que mora aqui.

Seu olhar analisa meu rosto por um momento.

— Pois é. Acho que sim.

Engulo em seco, sentindo meu nervosismo aumentar quando penso que ele vai conhecer todo mundo. Especialmente Warren.

— Pode me prometer uma coisa?

Jake assente.

— Não me julgue muito mal por causa de alguns dos meus amigos. O único objetivo de Warren hoje vai ser me envergonhar o máximo possível.

Um sorriso malicioso aparece na boca de Jake.

— Ah, agora não vejo a hora de conhecê-lo.

Reviro os olhos e pressiono seu peito. Jake sai de cima de mim e deita de costas. Eu me levanto e ajeito minha blusa, mas ele continua no colchão e fica me encarando com uma expressão diferente.

— O que foi? — pergunto, querendo saber por que ele me parece tão... satisfeito.

Ele me encara por mais um instante, balança a cabeça e se levanta. Depois, beija rapidamente minha testa.

— Você é bonita pra cacete — murmura ele quase casualmente enquanto segura minha mão e me leva para a porta do quarto.

Seu comentário traz à tona todo o nervosismo e hesitação que ainda restavam do que eu estava sentindo antes de ele chegar. Se agora ele não estivesse me levando para fora para apresenta-lo ao grupo, eu faria ele esperar, pegaria uma caneta e acrescentaria mais um item à minha lista de coisas parar fazer antes de morrer. Seriam apenas duas palavras.

Jake. Griffin.

Não seria "fazer amor com Jake Griffin" nem "casar com Jake Griffin".

O décimo item inteiro da minha lista seria apenas o nome dele, quase como se, de alguma maneira, eu pudesse realizá-lo por completo.

Décima coisa a ser realizada:

Jake Griffin.

26.

Jake

Quando as pessoas me perguntam por que me tornei médico, o que acontece bem frequentemente, dou a resposta mais típica: quero salvar vidas. Quero fazer alguma diferença. Gosto de ajudar os outros.

É tudo mentira.

Eu me tornei médico porque amo adrenalina.

Claro que as outras respostas também são verdadeiras. Mas o principal motivo foi a adrenalina. Amo fazer a diferença numa situação de vida ou morte. Amo a excitação que sinto quando minhas habilidades são testadas no caso de um órgão que está começando a falhar rapidamente. Amo a satisfação que sinto quando venço.

Eu nasci competitivo.

Mas existe uma diferença entre ser competitivo e competir com alguém. Não tento competir com outros médicos nem com outras pessoas. Procuro competir apenas comigo mesmo. Estou numa batalha constante para aperfeiçoar minhas habilidades em tudo que faço, quer seja na sala de cirurgia, pulando de um avião ou sendo o melhor pai possível para Justice. Sempre busco ser melhor amanhã do que eu fui ontem. Para mim, sempre foi uma questão de competir apenas comigo mesmo.

Até agora. Porque neste exato momento estou torcendo para que Ridge não esteja à minha altura. Ainda nem o conheci, mas nunca passei pela situação de conhecer o ex-namorado da garota de quem estou a fim. Não estava preparado para algo assim hoje. Ou *nunca*. Quando comecei a sair com Chrissy no colégio, fui o primeiro namorado sério dela. Fui seu primeiro beijo. Seu primeiro encontro. Seu primeiro tudo. E considerando que passamos mais de dez anos juntos depois daquilo, nunca precisei lidar com a sensação de que estou competindo com outro homem.

Não sei se estou gostando disso.

Quando Maggie mencionou Ridge pela primeira vez no nosso encontro, ela falou que ele tinha conhecido outra pessoa enquanto estavam juntos, e que foi isso que fez com que os dois terminassem. Não conheço o cara, mas isso já é o bastante para eu pensar mal dele. Ela também mencionou que ele compõe músicas para uma banda, mais um motivo para prejulgá-lo. Não que ter uma banda seja algo ruim, mas é difícil competir com um músico, mesmo quando você é médico.

O pouco que ela me contou sobre Ridge me deu a impressão de que ela não se arrepende do fim da relação. Mas é um pouco estranho pensar que este apartamento é dele. Maggie é a ex dele. Estou prestes a passar o dia com os amigos dele. Não consigo imaginar muitos homens aceitando a ideia de a ex aparecer assim com outro cara. A não ser que ele seja alguma espécie de santo, provavelmente tenho bons motivos para ficar nervoso. Não acho legal sentir ciúme de uma garota pela primeira vez, e ainda nem mesmo conheci o cara que está causando esse meu ciúme irracional.

Mas isso está prestes a mudar. Estamos saindo do quarto de Maggie para que ela me apresente. Abro a porta e me afasto para que Maggie possa sair primeiro. Ela me olha ao passar por mim e sorri com uma gratidão discreta e calma nos olhos, apesar do seu próprio nervosismo.

É o mesmo olhar que me lançou quando a ajudei a preencher os formulários do paraquedismo no dia em que nos conhecemos. Ela estava totalmente nervosa — tanto que senti de longe. Mas, assim que me sentei ao seu lado, ela sorriu com um olhar de gratidão que me fez sentir que eu estava participando do processo de saltar do avião com ela. Ela diz muito sem dizer nada. Nunca conheci ninguém cujas expressões conseguissem comunicar tanta coisa assim.

Agora, sua expressão está dizendo: "sei que isso é constrangedor, mas vai dar tudo certo".

Ela deixa a porta aberta e vai até a sala. Tem um rapaz parado na cozinha, de costas para nós. Não consigo perceber de onde estou, mas parece que ele está ao telefone. Há uma loira ao lado do balcão, calçando sapatos. Ela me olha assim que nos escuta sair do quarto. Seu rosto inteiro se anima quando me vê do lado de Maggie.

Maggie acena para ela.

— Jake, essa é a Sydney.

Sydney continua calçando o sapato sobre o carpete. Quando termina, ela se aproxima de mim meio que pulando enquanto estende a mão.

— É um prazer conhecer você — diz ela, calçando o outro par do sapato.

Aperto sua mão.

— Igualmente.

Maggie havia mencionado que Sydney era a namorada atual de Ridge. Não sei como isso aconteceu, mas Maggie e Sydney parecem se dar bem, o que diz muita coisa sobre as duas como pessoa. E Sydney me parece bastante genuína. Gosto dela quase de imediato.

Não sei quem é o rapaz atrás dela na cozinha, de costas para nós. Ele obviamente não parece nem um pouco interessado nas apresentações. Presume-se que seja Ridge, mas antes que eu possa avaliar melhor a reação dele, e em como isso certamente é um sinal da sua competitividade, duas pessoas saem do outro quarto.

Com base na expressão agitada no rosto de Maggie ao se virar para eles, presumo que o rapaz que se aproxima seja Warren. O brilho nos seus olhos indica que ele quer aprontar, e Maggie avisou que o único objetivo dele hoje era envergonhá-la.

Ele estende os braços ao se aproximar e depois me abraça. Relutantemente, eu retribuo. Acho que faz anos que um homem não me cumprimenta com um abraço. No meu meio, é comum apertos de mão, apresentações profissionais e perguntas sobre que campo de golfe costuma frequentar aos domingos.

Não são grandes abraços e tapinhas nas bochechas.

Ele *realmente está dando tapinhas nas minhas bochechas.*

— Caramba — diz ele. — Você é muito bonito. — Ele olha para Maggie. — Mandou bem, Maggiezinha. Ele parece o Capitão América.

Dou uma risada e recuo um passo, sem saber se seu único objetivo é envergonhar Maggie. Acho que ele quer envergonhar nós dois.

— Warren, esse é o Jake — diz Maggie, já parecendo cansada dele.

Warren faz continência para mim.

— É um prazer conhecê-lo, Jake.

Apesar de todo esse entusiasmo de Warren, o outro rapaz está sendo o oposto. Ele continua ignorando a situação, completamente desinteressado na minha presença. Talvez seja por causa disso que Maggie me alertou. Porque nem todo mundo me receberia bem.

Volto a prestar atenção em Warren.

— Igualmente.

Warren aponta para a menina de cabelos escuros ao seu lado.

— Essa é minha namorada, Bridgette.

Ela não me diz nada. Apenas assente e vai até a geladeira.

Warren aponta para Ridge.

— Já conheceu o Ridge?

Balanço a cabeça.

— Ainda não.

Nem sei se eu *quero* mais conhecer Ridge. Está na cara que ele não tem nenhum interesse em me conhecer.

Warren vai até a cozinha e encosta no ombro de Ridge. Quando Ridge se vira, Warren começa a dizer em sinais e em voz alta:

— Jake está aqui.

Ridge se vira e, finalmente, me olha.

Sempre ensino Justice a não presumir nada a respeito de outras pessoas. Mas olha o que fiz... fui um babaca que julga os outros. Ridge não está incomodado com a minha presença. Ele não *sabia* que eu estava ali.

Ele dá a volta no balcão, aproximando-se de mim.

— Oi — diz ele, apertando minha mão. — Ridge Lawson.

Sua voz deixa claro que ele não estava me ignorando de propósito e que sou mesmo um babaca que julga os outros.

Aperto sua mão, aliviado.

— Jake Griffin.

Não sei se Maggie não me contou que Ridge era surdo porque não quis, ou se para eles a surdez dele é tão normal que ela simplesmente se esqueceu de mencionar. Seja como for, estou me sentindo aliviado. Cinco segundos atrás eu estava pronto para desistir depois de presumir que estava me intrometendo nessa situação. Mas agora ele está me recebendo de maneira muito acolhedora, como Sydney.

Não estou mais sentindo o ciúme e a competitividade que tentei suprimir ao sair do quarto de Maggie. Não sei nada do passado dessas pessoas além do que Maggie me contou, o que não foi muita coisa, mas tudo parece estar bem resolvido entre eles.

No entanto, ainda não falei com a namorada de Warren. Talvez ela seja apenas tímida.

Os próximos segundos são bem agitados. Ridge calça seus sapatos, Sydney veste uma jaqueta, Warren vai até a garota que acabou de fechar a geladeira... *Bridgette*... e tenta beijá-la, mas ela o afasta.

Olho para Maggie, que sorri para mim.

— Vou pegar meu suéter.

Ela volta para o quarto. Dou uma olhada no apartamento e percebo que tem vários quartos. Maggie mencionou de onde conhece Ridge, mas não sei qual é a relação que existe entre as outras pessoas.

— Todos vocês moram juntos? — pergunto, olhando para os quatro. — É por isso que se conhecem?

Bridgette está bebendo água numa garrafa, mas se anima com a minha pergunta, e Maggie sai do quarto na mesma hora com um suéter.

— Ah, posso explicar com a maior alegria de onde a gente se conhece — diz Bridgette, enroscando a tampa na garrafa.

Maggie chama Bridgette em uma tentativa de fazer com que ela pare de falar, mas Bridgette a ignora.

— Warren e Ridge são melhores amigos há anos — explica Bridgette, apontando a garrafa para Warren e Ridge. Depois, ela a aponta para Maggie. — Warren ficou com Maggie por um tempinho, mas não durou muito porque Ridge se meteu na história dos dois.

Espera aí. Os *dois* namoraram Maggie?

— Maggie e Ridge namoraram por seis anos, mas acabaram quando Sydney se mudou para cá no ano passado. Agora *Sydney* está namorando Ridge, mas ela não mora mais com a gente. Mas a Maggie mora. Até o apartamento dela ficar pronto, que vai ser aqui no mesmo condomínio dos seus dois ex-namorados. — Bridgette me olha. — E não, nada disso é estranho. Nem um pouco. Especialmente agora que todos estamos fingindo ser melhores amigos e que vamos passar o dia inteiro fazendo coisas que melhores amigos fazem juntos. *Eba.*

Bridgette diz a última palavra sem nenhum entusiasmo.

Acho que eu também estava com uma impressão errada dela. Ela não é nada tímida.

Os próximos dez segundos se passam em silêncio. Nunca vi dez segundos tão silenciosos. Olho para Maggie, que está com uma expressão de horror no rosto. Sydney fulmina Bridgette com o olhar, repreendendo-a silenciosamente. Bridgette olha para Sydney e dá de ombros como se não tivesse feito nada de errado.

E então meu telefone toca.

A interrupção é uma desculpa rápida para todos se espalharem. Menos Maggie, que me observa e espera para ver o que vou fazer.

Tiro o celular do bolso. Pelo toque discreto sei que é Chrissy. Ela só liga quando é importante. Faz muito tempo que a gente parou de se ligar só para conversar. Deslizo o dedo na tela e coloco o celular no ouvido enquanto aponto para o quarto de Maggie, avisando que vou atender lá para ter privacidade. Deixo a porta entreaberta enquanto entro no quarto.

— Oi.

— Oi — diz Chrissy, ofegante. Percebo que está apressada, provavelmente vestindo a roupa cirúrgica. — Recebi uma ligação do hospital. Posso deixar Justice com você?

Fecho os olhos. Ele tem quase 12 anos. Já o deixamos sozinho, mas só quando estou a uma quadra de distância.

— Estou em Austin. — Aperto minha nuca. — Vou demorar uma hora para voltar.

— Austin? — indaga ela. — Ah. Tá. Eu até o deixaria na casa do Cody, mas durante a madrugada ele reclamou de certo mal-estar na barriga. Ligo para minha mãe?

Olho para a porta do quarto de Maggie.

— Não, não. Estou voltando. Vou buscá-lo, e ele passa a noite lá em casa.

Chrissy me agradece e encerra a ligação. Encaro o celular e me pergunto como Maggie vai aceitar a notícia. Se ela tivesse escutado a conversa, veria que não é uma desculpa para que eu cancele a nossa programação. Nem que tenha algo a ver com os comentários de Bridgette.

Guardo o celular, e quando abro a porta, Maggie me olha da cozinha, enquanto conversa com Sydney.

— Posso falar com você? — pergunto.

Aponto para seu quarto com a intenção de indicar que quero conversar a sós. Ela concorda e, antes de entrar, lança um breve olhar para Sydney. Então fecha a porta.

— Desculpe — diz ela. — Bridgette acabou mostrando que é tudo superestranho, mas juro que...

Ergo a mão, interrompendo-a.

— Maggie, está tudo bem. Sei que não teria me convidado se ainda estivesse a fim de outra pessoa.

Ela parece aliviada ao escutar meu comentário.

— Sei que o momento não poderia ser pior — diz ele. — Mas Chrissy, minha ex, acabou de ligar. Justice não se sente bem e ela precisa trabalhar. Tenho que voltar para casa.

Não percebo dúvida no rosto de Maggie. Apenas preocupação.

— Ele está bem?

— Sim, só está reclamando da barriga.

Ela assente, mas percebo que está um tanto decepcionada por eu ter que ir embora. Mas também estou. Envolvo Maggie em um abraço para me despedir. Ela se aconchega no meu peito, tornando mais difícil ter que deixá-la.

— Essa é a desvantagem de dois médicos terem um filho — digo. — Você está de plantão nos fins de semana mesmo sem estar de plantão.

Ela se afasta e me olha. Seguro suas bochechas e me abaixo para beijá-la. É visível que nossa conexão está muito mais avançada do que nosso relacionamento. Nem estamos namorando, mas a maneira como a abraço, beijo e reajo a ela dá outra impressão. Então resolvo dar apenas um selinho para me despedir. A última coisa que eu quero é sobrecarregá-la de novo.

— Divirta-se.

Ela sorri.

— Vou me divertir. Espero que Justice melhore logo.

— Obrigado. E me mande fotos das cavernas. Eu ligo à noite depois que você voltar, se não for tarde demais.

— Seria legal — diz ela. — Quer que eu te leve até a porta?

— Seria legal.

* * *

Presume-se que um homem que corta regularmente o peito das pessoas não fosse se incomodar com um pouco de vômito.

Não é o meu caso.

Estou convencido de que Justice vomitou mais hoje do que nos primeiros cinco anos da sua vida. Ou talvez eu tenha essa impressão só porque ele está mais velho e maior e produz mais vômito, mas, porra, foi muito. Estou aliviado por ter cessado. Por enquanto. É impossível que o coitado do garoto ainda tenha alguma coisa dentro dele para ser vomitada.

Depois de limpar o banheiro, tomar banho e conferir se Justice se sente bem, finalmente me sento para conversar com Maggie. Eles voltaram das cavernas há pouco mais de uma hora, e ela me mandou algumas fotos. Combinamos de conversar pelo FaceTime assim que Justice adormecesse.

Ela atende quase imediatamente. O seu sorriso me decepciona, mas apenas por não estar vendo-o pessoalmente.

— Justice está bem?

Adoro o fato de que ela tenha perguntado isso antes mesmo de dizer oi.

— Dormindo. E vazio. Acho que ele expeliu tudo que comeu desde janeiro.

Ela franze a testa

— Coitadinho.

Ela está deitada, com o cabelo espalhado pelo travesseiro e segurando o celular. É o mesmo ângulo em que eu estava mais cedo, quando me posicionei em cima dela para beijá-la. Afasto meu pensamento antes que ela perceba.

— O passeio foi tão divertido quanto pareceu pelas fotos?

Ela assente.

— Foi. Bom, na maior parte do tempo. — Ela afasta o cabelo e deixa à mostra um curativo perto da sua têmpora. — Warren achou que seria uma boa ideia se esconder e depois nos assustar. Eu me virei muito rápido e bati a cabeça na de Bridgette. — Ela ri e coloca o cabelo no lugar. — Warren se sentiu tão mal com isso que pagou o jantar de todo mundo. Bom, foi no Taco Bell, mas mesmo assim. Warren nunca paga nada.

Sorrio. Gosto de ver que ela parece ter se divertido. Ela fica muito bonita quando parece feliz.

— Está pronta para a grande mudança amanhã?

Ela concorda, deitando de lado enquanto abaixa o celular.

— E para ter meu próprio banheiro de novo.

— Eu adoraria ajudar, mas Chrissy está de plantão até segunda. Acho melhor Justice ficar aqui em casa até ele se recuperar, assim ele não precisa ficar indo e vindo.

— Temos ajuda suficiente. E não tenho tanta coisa assim. Mas te chamo no FaceTime à noite para mostrar meu apartamento quando a mudança acabar.

— Seria melhor se fosse pessoalmente.

Ela sorri.

— Quando vai ter folga de novo?

— Vou largar cedo na quarta. Posso ir até sua casa... a gente pede comida. Não dá para dormir aí dessa vez, mas consigo ficar algumas horas.

— Parece ótimo. Eu cozinho alguma coisa para você — diz ela.

— Sabe há quanto tempo não como uma refeição caseira?

Ela sorri de novo e depois suspira. Abro a boca para dizer o quanto ela está bonita, mas sou interrompido por Justice.

— Oi, cara — digo, afastando o olhar do telefone. — Está se sentindo bem?

Justice assente, mas não me olha. Ele vai até a cozinha e abre a geladeira.

— Vá resolver suas coisas — sussurra Maggie, fazendo eu voltar a prestar atenção no celular.

Sorrio para ela, grato.

— Me ligue amanhã depois que estiver tudo pronto por aí.

— Ligo, sim. Boa noite.

Eu a encaro por um instante, sem querer terminar a conversa. Mas também não quero ficar no celular enquanto Justice está aqui.

— Boa noite, Maggie — sussurro.

Ela acena e depois desliga. Jogo o celular no sofá e vou para a cozinha.

Justice está parado diante da geladeira, se servindo de uma fatia de queijo americano. Ele dá uma mordida e mantém a fatia pendurada na boca enquanto pega o presunto. Por fim ele a enfia na boca com o resto do queijo.

— Seria mais fácil se deixasse eu fazer um sanduíche para você — sugiro.

Justice pega a embalagem de presunto e fecha a geladeira.

— Eu não ia conseguir esperar tanto. Parece que vou morrer de fome. — Ele pega uma embalagem de salgadinhos e se senta ao balcão, com o presunto à frente. Depois abre os salgadinhos e coloca alguns na boca. — Com quem você estava falando?

— Imagino que esteja se sentindo melhor.

— Se morrer de fome é se sentir melhor... com quem você estava falando?

— Com a Maggie.

— A mesma garota que foi visitar no hospital?

Este é o motivo por que eu não queria conversar com ela enquanto Justice estivesse por perto. Ele pergunta tudo. E acredito muito em ser sincero com ele, então eu assinto.

— A mesma.

— Por que ela estava no hospital?

— Ela tem fibrose cística.

— Parece sério.

— É sério. Você devia pesquisar sobre isso.

Justice revira os olhos porque sabe que estou falando sério Toda vez que ele me faz uma pergunta, e eu digo para ele pesquisar, retorno ao assunto no dia seguinte para garantir que ele pesquisou. E depois o corrijo caso ele tenha aprendido algo de errado. Essa é a desvantagem do Google. Tem muitas informações, mas é preciso saber descartar o que não presta. Assim, sempre peço que pesquise as respostas para suas próprias perguntas — para que aprenda a fazer isso.

— Maggie é sua namorada?

Balanço a cabeça.

— Não.

— Mas você transou com ela?

Ver meu filho de 11 anos me perguntar se transei com alguém enquanto ele está com a boca cheia de presunto é estranho e divertido.

— *Como é que é?*

— Você falou que não ia conseguir passar a noite com ela de novo. Isso significa que já passou a noite com ela antes. Então provavelmente transou com ela, pois Cody diz que é isso que os adultos fazem quando passam a noite juntos.

— Cody tem 11 anos. Ele nem sempre tem razão.

— Então a resposta é não?

Eu me sinto culpado por desejar que Justice ainda estivesse doente na cama.

— Podemos adiar essa conversa para quando você tiver uns 14 anos?

Justice revira os olhos.

— Você diz que gosta da minha curiosidade mas só sabe me deixar mais curioso.

— Eu gosto da sua curiosidade. Gosto de alimentá-la. Mas às vezes você tem fome demais. — Abro a geladeira e pego uma garrafa de água para ele. — Tome isso aqui. Você não se hidratou o suficiente hoje.

Justice aceita.

— Tá bom. Mas se prepara porque no meu aniversário de 14 anos a gente vai conversar sobre isso de novo.

Dou uma risada. *Meu Deus, como amo esse menino.* Mas nesse ritmo não sei se vou conseguir evitar o assunto até ele completar 14 anos. A curiosidade dele vai acabar matando o gato. *E eu que sou o gato.*

— Quer que eu prepare alguma coisa para você comer?

Justice concorda e guarda o presunto

— Queria uma torrada com canela. A gente pode ver *Sinais*?

Quero dizer não porque a ideia de ver um dos filmes preferidos dele pela vigésima vez me parece terrível. Mas sei que, em breve, a última coisa que ele vai querer é ver algum filme com o pai. Como pai, aprendi a aceitar o que recebo porque nenhuma das fases da vida da criança é eterna. No final, as coisas que antes você achava repetitivas e irritantes se tornam exatamente as coisas que você daria de tudo para repetir.

— Sim, podemos ver *Sinais*. Pode ir ajeitar lá enquanto preparo sua torrada.

27.

Sydney

Mudo as estações de rádio à procura de alguma música que eu saiba cantar. Estou a fim de cantar. Minhas janelas estão abertas, o clima está maravilhoso, e na volta do trabalho para casa percebi que faz muito tempo que não sinto vontade de cantar bem alto. Não sei se é por causa das mudanças na minha vida no último ano ou por causa da universidade, talvez sejam as duas coisas. Mas alguma coisa mudou na última semana. É como se minha vida fosse uma montanha-russa que passa aceleradamente por túneis escuros e gira em loopings, com meu corpo sendo sacudido de um lado para o outro, para trás e para a frente, e depois... *shhh*. A montanha-russa emocional chega a uma parte tranquila, lenta e reconfortante da atração em que posso simplesmente soltar o ar e saber que estou em segurança. Tudo dentro de mim está começando a se resolver.

É isso que estou sentindo. Minha vida finalmente está começando a tomar um rumo.

Depois de ajudar Maggie com a mudança no domingo, estávamos exaustos. A gente se acomodou na sala — eu e Ridge em um sofá, Maggie e Bridgette no outro, e Warren no chão. Assistimos ao final da temporada de *The Bachelor* — uma temporada que ninguém tinha visto, mas não encontramos o controle remoto e ninguém estava a fim de mudar de canal. Warren começou a gostar e discutiu com a TV quando achou que o cara escolheu uma garota na qual Warren não teria apostado se tivesse dinheiro.

Quando acabou, Ridge e eu fomos para o apartamento dele e dormimos. Eu estava cansada demais para dirigir até minha casa, e estávamos cansados demais até mesmo para tomar banho. Fomos direto para a cama e me joguei nela. Devemos ter dormido logo, sem nem tirar nossas roupas. Acordei no meio da noite com Ridge tirando meus sapatos e me cobrindo.

Já se passaram três dias desde a mudança de Maggie, e tudo me parece tão certo. Tão bom. Mesmo que eu ainda não esteja com minha vida tão bem resolvida assim, pois sou uma universitária vivendo de salário em salário, ficaria satisfeita se ela ficasse desse jeito para sempre. Isso mostra que ninguém precisa de muito se estiver cercado das pessoas certas. Se for amado pelas pessoas certas.

Se fosse possível guardar o amor que sinto pela minha vida hoje, eu faria isso. É um amor que vale a pena ser guardado.

Paro em frente ao meu apartamento e pego o celular para dar uma olhada enquanto saio do carro. Ainda não recebi nenhuma mensagem de Ridge. Ele me disse que mandaria uma quando saísse do trabalho, mas já passou das 19h e ainda não tive nenhuma notícia dele.

Eu: Você vem aqui hoje?

Ridge: Você quer que eu vá?

Eu: Sempre quero.

Coloco a chave e abro a porta do apartamento. Estou olhando para o celular, esperando a resposta de Ridge, quando alguém me agarra por trás. Dou um grito, mas percebo quase imediatamente que é Ridge por causa da sensação dos seus braços ao meu redor. Eu me viro e vejo que está sorrindo para mim.

— Que bom que não disse não, porque já estou aqui.

Dou uma risada. Estou com o coração acelerado. Não estava esperando encontrar ninguém aqui, mas não poderia estar mais feliz com a presença dele. Ele me beija, melhorando ainda mais o meu dia.

Nem estou conseguindo me suportar. Não me lembro de me sentir tão apaixonada pela minha vida, e não sei como me acostumar a essa nova versão de mim mesma. Passei tanto tempo triste que parece que estou descobrindo uma parte de mim que só começou a existir neste mês.

Ou talvez ela sempre tenha existido... eu que não tinha ninguém que despertasse as melhores partes de mim como Ridge faz.

Fico nas pontas dos pés e o beijo. Suas mãos seguram minhas bochechas e ele me beija de volta, me guiando até me encostar no balcão. Passamos um minuto inteiro nos beijando antes de eu perceber que meu apartamento inteiro está com cheiro de restaurante. Eu me afasto e, quando me viro, vejo o jantar sendo preparado no forno. Quando olho para Ridge, ele está sorrindo.

— Surpresa. Eu cozinhei.

— Qual é a ocasião especial?

— Não preciso de nenhuma ocasião especial para querer te deixar feliz. Vou te tratar assim pelo resto da sua vida.

Gostei disso.

Ridge se inclina e dá beijos rápidos no meu pescoço antes de se afastar e ir até o forno.

— Vai ficar pronto em cinco minutos, se quiser trocar de roupa...

Sorrio a caminho do quarto. Ele me conhece muito bem. Ele sabe que, a qualquer hora do dia, gosto de vestir algo confortável assim que chego em casa. Isso significa tirar meu sutiã. Significa tirar minha calça jeans, vestir uma calça de pijama e uma das camisetas dele. Significa prender meu cabelo num coque e me importar apenas com o meu conforto, nada mais.

Amo que ele ame isso.

Quando volto para a cozinha, ele está pondo a mesa. Ele preparou frango assado, verduras e risoto. Acho que minha cozinha nunca viu uma refeição desse tipo. Raramente preparo uma refeição completa porque seria só para mim. Às vezes, é para mim e Ridge. Mas é raro a gente fazer algo tão drástico quanto usar o forno. Micro-ondas, claro. A boca do fogão, talvez. Mas forno significa uma refeição de verdade, e a gente não tem tido muito tempo para isso. Digo para ele com sinais que parece delicioso, e devoro a metade. O gosto está ainda melhor do que a aparência.

— Sério, Ridge. Está uma delícia.

— Obrigado.

— Eu não conseguiria cozinhar assim.

— Conseguiria, sim. Está achando mais gostoso só porque não foi você quem preparou. É assim que as coisas funcionam na cozinha.

Dou uma risada. Espero que seja verdade.

— Como foi o trabalho hoje?

Ele dá de ombros.

— Tirei o atraso. Mas Brennan me mandou uma mensagem e disse que quer que eu participe de um show porque ficarão sem guitarrista no próximo fim de semana.

— Onde?

— Dallas. Quer ir? Passar o fim de semana lá?

Concordo. Ver Ridge no palco é a coisa de que mais gosto no mundo.

— Claro. Sadie vai?

Ridge me olha como se não soubesse de quem estou falando.

— Sadie, a cantora — esclareço. — A garota que começou a abrir os shows de Brennan. Acho que ele gosta dela.

— Ah, sim. Tenho certeza de que ela vai. — Ele sorri. — Vai ser interessante.

Pelo que ouvi falar de Brennan, não é comum ele se interessar por uma garota, então fico curiosa para ver o que vai acontecer. Espero que eu a conheça.

Isso me faz pensar em outra coisa. Não posso ir a Dallas sem visitar meus pais.

— Já que vamos para Dallas... quer jantar com meus pais?

Ridge responde na mesma hora.

— Vou adorar conhecer seus pais, Sydney.

Não sei o porquê, mas essa frase faz meu coração derreter um pouco. Sorrio e tomo um gole da minha bebida.

— Já falou de mim para os seus pais? — pergunta ele.

— Falei para minha mãe que estou namorando. Ela me fez umas vinte perguntas.

Ele sorri.

— Só vinte?

— Talvez vinte e cinco.

— O que você disse? Como me descreveu?

— Falei que você é muito talentoso. E muito gatinho. E bom de pegadinhas. E bom de cama.

Ridge dá uma risada.

— Claro. — Ele se recosta na cadeira, encostando casualmente seu joelho no meu. Depois fica encarando seu prato e remexendo o resto do risoto. — Falou que sou surdo?

Não falei, mas só porque o assunto não surgiu naturalmente e, para ser sincera, nem pensei nisso.

— Eu devia ter falado?

Ridge dá de ombros.

— Talvez seja bom mencionar. Não gosto de pegar as pessoas de surpresa se dá para evitar. Gosto que elas saibam antes.

— Você não me contou antes.

— Foi diferente com você.

— Como?

Ele inclina a cabeça, pensa na sua resposta e pega o celular, o que significa que ele quer dizer uma coisa que acha melhor explicar por escrito do que verbalizando.

Ridge: Na maioria dos casos, gosto de avisar antes de conhecer as pessoas. Assim fica menos constrangedor quando elas descobrem. Não te avisei porque me pareceu que... não sei. Foi diferente com você, só isso.

Sydney: Diferente no bom sentido?

Ridge: Diferente no melhor sentido possível. Passei a vida inteira sendo o rapaz surdo. É a primeira característica minha que todos percebem. Toda vez que estou conversando com alguém, a primeira coisa que penso é como a pessoa vai reagir à minha surdez. E provavelmente é o primeiro pensamento dela também. Isso define como ela vai me tratar, como vai reagir a mim e como vou reagir a ela. Mas, com você, eu às vezes esqueço essa parte de mim. Com você, esqueço a única coisa que me define para todos os outros. Com você... eu sou apenas eu.

Fico feliz por ele ter me mandado isso por mensagem, pois é mais uma coisa que ele me disse que quero guardar e lembrar para sempre.

— Meus pais vão te amar tanto quanto eu.

Ridge sorri por um instante, mas seu sorriso logo desaparece. Ele tenta disfarçar enquanto pega seu copo, mas vi a dúvida que surgiu por um segundo nos seus olhos. Fico me perguntando se ele aceitou conhecê-los só para me agradar. E se ele não estiver pronto para dar esse passo? Afinal, estamos juntos há pouco tempo.

— Você está bem? — pergunto com sinais.

Ele assente e segura minha mão sobre a mesa. Ele a acaricia com o dedo.

— Estou — diz ele. — É que às vezes, com você, fico pensando que queria ter pais melhores. Pais que fossem conhecer você e saber que é perfeita para mim. Pais que fossem amar você.

Sinto um aperto no coração com suas palavras.

— Você tem Brennan. Ele ama ver você feliz.

— Pois é — diz ele, sorrindo. — E Warren.

— E Bridgette.

Ridge franze a testa

— O que é uma surpresa.

— Não é? Gosto mesmo dela — digo, rindo. — Se alguém me dissesse seis meses atrás que eu e Bridgette ficaríamos bem amigas, eu apostaria que isso nunca aconteceria. Só tenho quinhentos dólares para apostar, mas mesmo assim.

Ridge dá uma risada.

— Se você tivesse me dito seis meses atrás que a gente estaria namorando e que passaríamos um dia inteiro ajudando Maggie a se mudar para o meu condomínio, eu também teria apostado que isso nunca aconteceria.

— A vida é estranha, não é?

Ridge concorda.

— Lindamente estranha.

Sorrio para ele, e nós dois terminamos de comer em um silêncio tranquilo. Limpo a mesa e coloco os pratos na lava-louças. Ridge conecta o bluetooth do meu celular com o meu som e coloca uma das minhas playlists preferidas do Spotify.

É assim que sei que ele realmente me ama. Ele faz coisas que nem o afetam, como sempre colocar alguma música, apesar de não conseguir escutar. Ele sabe que eu gosto, então faz isso para me alegrar. Penso na primeira vez em que ele fez isso. Estávamos no carro dele, voltando para casa da boate, e ele ligou o rádio para mim.

São as pequenas coisas que as pessoas fazem pelos outros que definem boa parte de quem elas são.

Ridge cruza os braços no balcão e se inclina, sorrindo para mim.

— Comprei um presente para você.

Sorrio enquanto ligo a lava-louças.

— É mesmo?

Ele estende a mão.

— Está no seu quarto.

Não faço ideia do que seja, mas minhas mãos seguram a sua e o levam até o quarto, pois estou muito animada. Ele me puxa para trás, querendo entrar primeiro. Ele solta minhas mãos para poder falar em sinais.

— Uma vez a gente estava compondo uma música juntos e você falou o quanto queria um desses.

Ele empurra a porta, vai até minha cama e puxa uma caixa enorme que estava debaixo dela. É um teclado eletrônico, incluindo até o suporte e o banco. Reconheço a marca na hora. É igual ao que usamos nas minhas aulas de música, então sei exatamente o quanto ele gastou, e na mesma hora sinto vontade de dizer que não posso aceitar. Mas, ao mesmo tempo, estou tão empolgada que vou correndo até a caixa e passo a mão nela.

Jogo os braços ao redor dele e beijo seu rosto inteiro.

— Obrigada, obrigada, obrigada!

Ele ri, sabendo o quanto me deixou feliz.

— É esse mesmo?

Eu assinto.

— É perfeito.

Eu tinha um piano na casa dos meus pais, mas ele é grande demais para ser transportado. Cresci tocando nele, e foi isso que despertou meu amor pela música. Aos poucos comecei a experimentar outros instrumentos, mas meu coração pertence ao piano. Ridge encosta o teclado na parede. Eu me sento e começo a tocar, e Ridge se senta na cama. Ele fica olhando minhas mãos, apreciando tanto quanto alguém que pudesse escutar.

Quando termino de tocar, passo a mão nas teclas com gratidão. Não acredito que ele lembrou que comentei muito tempo atrás que eu queria um teclado como os que usamos na universidade.

— Por que você comprou isso para mim?

— Porque sim. Você compõe músicas muito bem, Syd. Muito bem mesmo. Você merecia um instrumento que ajudasse a criar músicas.

Torço o nariz para ele. Ridge sabe que fico meio constrangida com elogios. Ele também, imagino. Vou para a cama e ponho meus braços ao seu redor, olhando-o nos olhos.

— Obrigada.

Ele afasta meu cabelo, deslizando a mão na lateral da minha cabeça.

— De nada.

Estou inspirada. Por causa dele, do presente, da sensação que tive enquanto voltava para casa com o vidro aberto e o volume do rádio alto.

— Vamos compor uma música agora. Tive uma ideia enquanto voltava do trabalho.

Eu me inclino na direção da mesinha de cabeceira e pego um bloco e canetas. Nós nos encostamos na cabeceira, mas seu violão está encostado na parede. Ele não levanta para pegá-lo; decidimos começar pela letra.

No caminho para casa, pensei que eu queria que as coisas fossem assim para sempre. Quis armazenar seu amor e guardá-lo para sempre. Enquanto pensava nisso, percebi que queria compor uma música baseada nesse sentimento. No topo da página, escrevo o possível título, "Um Amor para se Guardar". Escrevo os primeiros versos à medida que vão surgindo dentro de mim.

> *Tenho um pouco de dinheiro na poupança*
> *O suficiente pra gente viver por aí*
> *Nossa casa não é a mais linda da vizinhança*
> *Mas, amor, aqui dentro a chuva não vai cair*
>
> *Nossos amigos não são ricos nem famosos*
> *Mas a gente finge no fim de semana*

Tamborilo a página percorrendo a letra com os dedos para Ridge ter uma ideia do ritmo da música. Ele começa a bater a mão no joelho no mesmo ritmo que eu, pega a caneta e escreve "Refrão". Depois, ele coloca os próprios versos.

> *Mesmo que nossas roupas comecem a desbotar*
> *Elas sempre parecerão novas em você*
> *Mesmo quando tudo começar a mudar*
> *Nada vai mudar o que penso de você*
> *Você sabe que o nosso amor é algo para se guardar*

Assim que vejo os versos "mesmo que nossas roupas comecem a desbotar, elas sempre parecerão novas em você", sorrio. Na semana passada, a gente conversou sobre a possibilidade de eu mudar de curso. Ainda não sei o que quero fazer, mas ele apoiou qualquer decisão minha, mesmo que isso significasse a gente ter dificuldades financeiras por mais um tempinho. Ele disse exatamente isso, que as roupas pareceriam novas em mim mesmo que estivessem desbotadas, e falei que seria uma boa ideia a gente colocá-las numa letra. É quase como se ele estivesse esperando esse momento e já tivesse deixado os versos preparados. É incrível como trabalhamos juntos de uma maneira tão natural. Compor músicas é uma atividade muito solitária, imagino que seja assim também quando se escreve um livro. Mas quando estamos juntos, as coisas simplesmente acontecem. É como se, juntos, funcionássemos melhor do que quando estamos separados.

Ele está batendo a mão no ritmo do refrão, mas ainda estou emperrada nos versos que ele escreveu. Desenho um coração do lado deles para indicar que amei. Depois paro um instante até pensar nos próximos versos.

> *Não preciso de ouro nem diamantes*
> *O brilho está bem nos seus olhos*
> *Se é o seu amor que você está vendendo,*
> *Você sabe que vou continuar comprando*
> *Podemos criar algo do nada*
> *Basta mantermos essa sensação boa*

Ridge sai da cama e pega o violão. Decido usar a função de gravar do teclado, então vou para o banco e ele se senta do meu lado na cama. Ele passa os próximos quinze minutos trabalhando na música com seu violão, e uso o que ele está criando no violão para completar com o piano.

Ele acrescenta mais alguns versos e mais um refrão. Em menos de uma hora, a música está praticamente pronta. Só precisamos entregá-la a Brennan para que ele grave esta semana e ver como fica. Foi uma das músicas que escrevemos com mais facilidade. Gravo enquanto a gente toca de novo, e depois aperto o play no teclado para escutar. É mais animada do que a maioria das músicas que compusemos juntos.

Adoro compor com dois instrumentos. As opções de acrescentar mais variações usando o teclado torna a música mais refinada do que as que costumamos mandar para Brennan, usando apenas o violão de Ridge. Estou tão empolgada com a música e com o presente que sinto vontade de dançar enquanto a música toca.

Ridge coloca o violão do seu lado e fica me olhando enquanto danço pelo quarto. Rio toda vez que nossos olhos se encontram, pois estou tão feliz. Em um momento, quando o olho, vejo que ele não está sorrindo. Paro e me pergunto o que mudou.

Ele me diz com sinais:

— Queria poder dançar com você.

— Você pode. Já fez isso.

Ele balança a cabeça.

— Não com uma música lenta, em que só fico parado. Queria dançar assim. — Ele gesticula na minha direção. — Em um ritmo mais acelerado.

Sinto um aperto no peito por causa das suas palavras. Eu me viro e seguro sua mão, fazendo-o levantar.

— Ridge Lawson, você pode fazer o que quiser.

Coloco a mão na sua nuca, e ele coloca suas mãos na minha cintura. Começo a bater no seu peito no ritmo da música. Eu me movo para a direita no ritmo da música, e ele começa a me acompanhar. Canto a letra para que ele possa ver minha boca e saber em que parte da música estamos. Quando a música termina, estendo o braço e aperto o play de novo para que possamos continuar.

Ridge começa a entrar no ritmo, e eu rio quando isso finalmente acontece. Ele também ri e começa a me guiar, seguindo um ritmo que ele nem consegue escutar. Ele me guia pelo quarto enquanto eu canto e toco nele. Quando o refrão final acaba, ele me vira e me puxa para o seu peito enquanto nós dois paramos lentamente.

Ele me mantém parada e fica me encarando enquanto também o encaro. Nós dois estamos sorrindo. Quando olho nos seus olhos, percebo mais do que nunca a total gratidão que ele sente por mim. É como se eu tivesse acabado de lhe dar algo que ele achava que nunca seria capaz de viver.

Para mim, foi uma mera dança — algo que faço o tempo inteiro e a que não dou tanto valor. Para ele, foi um grande passo. Foi algo que ele nunca tinha feito e que achava que não era capaz de fazer.

Ele deve estar se sentindo agora como eu me sinto toda vez em que ele liga o som para mim. São essas pequenas coisas que dão vida aos nossos momentos mais importantes.

Ele segura meu rosto, preparando-se para me dizer alguma coisa. Mas em vez e falar ou fazer sinais, ele só faz inspirar silenciosamente enquanto me encara. Ele leva sua boca até a minha e me beija com delicadeza. Depois, ele me olha nos olhos, expressando através do olhar mais do que jamais expressou com qualquer outra forma de comunicação.

— Sydney — diz ele baixinho. — Todas as coisas pelas quais passamos para chegar até aqui... bem aqui... valeu tudo a pena.

Não tem nada que eu possa dizer com sinais ou palavras que seja capaz de superar a importância do que ele acabou de me dizer.

Estendo o braço e coloco nossa música de novo. Ele sorri enquanto envolvo sua nuca. Ele pressiona a testa na minha, e dançamos.

28.

Ridge

Eu queria mandar para Brennan a primeira versão da música que eu e Sydney compusemos, mas precisava do meu laptop. Foi por isso que simplesmente fomos ao meu apartamento e nos colocamos nessa situação terrível.

Nós dois parados na porta.

A bunda do Warren nos encarando do sofá.

Ela é tão... *pálida.*

Sydney se vira assim que entramos. Ela está cobrindo os olhos, apesar de nem estar mais olhando na direção de Warren. Ela balança a cabeça como se quisesse esquecer o que acabou de ver. Eu também queria isso.

Acho que Bridgette deve estar gritando agora. Graças a Deus não estou conseguindo escutar. Tudo que vejo é Warren cobrindo-a com uma manta que estava no encosto do sofá. *Não me esquecer de lavar essa manta amanhã.*

Warren cobre suas partes íntimas com a almofada. *Lavar a almofada também.*

— Vocês não batem antes de entrar? — pergunta ele com sinais.

— Vocês não trancam a porta? — respondo com sinais.

Seguro a mão de Sydney e vamos para o meu quarto. Quando estamos longe da nudez de Warren, ela finalmente abre os olhos.

— Nunca mais vou me sentar naquele sofá — diz ela, indo até minha cômoda. Ela se livra dos chinelos. Aponto para o banheiro, e ela assente. Logo antes de eu me afastar, ela fala de novo. — Vou pegar uma aveia.

É só depois de entrar no banheiro e fechar a porta que percebo que o que ela disse não fez sentido. Ou talvez eu tenha lido seus lábios erradamente. Aveia? O que ela disse se não foi aveia?

Vou pegar uma *meia*.

Ela vai pegar uma meia emprestada.

Merda! A aliança!

Escancaro a porta do banheiro, mas é tarde demais. A gaveta de meias está aberta. Ela está segurando a caixinha, que também está aberta. Ela olha o anel de noivado e cobre a boca com a mão.

29.

Maggie

A proprietária da minha antiga casa me mandou uma mensagem pela manhã avisando da chegada de correspondência para mim, então decidi ir até San Antonio para encontrar Jake em vez de ele ir até Austin. Mandei uma mensagem assim que peguei minha correspondência, avisando que ele não precisava ir para minha casa. Ele respondeu quase imediatamente com seu endereço. E logo depois outra mensagem: "A chave está debaixo da pedra do lado da churrasqueira no pátio de trás. Chego daqui a umas duas horas."

Isso já faz sete horas.

Ele me mandou várias mensagens desde então, pedindo mil desculpas. Surgiu uma cirurgia de emergência. Repeti que não tinha problema e até sugeri que eu voltasse em outro momento, mas me fez jurar que eu não iria embora antes de ele chegar.

Então... para que não fosse tão estranho passar sete horas na casa de um cara que nem estou namorando oficialmente, procurei me manter ocupada. Acho que subestimei a sinceridade de Jake quando ele falou que era bagunceiro. Porque... mesmo depois de sair para comprar material de limpeza e de horas fazendo faxina... o lugar ainda não parece completamente limpo. Já usei a máquina de lavar roupa quatro vezes e a lava-louças, duas. Arrumei a cama e tenho certeza de que foi a primeira vez que ela foi arrumada. Lavei os dois banheiros. E agora estou preparando o jantar.

Fui preparada para dormir na sua casa. Não sei se ele vai me convidar, mas só para garantir trouxe meus remédios, uma muda de roupas e meu colete respiratório. A ideia de usá-lo na frente dele me deixa envergonhada, mas a ideia de fugir de minhas responsabilidades e adoecer mais uma vez me deixaria mais envergonhada ainda.

Tenho a impressão de que ele vai querer que eu durma aqui. Faz umas duas horas que começamos a paquerar mais pelas mensagens. A última que mandei foi uma foto da minha mão tocando na pia limpíssima da cozinha dele, e ele respondeu: "Porra, nunca vi uma foto tão sexy na minha vida."

Estou colocando o queijo na pizza quando escuto a chave na porta. Quando ele a abre, sinto um pequeno frio na barriga. É ridículo, mas gosto tanto dele. E o fato de ele ser bonito ajuda. Ele está vestindo um jeans desbotado e uma camisa azul-clara com gravata preta. E um sorriso. Ele tenta examinar a cozinha enquanto se aproxima de mim, mas seus olhos não param de voltar para os meus. Pela maneira como ele está me olhando, percebo que ele passou o dia inteiro esperando este momento.

— Você usa pijama cirúrgico no trabalho?

Ele joga as chaves no balcão.

— Uso na maioria dos dias, mas deixo guardado no hospital. Por causa da esterilização. — Ele começa a afrouxar a gravata enquanto me encara. — Você devia vir morar comigo.

Rio do seu humor seco.

— Não, obrigada. Não estou planejando ser sua faxineira.

Eu me viro para o balcão de novo e termino de colocar os ingredientes na pizza.

Jake vem para trás de mim e me abraça. Eu me encosto nele, com saudade do seu cheiro e da sensação do corpo dele no meu. Ele encosta a boca na minha orelha.

— Se fosse minha faxineira, eu poderia te pagar em orgasmos.

— Depois de hoje, acho que já estou merecendo um ou dois.

Ele ri no meu pescoço.

— Considerando o quanto a cozinha está impecável, acho que merece vários.

Jogo a cebola cortada na pizza e lavo as mãos. Ele ainda está atrás de mim, me abraçando.

— Vai passar a noite aqui? — pergunta ele, soando esperançoso.

Não quero parecer desesperada, então não conto que tem uma muda de roupas na minha mochila que já está no quarto.

— A gente resolve depois — provoco.

Jake balança a cabeça, e depois ele me vira para que eu fique de frente para ele.

— Não, vamos decidir logo. Durma aqui.

— Tá bem.

Sou fácil demais. Dou a volta e coloco a pizza no forno.

— Quanto tempo vai demorar para assar?

Fecho a porta do forno e me viro.

— O tempo que você levar para pagar um dos orgasmos que está me devendo.

Finalmente, ele me beija. Depois ele me ergue, me carrega até o quarto e me coloca na sua cama perfeitamente arrumada. Ele dá uma olhada ao redor por um instante quando percebe que também limpei o quarto. Em seguida, ele me deixa deitada na cama e vai até o banheiro. Após ver seu banheiro impecável, ele vai até a área de serviço.

Em seguida, ele volta para a cama e vem para cima de mim.

— Maggie Carson.

É só isso que ele diz. Só meu nome, com um sorriso. E depois ele desaparece do meu campo de visão enquanto desce pelo meu corpo para desabotoar minha calça jeans.

Ele me agradece e, quando termina, ainda temos cinco minutos sobrando antes de a pizza ficar pronta.

30.

Sydney

— Não é o que está pensando — diz Ridge.

Ergo o olhar e afasto a mão da boca.

— Estou pensando que isso é um anel de noivado. Não é?

Ridge balança a cabeça enquanto se aproxima e diz:

— Não. *Sim.* Quero dizer... é sim, mas não é. É um anel de noivado... mas... não é seu.

Ele está falando com muito cuidado, então demoro um instante para perceber que só tem cautela e pesar nos seus olhos. Olho de novo para o anel que não é para mim.

— Ah — digo. — Não sabia que você tinha chegado a pedi-la em casamento.

Ele balança a cabeça, quase com firmeza.

— Não pedi.

O coitado parece estar morrendo de medo da minha reação. O que ele não está enxergando é que estou aliviada *pra cacete*. Não faz nem um mês que começamos a namorar oficialmente. Se ele já tivesse comprado uma aliança para mim com a intenção de me pedir em casamento, eu provavelmente teria chorado, mas não de alegria. Com base no que estou sentindo agora, tenho quase certeza de que eu teria ficado com medo. O que é estranho. Amo Ridge mais do que já amei qualquer outra pessoa e adoraria ser esposa dele. Adoraria ser casada com ele.

Mas quero aproveitar as fases do nosso relacionamento pelo máximo de tempo possível.

Eu adoraria ser sua noiva, mas adoro igualmente ser sua namorada. Quero mais disso de namorado/namorada antes de a gente dar outro passo.

Dou uma risada com a mão no peito. Meu coração está muito acelerado.

— Meu Deus, Ridge. Achei que você ia me pedir em casamento. — Eu me sento na cama, ainda segurando a caixa. — Eu te amo, mas... é cedo demais.

Toda a tensão no pescoço e na mandíbula de Ridge é amenizada pela minha resposta.

— Ah, graças a Deus — diz ele, passando a mão no rosto. Mas depois ele tenta se corrigir rapidamente. — Não que eu não queira te pedir em casamento. É que... pois é. Um dia.

Ele se senta do meu lado na cama, e esbarro meu ombro nele enquanto sorrio.

— Talvez um dia.

Ele sorri de volta.

— Talvez um dia.

Olho de novo o anel e o toco. Parece uma antiguidade.

— Esse anel é lindo.

Ele pega o celular e começa a me mandar uma mensagem. Tiro o meu e começo a ler.

Ridge: Era da avó de Maggie. O avô dela me deu quando namorávamos, mas não cheguei a pedi-la em casamento. Estou querendo entregar a Maggie desde que terminamos, mas nunca achei o momento certo. Ela não sabe que estou com ele.

Sydney: Você estava deixando isso guardado na sua gaveta de meias. É o lugar mais óbvio pra se esconder uma aliança. É muito provável que ela já tenha visto.

Ridge: Estava no meu armário faz três anos. Coloquei na gaveta de meias duas semanas atrás para me lembrar de devolver pra ela.

Sydney: Faz três anos que está com isso e não a pediu em casamento? O que te impediu?

Ridge dá de ombros e diz:

— Nunca me pareceu certo.

Quero sorrir, mas me contenho. Escutar Ridge dizer que nunca pareceu certo faz com que eu me sinta bem. Será que eu devia me sentir assim? Quem sabe. Sinceramente, cansei de questionar minhas reações a tudo que sinto. A partir de agora, só quero sentir. Sem restrições. Sem culpa. E neste momento, sinto alívio. Alívio porque o anel não é para mim, mas também porque ele nunca chegou a dá-lo para Maggie.

— Amanhã devolvo.

Ele estende a mão na direção do anel, mas eu o afasto dele.

— Não — digo. — Acho que devia esperar.

— Esperar? Por quê?

Mando uma mensagem com minha resposta longa porque é muita coisa para eu tentar dizer com sinais e muita coisa para ele tentar entender.

Eu: Acho que Maggie vai achar esse anel muito importante. E sei que tudo é ainda bem novo entre eles, mas acho que Jake é muito importante pra ela também. Talvez devesse esperar e ver o que acontece entre os dois. Se eles se apaixonarem, acho que devia dar o anel para Jake. Não para Maggie.

Ridge sorri depois de ler minha mensagem. Depois, ele me olha com gratidão.

— Tá bom.

Entrego o anel para ele, que o leva de volta à gaveta. Ele coloca as mãos nos bolsos.

— O que quer fazer no resto da noite?

Dou de ombros.

— Ver a bunda de Warren tirou a minha vontade de transar de novo.

Ridge ri e se senta do meu lado na cama.

— A gente podia ver um filme.

— Não — digo, balançando a cabeça na hora. — Nunca mais vou me sentar naquele sofá.

— Não, estava pensando no cinema.

— Mas... como você aproveitaria? Não tem legenda.

— Leve seus tampões de ouvido, a gente assiste juntos como surdos.

Eu me levanto, animada e disposta. Um encontro. Talvez eu não esteja a fim de transar agora graças a Warren, mas estou muito a fim de sair com o rapaz que estou namorando há menos de um mês, que amo com toda a minha alma, mas com quem ainda não quero noivar.

31.

Jake

Quando acordei, fiz café da manhã para ela. Bacon, ovos, pãezinhos. Tudo. E assim como eu esperava, o resultado foi exatamente o oposto do que aconteceu quando preparei o café da manhã na casa dela depois da primeira noite que passamos juntos. Ela se aproximou de mim usando apenas um sutiã e a camisa com que cheguei ontem. Desabotoada. Não consegui tirar os olhos dela — quase queimei os ovos.

Ela beijou minha bochecha e depois pegou algo para tomar. Eu já estava atrasado, mas não me importei. Queria tomar o café da manhã com ela, então fiquei mais meia hora. Quando eu estava pronto para sair, ela ainda estava se vestindo. A ideia de passar uma ou duas semanas sem vê-la me pareceu muito desagradável.

— Fique — falei, puxando-a para perto.

Ela sorriu para mim.

— Por quê? Para poder limpar a cozinha que acabou de destruir enquanto fazia comida para mim?

Ainda me sinto constrangido por ela ter limpado tudo.

Claro que me sinto agradecido. Mas minha casa estava mais suja do que nunca. Trabalhei tanto nas duas últimas semanas que quando chego em casa só consigo dormir. E Justice ficou doente, então seus afazeres domésticos também não estavam sendo cumpridos. Sou uma pessoa bagunceira, mas o que ela encontrou ontem foi a maior bagunça da minha vida.

— Fique aqui descansando. Veja Netflix. Tem chocolate no armário.

Ela sorriu.

— Que tipo de chocolate?

— Reese's. Talvez um Twix.

Ela torceu o nariz.

— É tentador, mas preciso cuidar da minha glicose.

— Tem chocolate sem açúcar também.

— Argh — diz ela, inclinando a cabeça para trás num gesto de desistência. — Não consigo dizer não para isso. Nem para você. Que horas volta?

— Não sei. Vou tentar remarcar algumas consultas da tarde.

— Tá bem. Mas vou seguir seu conselho de não fazer nada. — Ela me deu um selinho e depois sentou no sofá. — Vou ficar bem aqui. O dia inteiro.

— Ótimo.

Eu me inclinei e dei um beijo nela. Um beijo gostoso. Não, um beijo *muito* gostoso. Que ficou na minha cabeça o dia inteiro. Não vejo a hora de repeti-lo.

Consegui remarcar as três últimas consultas do dia. É a segunda vez que faço isso em duas semanas. Não costumo agir assim, então Vicky, a enfermeira, percebeu que estava rolando alguma coisa. Quando eu estava saindo, ela disse:

— Divirta-se no seu encontro.

Virei para olhá-la. Ela me olhou com um ar de quem sabia das coisas e seguiu pelo corredor.

Não percebi que estava sendo tão óbvio assim, mas é difícil esconder a euforia. Acho que nunca curti essa parte do namoro. Com Chrissy, nós nos tornamos pais muito no início do relacionamento. Antes disso, éramos apenas adolescentes. E depois, com a faculdade e Justice, não tivemos muito tempo para simplesmente aproveitar o nosso relacionamento.

Estou gostando disso.

Estou adorando a companhia de Maggie. Odeio o fato de que resolva ir embora à noite ou pela manhã, mas jurei que não imploraria para ela ficar como fiz. Foi um momento de fraqueza. Preciso ter em mente que ela é a mesma garota que já surtou comigo duas vezes. É só agora que estou voltando a me envolver romanticamente, e não quero assustá-la de novo.

* * *

Pois é, a promessa que me fiz durou apenas três horas.

Acabamos de voltar do jantar, e ela está arrumando a mochila.

— Fique até amanhã — digo.

Ela ri e balança a cabeça.

— Jake, não posso. Acho que existe alguma regra que diz que não se deve dormir duas noites na casa de alguém que nem está namorando.

— Então vamos resolver isso. Quero que seja minha namorada. Durma aqui.

Ela me olha de um jeito estranho.

— Ah, isso não foi um sinal de que você quer namorar?

— Não, só disse isso porque estava preocupada. Não quero sufocar você.

Afasto o cabelo do rosto dela.

— Eu não me incomodaria com isso.

Ela encosta a testa no meu peito e solta um grunhido, depois se afasta.

— Temos responsabilidades. Ainda tenho três semanas de aula. Você precisa trabalhar amanhã. Não vamos fingir que as coisas vão ser assim. Um namoro tranquilo, romântico e acelerado.

— E quem está fingindo?

Ela ergue a sobrancelha como se eu tivesse acabado de assustá-la de novo. Percebo ela ficar mais resguardada. Envolvo-a pela cintura e a puxo para mim.

— Quer saber de uma coisa?

— O quê?

— Não sou seu ex.

— Eu sei muito bem disso — diz ela.

— Mas o fato de eu não fazer parte do seu passado não significa que não conheço o nosso presente. Ou todas as coisas que podem acontecer, ou não, no futuro. Pare de fingir que precisamos ser mais responsáveis do que estamos sendo só porque você tem medo de ver aonde esse relacionamento acelerado pode nos levar.

— Isso foi profundo.

— Estou tentando ser superficial. Não quero que nessa noite você pense em responsabilidades, doenças ou regras de relacionamento. Quero que guarde sua mochila, me beije e pare de se preocupar tanto. — Pressiono a testa na sua. — Viva no presente, Maggie.

Ela mantém os olhos fechados. Vejo seu sorriso ampliando enquanto solta a mochila.

— Ficar com você me faz tão bem, Jake Griffin. Mas meio que me faz mal também.

Ela me beija o queixo, ergue o rosto e beija minha boca. Seus braços encontram a bainha da minha camisa, e ela desliza as mãos por debaixo dela, subindo pelas costas.

Ajudo-a a tirar sua camisa e depois a levo para o quarto. Considerando a nossa primeira noite, essa é a quinta vez que vamos transar. Quando será que vou parar de contar?

Passamos a próxima meia hora vivendo no presente. Eu por cima, depois ela, depois eu de novo. Quando o presente acaba, deito de costas para recobrar o fôlego. Ela encosta a cabeça no meu peito e se move com minha respiração.

Meu Deus, seria muito fácil me acostumar com isso. Aliso seu cabelo e me pergunto se estamos namorando ou não. Parece que ela não rejeitou a ideia, mas também não aceitou.

— Maggie?

Ela ergue a cabeça e apoia o queixo no meu peito, enquanto me olha.

— Sim?

— Estamos namorando?

Ela assente.

— Depois dessa rodada, estamos *mais* do que namorando.

Sorrio, mas meu sorriso desaparece assim que escuto a porta da casa sendo aberta.

— Papai?

— Merda!

Saio da cama e pego minha calça jeans.

Maggie se levanta e faz o mesmo.

— O que eu faço? — pergunta ela. — Quer que eu me esconda em algum lugar?

Vou correndo até a porta do closet.

— Sim, se esconde aqui.

Maggie vai até o closet sem hesitar. Não posso deixar de rir. Pego-a pelo punho.

— É brincadeira, Maggie. — Tento conter minha risada, mas *ela ia mesmo se esconder no closet.* — Ele já sabe de você. Vista-se e venha conhecê-lo.

Ela me encara e depois dá um tapa no meu peito.

— Babaca.

Ainda estou rindo quando pego minha camisa no chão.

— Papai? — chama Justice.

— Estou indo! — respondo.

Dou um beijo rápido em Maggie e a deixo se vestindo no quarto. Justice está na cozinha com seu amigo Cody.

— E aí, o que está rolando? — digo da maneira mais casual possível.

Justice se vira.

— Nada de mais, pai. O que está rolando *com você?*

Eu paro. Ele sabe de alguma coisa e está com um sorrisinho malicioso.

Cody, o amigo dele, segura a blusa de Maggie.

— De quem é essa blusa?

Os dois começam a rir. Pego a blusa e vou até o quarto. Abro a porta, jogo-a e aguardo enquanto Maggie se veste.

— Obrigada — diz ela. — Espero que não tenham visto.

Não conto que eles viram. Ela se veste e sai. Quando chegamos na cozinha, Cody fica boquiaberto ao ver Maggie. Ele dá uma cotovelada em Justice.

— Cara — diz Cody para Justice. — Sua nova madrasta é gostosa.

Justice revira os olhos.

— Nada constrangedor isso.

Maggie só faz rir, *ainda bem*.

Eu os apresento.

— Maggie, esse é meu filho, Justice. — Justice acena para ela. — E o melhor amigo dele, Cody.

Maggie sorri para eles.

— Oi. Eu *não sou* madrasta de ninguém.

— Melhor ainda — diz Cody.

Eu o fulmino com o olhar, e ele tira o sorriso malicioso do rosto.

O micro-ondas apita, e Justice apanha a embalagem de pipoca.

— O hospital chamou a mamãe. Ela mandou eu ligar antes para saber se eu podia vir para cá.

— E por que não ligou?

Justice sorri e diz:

— Porque você ia saber que eu estava vindo. — Justice olha para Maggie. — Sabe quem é M. Night Shyamalan?

— O diretor? Claro.

Justice me olha com aprovação e depois para Maggie.

— Qual seu filme preferido dele?

Ela vai até o balcão e se senta. Ela parece à vontade. Fico feliz. Não queria que isso fosse estranho, mas também não imaginei que iriam se conhecer tão rapidamente assim. Mas escondê-la teria sido ainda mais estranho.

— Difícil escolher — diz ela. — *Sinais*, claro, mas *O Sexto Sentido* sempre vai ocupar um lugar especial no meu coração.

— E o que acha de *Fim dos Tempos?* — pergunta Justice.

— Nunca vi.

Cody abre a pipoca e diz:

— Então, Maggie *que não é madrasta* está com sorte essa noite.

Justice coloca a pipoca em duas tigelas e entrega uma para Maggie, que come enquanto Justice e Cody vão para a sala.

Expiro pela boca, mas não sei por quê. Eles têm 11 anos. Não sei por que tudo isso me deixa nervoso.

— Gostei dele — diz ela.

— Eu te falei que ele é legal.

Ela se levanta e coloca uma pipoca na minha boca.

— Talvez eu até goste mais dele do que de você.

Ela passa por mim e se vira na minha direção enquanto se afasta.

— Isso porque você mandou eu me esconder no closet.

Dou uma risada.

— Engraçadinha.

Ela segue para a sala. Vou atrás dela porque é isso que namorados fazem, né?

Justice e Cody ocuparam o sofá maior, que fica na frente da TV. Maggie e eu nos sentamos no de dois lugares. Ela se encosta em mim, acomodando-se na horizontal para poder enxergar melhor a TV. Ela coloca os pés em cima do braço do sofá.

Justice inicia o filme, que já vi quatro vezes, mas não me importo. Estou apenas feliz que a noite tenha terminado assim.

Talvez amanhã eu fique assustado quando pensar no que meu coração está se metendo com essa garota.

Mas, agora, só quero viver o presente.

32.

Sydney

Desde que Maggie se mudou para o condomínio vários meses atrás, tenho tentado fazer com que Bridgette seja mais amigável com ela.

Bridgette está sentada na cama de Maggie enquanto a ajudo a escolher uma roupa para a noite, então estamos progredindo. Ela não vem aqui desde a mudança, tirando uma vez quando Maggie precisou passar algumas noites internada. Bridgette veio buscar algumas roupas, mas só porque Warren a obrigou.

— Acho que a blusa preta ficaria melhor com isso — diz Maggie. — Vou experimentar.

Ela leva a blusa que a ajudei a escolher até o banheiro e fecha a porta. Olho para Bridgette, que está deitada encarando o teto e bocejando. Pego meu celular e mando uma mensagem, pois não quero que Maggie escute nossa conversa.

Sydney: Você está tornando a situação constrangedora.

Bridgette lê a mensagem e me olha, erguendo a mão de frustração.

Bridgette: O quê?! Estou apenas sendo eu mesma.

Sydney: Pois é, sem ofensas, mas é esse o problema. Às vezes, as pessoas precisam se esforçar para NÃO serem quem elas são para que a situação fique um pouco mais tolerável. Você não disse uma única palavra pra ela. Se esforce. Pergunte alguma coisa.

Bridgette: Eu ESTOU me esforçando. Estou aqui. Além disso, não quero perguntar nada. O que eu perguntaria? Não sei ser falsa.

Sydney: Pergunte sobre a formatura. Pergunte sobre quando a gente pulou de bungee jump. Pergunte como ela e Jake estão. São vários assuntos possíveis, basta você tentar.

Maggie sai do banheiro assim que Bridgette põe o celular na cama e revira os olhos.

— Gostei dessa blusa em você — digo para Maggie.

Ela está se virando na frente do espelho.

Olho para Bridgette e franzo a testa. Bridgette se senta dramaticamente e bate na cama. Ela pigarreia.

— Então... *Maggie*. Como estão as coisas... entre você e *Jake*? Espero que estejam bem.

Ela força um sorriso, mas parece um robô emperrado.

Talvez tenha sido uma má ideia. Olho para Maggie, que está parada com a cabeça inclinada, olhando para Bridgette.

Encaro Bridgette e balanço a cabeça.

— Caramba. Você não sabe mesmo conversar com os outros.

Bridgette joga as mãos para o alto e diz:

— *Eu te avisei!*

Maggie me olha.

— Você a obrigou a me perguntar isso?

Dou de ombros.

— Só estou tentando fazer Bridgette interagir com os humanos de uma maneira normal.

Olhando para Bridgette, Maggie diz:

— Mas isso não combina com você.

— Está vendo? — Bridgette deita de novo na cama. — Eu devia apenas ser quem sou. Isso eu faço bem.

— Tá. Desculpa por ter tentado. — Volto a prestar atenção em Maggie. — Mas como vocês dois estão?

Bridgette se senta na cama e estende a mão na minha direção.

— Por que isso soa tão normal quando é *você* falando?

Maggie e eu rimos. Ela olha no espelho e alisa o cabelo.

— Estamos bem — diz ela, sorrindo para o espelho. — Tudo tem sido tão fácil com ele. Ele é... simples. Adora se divertir e não gosta de levar nada muito a sério. A não ser que precise.

— Mas ele é bom de cama? — pergunta Bridgette.

Estou enxergando um padrão. As únicas conversas que Bridgette consegue puxar naturalmente têm a ver com sexo. *Ridge geme durante o sexo? Jake é bom de cama?*

— Ele é *muito* bom — diz Maggie, sem hesitar.

— Quem é melhor? — pergunta Bridgette. — Ridge ou Jake? Ou *Warren*? Nossa, você transou com os namorados de todas nós.

Levo a mão à testa. Ela é um caso perdido.

Felizmente, Maggie só faz rir.

— Bridgette, acho melhor a gente deixar para lá essa história de conversar, tá?

Bridgette faz um bico.

— Mas eu queria mesmo saber a resposta. Aposto que foi Warren.

Maggie me olha e torce o nariz enquanto balança a cabeça.

— *Não foi* — diz ela.

Bridgette murmura que quer comer alguma coisa, então vai até a cozinha. Entrego para Maggie uma blusa roxa de botões.

— Vista essa. Acho que vai gostar mais do que da preta.

— Nem sei por que estou me importando com isso. Jake está de plantão o fim de semana inteiro, ele nem vai estar lá.

Maggie vai até o banheiro e Bridgette volta mastigando batata chips. Ela se olha no espelho e se vira para poder olhar a bunda. Ela ergue uma batata Pringles e a segura de modo que cubra sua bunda no espelho.

— O que está fazendo, hein? — pergunto a Bridgette enquanto Maggie aparece com a blusa roxa. — Vai ser essa, com certeza. Ficou perfeita.

— Maggie — diz Bridgette, ainda se olhando no espelho. — Quando você disse que minha bunda parecia duas Pringles se abraçando, foi um elogio?

Maggie ri.

— Nunca viu sua própria bunda? Claro que foi um elogio.

— Não estou conseguindo entender. — Bridgette tira outra batata Pringles do tubo e encosta uma na outra, deixando as duas com a parte mais aberta voltada para fora. — Isso não é atraente.

Maggie se aproxima, pega as duas Pringles e as vira para dentro.

— Assim.

Bridgette encara as batatas e faz que sim, como se a ficha finalmente tivesse caído.

— Ah, é. Ela meio que parece isso *mesmo*.

* * *

Ridge e Warren chegaram antes para ajudar a banda a se organizar, então Maggie e eu viemos com Bridgette. Mas Ridge não vai tocar hoje. Ele disse que às vezes prefere só assistir.

Maggie está sorrindo quando saímos do carro, mas percebo que não é real. Ela para e olha o lugar do show.

— Queria que Jake estivesse aqui — diz ela baixinho.

Seguro sua mão.

— Da próxima vez, ele vem. Mas tente se divertir.

Como estou ansiosa para entrar, puxo Maggie e mando uma mensagem para Ridge dizendo que estamos na porta dos fundos. Logo depois, a porta se abre e Ridge sai. Warren vem atrás dele. Eu me sinto mal porque Ridge me abraça, Warren abraça Bridgette, e Maggie está sozinha, constrangida.

Mas logo isso vai acabar.

Assim que a porta se fecha, ela é aberta de novo por dentro. Jake aparece.

Foi um inferno esconder isso de Maggie, mas Jake queria muito fazer uma surpresa. Sem que ela soubesse, ele conseguiu transferir o plantão do fim de semana, e planeja ficar com ela até a segunda.

Quando se dá conta que não é um delírio, Maggie corre, pula e enrosca em Jake. Ele a segura sem grande esforço, e sinto inveja porque não posso pular em Ridge dessa maneira. Quer dizer, acho que até posso. Mas não sou tão pequena quanto Maggie. A gente precisaria planejar, ter alguém para nos socorrer em caso de emergência. E de um colchão para amortecer a queda.

Eles estão muito apaixonados. É tão encantador.

Ridge se aproxima e sussurra:

— Você está linda.

Seu comentário faz com que ele ganhe um beijo. *Somos tão encantadores.*

Warren segura a porta dos fundos enquanto entramos. Sinto meu celular vibrar, então olho para Ridge e ele indica que acabou de me mandar uma mensagem.

Ridge: Dei a aliança pro Jake.

Eu: Sério? Ele surtou? Ou pareceu gostar?

Ridge: Ele me agradeceu tipo umas cinco vezes e não tirou os olhos dela no caminho pra cá. Duvido que ele vá esperar muito tempo.

Isso me faz sorrir. Sei que casar não era uma das coisas na lista de Maggie, mas acho que ela está num momento da vida em que quer acrescentar mais itens à lista. E Jake não vai a lugar algum. Dá para perceber pela maneira como eles se olham.

A frente do palco está lotada. Temos sorte de alguém da equipe ter separado uma área para a gente. *Uma das vantagens de compor para a banda.*

Jake e Maggie ficam perto da gente. Ele está atrás dela, com os braços ao seu redor. Quando Brennan e a banda sobem no palco, Maggie se afasta e começa a pular e bater palmas. Não faço ideia de quanto tempo ela não assiste ao show deles, mas parece bastante empolgada. Penso na dinâmica que existe entre o grupo e em como ela faz parte da vida deles desde a criação da banda. Tenho certeza de que Brennan e o resto da banda são mais importantes para ela do que eu tinha percebido.

A cada dia valorizo tudo que passamos para chegar até aqui. Se não tivéssemos arranjado a melhor forma de conviver, Maggie teria sido obrigada a abrir mão de uma grande parte de sua vida. Eu nunca teria me sentido bem com isso.

Olho para Warren e Bridgette, e a vejo batendo palmas e sorrindo enquanto Brennan anuncia a banda para a plateia. Warren coloca as mãos ao redor da boca e grita. Depois, envolve a cintura de Bridgette. Ela olha para ele, que sorri e a beija rapidamente. É tão estranho vê-los nesses momentos, mas quando tenho alguns desses vislumbres, acho lindo. Eles se amam, mesmo que seja de uma maneira diferente de todas as outras pessoas.

Essa é a beleza do amor, não é? Ele pode assumir tantas formas, tamanhos e texturas diferentes. E ele sempre muda. Assim como o amor que Ridge sentia por Maggie. Ele ainda existe... só assumiu uma forma diferente. E é isso que mais amo nele. Ele nunca deixou de amá-la. Nunca deixou de se importar com ela. E agora que ela é uma das minhas amigas mais próximas, não posso deixar de adorar isso, pois é algo que ela merece. Ela merecia o amor dele quando era sua namorada e agora o merece como uma de suas melhores amigas.

Ridge me abraça por trás, levando a mão até meu peito. Ele apoia a palma na base da minha garganta e encosta sua cabeça do lado da minha. Ele quer escutar o show por mim, então começo a cantar a música junto com a banda. E é só no meio dela que percebo que estou chorando.

Nem sei o motivo.

É que eu o amo tanto. Amo estar aqui com ele. Amo seus amigos.

Eu simplesmente... *amo*.

33.

Ridge

Ela sabe a letra de todas as músicas. Não sei quando as aprendeu, já que foram compostas antes de eu conhecê-la, mas me pergunto se ela fez isso por mim. Por causa de momentos como estes, quando estamos vendo a banda no palco e ela poder cantá-las para mim.

Quando a música termina e ela começa a bater palmas, percebo lágrimas escorrendo em seu rosto. Enxugo uma delas, me aproximo e a beijo rapidamente antes de me afastar. Ela tenta segurar minha blusa, mas desapareço na multidão em direção ao palco. Brennan pediu para que eu subisse depois da primeira música para tocar a que compus para ela. Não contei para Sydney que fiz uma música nova para ela.

Quando subo no palco, sinto a animação do local, apesar de não conseguir escutar. Os olhares, as pessoas nas fileiras da frente pulando sem parar, o calor das luzes, o sorriso de Sydney quando finalmente a encontro na multidão. Eu me aproximo do microfone e explico em voz alta por que compus a música enquanto traduzo tudo em sinais.

— Sydney. — *Ela está sorrindo tanto que também sorrio.* — Dessa vez escrevi uma música feliz para você. Porque... bem... você me faz feliz. Não importa o que aconteça nem aonde a gente vá... estaremos juntos. E isso me deixa feliz pra cacete.

Ela ri, enxuga uma lágrima e diz com sinais: *você também me deixa feliz.*

Pego o violão que Brennan está me entregando e espero sua deixa. Depois, fecho os olhos e começo a tocar os acordes, repetindo as letras baixinho na minha cabeça enquanto Brennan usa sua voz para cantá-las em voz alta.

Bem, talvez a gente possa ficar
Onde a terra e a água vão se encontrar
Onde a preocupação termina a perecer
Onde só tem espaço pra mim e você

Bem, talvez o sol vá nascer
Entre as persianas de bambu, ele vai aparecer
Fazendo seu cabelo perfeito brilhar
E a gente nem vai ligar
Não, nem vamos ligar

Porque temos tudo de que precisamos bem aqui
O mundo pode tentar fazer tudo sumir
Mas uma coisa eu sei e quero te contar
Vai ser assim onde quer que a gente vá
Onde quer que a gente vá

Bem, e se todos nós pudéssemos ver
A chuva dançando no telhado a escorrer
No topo da árvore, com as folhas a balançar
A areia dos nossos pés ela vai levar

Bem, e será que um dia todos saberão
O que é certo e o que é errado, sem opinião
O dia pode até descarrilar
E a gente nem vai ligar
Não, nem vamos ligar

Porque temos tudo de que precisamos bem aqui
O mundo pode tentar fazer tudo sumir
Mas uma coisa eu sei e quero te contar
Vai ser assim onde quer que a gente vá
Onde quer que a gente vá

Você sabe que aqui vamos nos demorar
E de um pouco de estilo vamos desfrutar
Aproveitamos o dia como se já fosse passado
E vamos ficar bem
Porque temos tudo de que precisamos bem aqui
O mundo pode tentar fazer tudo sumir
Mas uma coisa eu sei e quero te contar
Vai ser assim onde quer que a gente vá
Onde quer que a gente vá

Ao final, entrego o violão para Brennan e volto para a plateia. Encontro Warren e Bridgette. Vejo Maggie e Jake. Eu me viro, mas não vejo Sydney. Olho para Maggie e pergunto com sinais:

— Cadê ela?

Maggie aponta para o palco.

Eu me viro e olho para o lugar de onde acabei de sair. *Por que Sydney está no palco?*

Brennan fala algo para Sydney enquanto ela se senta. Ele olha para a multidão e diz alguma coisa no microfone, depois faz sinais para mim.

— Essa é a Sydney Blake. Uma das nossas compositoras, e é a primeira vez dela no palco. Uma salva de palmas para ela!

Ela parece nervosa, mas acho que não está tão nervosa quanto eu estou por ela. Eu não podia imaginar que ela ia fazer isso.

Brennan começa a tocar, e me aproximo do palco para ver que acordes ele está tocando... que música. E percebo quase imediatamente que é "Talvez um Dia" — a nossa música. Olho para Sydney bem na hora em que as letras vão começar, mas não tem nenhum microfone na sua frente.

É então que ela começa a fazer sinais.

Puta merda. Ela está traduzindo a letra da música na língua de sinais.

Porra. Como não me emocionar?

Balanço a cabeça quando ela me olha. Fico sem acreditar enquanto a observo traduzir a letra de uma música que ela reescreveu totalmente.

TALVEZ ~~UM DIA~~ AGORA

Estou bem na sua frente e aqui vou ficar
Agora sim é que posso respirar
Pois eu sou sua e você é meu
Você me pergunta o que vou querer um dia
E é o mesmo que ontem eu também queria
Porque só quero te ter

Com você, dou o melhor de mim
O "um dia" já desapareceu
E isso se tornará um voto meu
Talvez amanhã
Talvez agora

Quando você fala, paro para escutar
Escutarei todas as palavras que você falar
Só
ficamos em silêncio quando nos beijamos

Seu perfume em meu colchão
Penso o tempo todo em você
Escrevo aqui e agora posso dizer

Com você, dou o melhor de mim
O "um dia" já desapareceu
E isso se tornará um voto meu
Talvez amanhã
Talvez agora

Todas as noites você escuta meu coração bater
Me parece tão certa a vida com você
Somos infinitos, assim como nossa canção
E só o bem pode nos acontecer
As noites se transformam em dia com você
Sempre sua, sempre meu

Com você, dou o melhor de mim
O "um dia" já desapareceu
E isso se tornará um voto meu
Talvez amanhã
Talvez agora

Não lembro quando a música terminou ou quando ela desceu do palco ou quando ela apareceu bem na minha frente. Só sei que em um momento eu a estava vendo no palco e no outro estávamos nos beijando. Sinto a próxima música tocando e continuamos a nos beijar. Minhas mãos estão no seu cabelo quando finalmente me afasto e pressiono a testa na sua.

— Eu te amo — sussurro.

E amo mesmo. Eu a amo pra cacete.

* * *

Nem sei quais foram as músicas que eles tocaram depois. Só consegui me concentrar em Sydney. Depois do show, nos reunimos com a banda nos bastidores para decidir onde íamos jantar. Enquanto eles combinavam, eu e Sydney não nos desgrudávamos no corredor. Por fim, fomos jantar, e está sendo uma tortura manter minhas mãos longe dela.

Brennan e os rapazes precisavam ir embora, então eu e Syd ficamos com Maggie, Jake, Warren e Bridgette. Não sei por que escolhemos uma mesa única, nenhum casal está prestando atenção nos outros.

Bem... pelo menos a gente não estava. Mas Warren agora resolveu abordar Sydney.

— Tire uma dúvida para a gente — pede ele, referindo-se a si mesmo e a Bridgette.

— O quê? — pergunta Sydney.

— Então... na música que você reescreveu... você falou em voto. Foi um sinal de que quer casar?

Sydney ri e me olha. Ela olha para Warren e balança a cabeça.

— Há alguns meses comentamos que ainda não estamos prontos. Quando eu estava reescrevendo a letra, percebi que agora talvez eu já esteja. Quero dizer... — Ela me olha. — Você interpretou assim? Não quero dizer que estou esperando ser pedida em casamento. Só quis dizer que quando você estiver pronto... *eu* estou pronta.

Ah, eu estou pronto, sim. Mas não digo isso para ela. Ela merece um pedido mais bem elaborado.

— Espera — diz Warren antes que eu possa responder. — Calma aí. Eu e Bridgette estamos juntos há mais tempo. A gente é que devia se casar primeiro.

— Não — diz Bridgette. — Acho que Jake e Maggie deviam se casar primeiro. Ela tem menos tempo.

Eu estava esperando ter lido errado os lábios dela, mas Sydney se engasgou com a bebida então acho que entendi exatamente o que Bridgette falou. Felizmente, Maggie está rindo dela, e não a esganando.

— *O que foi?* — pergunta Bridgette inocentemente. — É verdade. — Ela olha para Maggie. — Não quero ser cruel. Mas é sério, devia tentar fazer o máximo possível o mais rápido possível. Faz sentido. Coloque se casar na sua lista de coisas para fazer antes de morrer e resolva logo isso.

Maggie está com as bochechas um pouco mais rosadas do que estavam antes de todos passarem a prestar atenção nela. Bridgette não parece ligar para o fato de que a envergonhou. Ou talvez ela simplesmente não tenha percebido isso.

— A gente não vai casar — diz Maggie. — Só faz alguns meses que nos conhecemos. Estatisticamente falando, quanto menos tempo você namora antes de casar, mais provável é que acabe em divórcio.

Warren se inclina para a frente e ergue o dedo, refletindo. Sempre fico nervoso quando ele tenta falar algo inteligente para os outros.

— Talvez — diz ele. — Mas não valeria a pena correr o risco de acrescentar casamento na sua lista? Você e Jake podem ficar namorando assim para sempre, mas aí você nunca vai saber como é se casar. Ou você pode arriscar e então você vai saber como é se casar e possivelmente se divorciar antes de morrer.

Jake ergue a sobrancelha e olha para Maggie.

— Isso me parece uma situação em que todos saem ganhando.

Os olhos de Maggie se arregalam. Jake olha para ela enquanto toma um gole da bebida. E depois diz:

— Se você parar para pensar, faz sentido. Correndo o risco de falar como um médico, sua expectativa de vida não é tão alta quanto a minha. Então... vou estar pronto quando você estiver pronta.

Maggie o encara inexpressivamente. Todos nós fazemos isso, na verdade. Acho que ninguém estava esperando que ele fosse *concordar* com Warren.

— Espero que isso não tenha sido um pedido de casamento — diz Maggie para Jake. — Você nem falou um *eu te amo*. Nem tem uma aliança.

Jake encara Maggie por um instante, depois estende a mão por cima da mesa.

— Me dê suas chaves, Ridge.

Nem hesito. Entrego minhas chaves, e Maggie fica olhando perplexa enquanto ele sai do restaurante.

— O que ele está fazendo? — pergunta ela. — Foi algo que eu disse?

Warren balança a cabeça.

— Esse canalha vai ser mais rápido do que eu.

— Mais rápido no quê?

Ela parece confusa, então nenhum de nós dá sinal algum de que sabemos o que vai acontecer. Quando Jake volta, ele se aproxima da mesa com determinação. Está segurando a aliança que lhe entreguei mais cedo, mas antes de abrir a caixa, ele para à cabeceira da mesa e olha para Maggie. Warren traduz em sinais tudo que ele está dizendo.

— Maggie... sei que só faz alguns meses. Mas foram os melhores da minha vida. Desde que te vi pela primeira vez, você me consumiu totalmente. Queria ter planejado esse discurso e esse momento, mas nós dois gostamos de espontaneidade.

Ele se ajoelha e abre a caixa. Nenhum de nós sabe o que Maggie está pensando. Ela pode responder de duas maneiras, e não sei ao certo se vai ser a resposta que Jake quer ouvir.

Ele abre a caixa.

— Esse anel era da sua avó. E queria tanto tê-la conhecido, porque assim eu teria agradecido por ela ter criado uma mulher tão incrível, independente e perfeita. A mulher perfeita para mim. Quer você se case comigo ou não, essa aliança é sua. — Ele abre a caixa e ergue a mão dela, depois coloca a aliança no seu dedo trêmulo. — Mas adoraria que você corresse o maior risco da sua vida e se casasse comigo, apesar de me conhecer tão pouco e não saber se somos compatíveis o bastante para passamos o resto da vida juntos ou...

Maggie o interrompe fazendo que sim e o beijando.

Puta merda. Ele a pediu em casamento.

Sydney está chorando. Até Bridgette enxuga uma lágrima.

Warren se levanta, pegando a taça de vinho para fazer um brinde.

— Parabéns para vocês dois — ele cumprimenta Maggie e Jake, apesar de os dois ainda estarem se beijando e não prestarem atenção nele. — Mas também achei isso meio chato porque essa noite era para ser minha.

Chocando todo mundo, Warren tira uma caixa do bolso. Ele a abre e se vira para Bridgette.

— Bridgette, eu queria te pedir em casamento hoje. Ainda quero, mesmo estando irritado porque Jake fez isso primeiro. Então, antes que Ridge e Sydney roubem o resto da cena, quer se casar comigo?

Bridgette o encara como se ele fosse louco. Porque ele é.

— Você não se ajoelhou — diz ela.

— Ah. — Warren se ajoelha. — Casa comigo? Agora melhorou?

Bridgette faz que sim.

— Sim.

— Sim, o quê? — questiona Warren. — Sim, melhorou? Ou sim, você casa comigo?

Ela dá de ombros.

— As duas coisas, acho.

Puta merda.

O que diabos está acontecendo hoje?

Nós nos sentamos para jantar como três casais de namorados. Agora dois deles estão noivos. Olho para Sydney e ela parece radiante... está sorrindo, como sempre, enquanto observa os outros. Jake, Maggie e Sydney batem palmas para Warren e Bridgette.

Warren se afasta para Bridgette e olha para Jake e Maggie.

— Parabéns. Vocês podem estar noivos há mais tempo, mas a gente vai se casar primeiro.

Maggie ri.

— Podem casar, sr. Competitivo.

— Ou... — diz Warren, virando-se para mim. — Talvez a gente devesse fazer isso agora. Ridge, peça Sydney em casamento. E aí depois todos nós podemos ir para Las Vegas nos casar.

Dou uma risada. Tem uma coisa no nosso namoro que eu quero levar mais a sério do que qualquer outra: o momento em que vou pedir Sydney em casamento. Já planejei tudo. Vou compor uma música. Vou tocá-la num dos shows de Brennan. Sydney merece mais do que um pedido espontâneo.

— Ah, vamos lá — insiste Warren. — O que está esperando? Vai compor uma música romântica e tocar no palco como já fez duas vezes?

Canalha.

— Bem... era esse o meu plano — digo com sinais, desistindo.

— Ah, é previsível. E sem graça. Mas seis amigos se casando de uma vez só é inesquecível e *irado*, porra. Vamos todos para Las Vegas, galera!

Bridgette está me olhando com as mãos embaixo do queixo, dizendo baixinho:

— *Por favor, por favor, por favor, por favor.*

Meu coração está batendo duas vezes mais rápido do que dois minutos atrás. Eu me viro para Sydney — para ter uma ideia da reação dela — e ela sorri.

— Só diga quando — diz ela com sinais.

— Quando — respondo falando, pois assim é mais rápido do que com sinais.

A boca de Sydney encosta na minha e nós dois estamos rindo. E... *acho que acabamos de ficar noivos.*

Puta merda.

— Amanhã eu compro uma aliança. Pode ser qualquer uma que você quiser.

Ela balança a cabeça.

— Não quero aliança. Vamos fazer tatuagens.

— Em Las Vegas — complementa Warren, pegando seu celular. — Vou pesquisar os voos.

— Já estou pesquisando — diz Jake, olhando seu celular. — Precisamos pensar na saúde de Maggie, então quero o voo mais rápido. E assim que pousarmos, quero que ela tenha uma consulta com um colega meu só como precaução. Depois a gente pode resolver essa história de casamento.

Eu nunca teria levado a sério a ideia de ir para Las Vegas com Maggie. Eu teria sido totalmente contra isso. Ele é realmente melhor para ela do que eu. Ele está sendo descuidado... e tomando cuidado ao mesmo tempo. Meu olhar vai de Jake para Maggie. Ela está encarando sua aliança com lágrimas nos olhos. Ao perceber que estou olhando para ela, ela apenas sorri e articula com os lábios:

— *Obrigada.*

Ela sabe como Jake conseguiu a aliança. Sorrio de volta, feliz por estar aqui e presenciar este momento. Sempre desejei o melhor para ela, e agora que ela conseguiu isso, eu não poderia estar mais feliz.

Não mesmo.

Este momento... todas as pessoas que eu amo estão onde deveriam estar. Meu amigo louco com a única garota do planeta que eu diria que é perfeita para ele. Minha ex incrível e maravilhosa prestes a viver com alguém que proporciona um equilíbrio melhor para ela do que eu jamais seria capaz de proporcionar.

E Sydney. A garota da varanda. Fiz o meu máximo para não me apaixonar por ela.

E mesmo assim me apaixonei.

A garota por quem vou *continuar* loucamente apaixonado até muito depois do meu último suspiro.

Seguro sua mão e a levo até minha boca, beijando o dedo que em breve não estará mais vazio.

— A gente vai se casar — digo.

Ela assente e sorri para mim.

— Acho bom que isso não seja uma das pegadinhas que você e Warren fazem.

Dou uma risada. A maior risada. E depois a puxo para perto e sussurro no seu ouvido:

— O meu amor por você nunca vai ser alvo das nossas pegadinhas. Amanhã, você vai ser minha esposa.

Eu a abraço e enterro meu rosto no seu cabelo. Talvez Warren tivesse razão. Talvez a opção previsível nem sempre seja a melhor. Porque não consigo imaginar isso acontecendo de outra maneira. Ver as três pessoas que mais amo no mundo receberem tudo que elas merecem e ainda mais.

E quanto a mim e Sydney... o nosso *talvez um dia* acabou de se transformar em *por toda a eternidade*.

FIM

Agradecimentos

Já estou com saudades deles! Essa série ocupa um lugar imenso no meu coração, e não sei se eu me sentiria assim se não fosse por vocês — os leitores. Especialmente aqueles que me acompanharam conforme eu ia escrevendo a história no Wattpad. A empolgação, a raiva e a alegria de vocês com os personagens foi o que me motivou a escrever e (finalmente) concluir essa história.

Quando *Talvez um dia* chegou ao fim, achei que a história de Ridge e Sydney tinha acabado. Mas Maggie sempre ficou no fundo da minha cabeça, eu sabia que a história dela não tinha tido um final muito feliz. Senti que eu devia a ela voltar à vida desses personagens e resolver como todos se encaixariam na mesma história. Espero que tenham gostado de explorar esse assunto tanto quanto gostei de escrever sobre ele.

E agora vamos aos agradecimentos.

Este livro foi escrito em tempo real, fiz o upload de um capítulo de cada vez, então quis preservar essa sensação e não fazer o texto passar por muitas rodadas de revisões e edições. Murphy Rae e Marion Archer, obrigada pelas entregas rápidas e pelos comentários perspicazes. Murphy sempre é um pouco mais malvada do que Marion, mas é para isso que as irmãs existem.

CoHorts, como sempre, vocês me completam.

Obrigada aos membros do grupo de discussão de *Talvez agora*. Peço desculpas por ter tido que sair do grupo para terminar o projeto, mas o entusiasmo de vocês me alimentou até o final. Quero agradecer a cada um de vocês pela ajuda. E, claro, obrigada às administradoras do grupo: Tasara Vega, Laurie Darter, Anjanette Guerrero, Paula Vaughn e Jaci Chaney. As mensagens de vocês eram o que me estimulava.

Obrigada a Sean Fallon por ser a Stephanie do Griffin. Se você não sabe o que isso significa, Sean, basta saber que é o maior elogio que posso fazer a você.

E, por último, mas não menos importante, quero agradecer a Griffin Peterson. Não importa se é de madrugada ou muito cedo ou se preciso de algo para ontem, você sempre resolve tudo com muita disposição. Colaborar com você nessa série e combinar as turnês do livro com shows foi uma das melhores experiências da minha vida. Gosto do seu talento, mas gosto mais ainda de você como humano. #OGriffinÉDemais

Este livro foi composto na tipografia Adobe
Garamond Pro, em corpo 11,5/14,5, e impresso
em papel off-white no Sistema Cameron da
Divisão Gráfica da Distribuidora Record.